나의 세계
트레킹 이야기

나의 세계 트레킹 이야기

걷기 여행 초보자가 직접 걸어보고 추천하는 세계의 트레일 10

초 판 1쇄 2024년 05월 02일

지은이 조천홍
펴낸이 류종렬

펴낸곳 미다스북스
본부장 임종익
편집장 이다경
책임진행 김가영, 윤가희, 이예나, 안채원, 김요섭, 임인영, 임윤정

등록 2001년 3월 21일 제2001-000040호
주소 서울시 마포구 양화로 133 서교타워 711호
전화 02) 322-7802~3
팩스 02) 6007-1845
블로그 http://blog.naver.com/midasbooks
전자주소 midasbooks@hanmail.net
페이스북 https://www.facebook.com/midasbooks425
인스타그램 https://www.instagram/midasbooks

ISBN 979-11-6910-626-9 03810

값 **21,500원**

미다스북스는 다음세대에게 필요한 지혜와 교양을 생각합니다.

나의 세계
트레킹 이야기

글 · 사진 조천홍

걷기 여행 초보자가
직접 걸어보고 추천하는
세계의 트레일 10

미다스북스

2장 아시아

네팔

3장 오세아니아

뉴질랜드 | 호주

4장 유럽

스웨덴　이탈리아　조지아　아이슬란드　프랑스

들어가며

　나는 평소 등산은 말할 것도 없고 걷기조차 싫어하는 사람이었다. 설악산, 지리산 등 이름난 산에는 근처에도 가 본 적이 없고 제주도 올레길 한 번 걸어본 적조차 없었다. 고작 일 년에 몇 차례 동네 뒷산이나 오르는 것이 나의 등산 경력의 전부였다. 그런데 6년 전쯤 어쩌다가 꿈에도 생각해 본 적이 없는 남미 최남단의 파타고니아에 갔다.

　남미 여행은 쉽지 않다. 직항이 없어 비행시간만 20~30시간 걸리고 여행 경비도 만만찮다. 게다가 치안마저 불안하니 어지간한 여행 마니아라도 남미 여행을 선뜻 혼자 나서기는 쉽지 않다. 나 같은 70대 은퇴자라면 더욱 그러하다. 그렇지만 세상사란 알 수 없더라. 무엇에 홀린 듯(사실은 너무나 싼 저가 항공권에 홀렸다) 나는 3번의 환승과 긴 비행시간을 합하여 무려 30시간이 넘는 고생 끝에 칠레의 최남단 푼타 아레나스(Punta Arenas)까지 날아갔다. 파타고니아를 그냥 관광한 것이 아니라 10일간 배낭을 메고 홀로 걸었다. 나 같은 촌노(村老)에게는 도저히 믿어지지 않는 일생일대의 체험이자 모험이었다.

　트레킹을 제대로 해 본 적이 없으니 당연히 사건과 사고도 없지 않았다. 너덜길에서 넘어져 다치기도 하고 좌충우돌 힘든 일도 있었다. 하지만 너무나 황홀한 파타고니아의 설산과 풍광 앞에 수없이 감동하고 자연 속에서 걷는 것이 마냥 즐겁고 행복했다. 그 후 트레킹에 흠뻑 빠져 지난 6년간 히말라야의 ABC, 호주 태즈메이니아의 오버랜드, 스웨덴의 쿵스레덴, 심지어 작년에는 아이슬란드의 핌뵈르두할스 트레일까지 세계 10여 군데의 트레일을 홀로 걸었다.

잠시, 살아온 인생을 되돌아보며 '내 인생에서 가장 잘한 일이 무엇일까?' 하고 묻는다면 나는 주저 없이 지난 6년간의 나의 트레킹 체험이라고 말할 것이다. 나의 노년은 트레킹 전과 트레킹 후로 나눌 수 있다. 트레킹 전의 나의 일상은 여느 은퇴자와 마찬가지였다. 책이나 읽고 TV를 보거나 가끔 아내와 함께 여행이나 하는 '소일'이 전부였다. 하지만 트레킹을 시작한 이후 나의 일상은 확연히 달라졌다. 새로운 세상과 놀라운 대자연 앞에서, 또 길 위에서 여러 사람과 교우하면서 세상을 보는 나의 편협했던 눈이 바뀌었다. 세상의 시시한 욕망에서도 자유로워지고 나의 게으른 습성도 바뀌었다. 일정한 시간에 매일 1~2시간씩 꾸준히 걷고 모든 일에 감사하며 마음의 부자로 살 수 있게 되었다.

사실 트레킹은 특별히 거창한 것이 아니다. 누구나 쉽게 할 수 있는 걷기의 연장일 뿐이다. 우리나라만 해도 제주 올레길을 비롯하여 전국 곳곳에 수많은 둘레길이 조성되어 있다. 쉽게 오를 만한 산들도 가까운 거리에 수없이 많다. 그런 만큼 우리는 어디에서나 트레킹을 즐길 수 있다. 그러나 트레킹을 좀 더 좁게 해석하면 도시의 편리함과 안락함에서 일부러 벗어나 자연 속에서 며칠씩 고생스럽게 걷는 행위라고 할 수 있을 것이다. 말하자면 사서 고생하는 행위이다. 무거운 배낭을 메고 자연 속에서 며칠씩 걷는 행위는 때로는 고통스럽다. 하지만 사람들이 굳이 그런 고생을 마다하지 않는 이유는 그런 불편과 고통보다 즐거움과 기쁨이 더 크기 때문이다. 최근에는 그런 불편과 고통을 더 진하게(?) 즐기기 위하여 해외로 트레킹을 떠나는 사람도 해마다 늘어나고 있다.

국내나 해외에서 트레킹하는 방식은 대체로 두 가지이다. 가이드를 동반한 단체 트레킹과 자유로운 개별 트레킹. 그것은 패키지여행과 자유여행의 차이와 비슷해서 각각 장단점이 있다. 걷는 사람의 사정에 따라 선택할 문제이다. 하지만 이 책은 단체 트레킹보다는 개별 트레킹을 가고자 하는 사람들에게 더 도움이 될 것이다.

개별 트레킹은 보다 진한 고생을 선택하는 것이기 때문에 어떤 여행보다 많이 불편하고 힘들다. 모든 것을 스스로 해결해야 하고 때로는 예상치 못한 일을 만나 당황스러울 때도 있다. 그러나 그만큼 개별 트레킹이 주는 보상도 크고 특별하다. 세계 각국에서 온 낯선 사람들과 길 위에서 자연스럽게 교우하고, 같이 고생하면서 나누는 진한 동료애는 세상을 보는 우리의 눈을 크게 넓혀 줄 것이다. 또한 열악한 환경에서의 적응력과 며칠씩 힘들게 걷는 과정에서 얻어지는 끈기와 강한 정신력은 각자 인생을 살아가는 데 큰 힘이 될 것이다. 그리고 마침내 최종 목적지에 도착했을 때의 희열과 성취감은 고생을 감내한 트레커들만이 누릴 수 있는 특별한 즐거움이기도 하다. 개별 트레킹의 또 하나의 장점은 돈이 거의 들지 않는다는 것이다. 그러나 보다 더 소중한 것은 자연과 깊이 교감할 수 있는 기회이다. 혼자 또는 2~3명의 길벗과 함께 걸을 때 더욱 자연에 깊이 몰입할 수 있고 조용히 자기 성찰과 사유의 시간을 가질 수 있다. 나는 이 길들을 걸으면서 '하나님, 감사합니다. 죽기 전에 제게 이 길을 걷게 해 주셔서.' 하는 말을 수없이 되뇌이곤 하였다.

이 책에 소개된 10개의 트레일은 세계적으로 잘 알려진 트레일들이다. 이 길들이 사람들이 흔히 말하는 '세계 3대 트레일' 또는 '세계 10대 트레일', 이런 명단에 들어가는지 아닌지는 나는 잘 모른다. 하지만 내가 직접 걸어본 경험으로 볼 때 보통 정도의 체력과 약간의 용기만 있다면 누구나 어렵지 않게 걸을 수 있는 트레일들이다. 이런 트레일에는 길 표시도 잘되어 있고 적당한 거리에 대피소나 산장도 있다. 필요한 장구들을 잘 갖추고 준비를 철저히 하고 걷는다면 두려워할 이유가 없다.

내가 트레일을 걸으면서 알게 된 또 하나의 사실이 있다. 세계 최고의 비경은 사람이 발로만 갈 수 있는 오지 깊숙한 곳에 꼭꼭 숨겨져 있어서, 오로지 고생하며 걷는 자만이 볼 수 있다는 것이다. 그곳에서 세상 그 어떤 미술관에서도 볼 수 없는 대자연의 위대한 예술작품을 만날 수 있고, 화려한 교회 건물에서도 만나지 못하는 신을 쉽게 만날 수 있다. 세상이 시시해지거나 답답할 때, 또는 진정한 자유를 맛보고 싶다면 지금이라도 배낭을 메고 떠나라. 누구나 길 위에서 마냥 행복해질 것이며 인생이 달라질 수 있을 것이다. 안전한 포구에만 정박해 있는 배는 만선의 기쁨을 누리지 못한다.

1장
남아메리카

칠레 아르헨티나

토레스 델 파이네(Torres del Paine) 트레킹
- 거칠지만 너무나 아름다운 거인의 땅

도보로 이동 ──────
버스로 이동 ────────
배로 이동 ·············

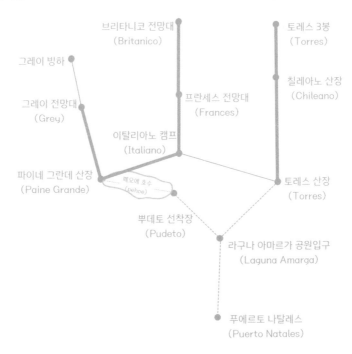

남미에 위치한 파타고니아는 정말 멀다. 한국에서 바로 갈 수 있는 직항이 없으니 적어도 3번 이상은 비행기를 갈아타야 한다. 비행시간과 환승 시간을 합치면 무려 30시간은 넘게 걸린다. 칠레 쪽 파타고니아로 가려면 남미의 땅끝 푼타 아레나스(Punta Arenas) 공항으로 들어가 다시 버스로 푸에르토 나탈레스(Puerto Natales)까지 가야 한다. 아르헨티나 쪽 파타고니아로 가려면 모레노 빙하가 있는 엘 칼라파테(El Calafate) 공항으로 들어가야 한다.

나는 어느 날 어쩌다가 무엇에 홀린 듯 칠레 파타고니아로 향하고 있었다. 비행편 연결 관계로 페루의 수도 리마에서 하룻밤을 자고 다음 날 아침 다시 푼타 아레나스로 향했다. 지루한 비행 중에 잠깐 창밖으로 눈길을 돌리는 순간 나의 가슴은 소년처럼 뛰고 있었다. 구름 위로 너무도 선명하게 피츠로이산과 세로토레산이 하늘을 향하여 송곳처럼 날카롭게 치솟아 있지 않은가!

비행기에서 내려다본 피츠로이와 세로토레

드디어 한반도 면적의 5배가 넘는 거인의 땅 파타고니아(Patagonia)에 온 것이다. 바람이 지배하는 광활한 들판, 순백의 빙하, 하늘을 향해 날카롭게 치솟은 첨봉 등, 인간의 손길이 닿지 않은 남미 최고의 원시 대자연 속으로 내가 들어온 것이다. 토레스 델. 파이네 국립 공원으로 향하는 버스 차창 밖으로 보이는 풍경은 벌써 나의 가슴을 설레게 한다. 마젤란 해협의 바다는 아침 햇살을 받아 은빛처럼 반짝반짝 빛나고, 광활한 들판 너머로는 만년설을 인 설산이 푸른 하늘 아래로 눈부시다.

두근두근 내 생애 첫 트레킹의 시작

    날이 밝자마자 푸에르토 나탈레스의 민박집을 나와 시외버스 터미널로 걷는다. 버스를 타고 2시간 만에 토레스 델 파이네(Torres del Paine) 국립 공원 입구인 라구나 아마르가(Laguna Amarga)에 도착한다. 공원 관리 사무소에서 입산 절차를 마치고 밖으로 나오니 거인의 땅은 멀리서 온 한국의 할배를 반겨 주는 듯 더없이 높고 상쾌한 하늘을 펼치고 있다. 저 멀리 호수 너머 우뚝 서 있는 토레스 삼봉이 손에 잡힐 듯이 눈앞에 선명하다.

칠레가 자랑하는 토레스 델 파이네 국립 공원은 제주도 면적의 1.2배에 달할 만큼 넓다. 공원 내의 트레킹 코스는 2가지가 있다. 공원 전체를 도는 원형 둘레길과 유명한 W 코스. 원형 둘레길을 다 돌려면 10일 정도 걸린다. 그래서 트레커 대부분은 3~5일 정도 소요되는 W 코스(60km)를 더 선호한다. W 코스는 동(東)에서 서(西), 또는 서에서 동 양방향으로 각각 걸을 수 있다. 동에서 서로 걷거나 당일치기로 토레스 삼봉(三峯)을 오르는 트레커는 공원 입구에서 셔틀버스로 바꾸어 타고 토레스(Torres) 산장까지 이동한다. 나처럼 서에서 동으로 걷는 사람은 푸에르토 나탈레스에서 타고 온 같은 버스로 보트 선착장이 있는 뿌데토(Pudeto)까지 이동해야 한다. 나와 함께 버스를 타는 사람은 겨우 5~6명뿐이다.

우리를 태운 버스는 꾸불꾸불 포장된 국립 공원 내 도로를 드라이브하듯이 시속 30km 속도로 천천히 운행한다. 길은 파타고니아의 모든 아름다운 풍광을 조금씩 다 보여 준다. 멀리 보이는 설산과 하얀 눈을 인 첨봉들과 호수, 거친 들판 위의 야생 과나코까지. 기대하시라 개봉박두! 극장에서 보여 주는 예고편처럼 벌써 가슴을 설레게 한다. 버스는 40분을 달려 우리를 뿌데토 선착장에 내려준다. 선착장에는 페오에(Pehoe) 호수를 건너는 보트가 기다리고 있다. 짧은 호수를 건너는 왕복 뱃삯이 우리 돈으로 무려 63,000원이다. 그러나 보트가 옥빛 페오에 호수를 가로지르기 시작하는 순간 돈 아깝다는 생각은 순식간에 사라진다. 그저 호수 위로 펼쳐지는 엄청난 풍광에 입이 벌어질 뿐이다.

몇 달 전 어렵게 예약한 파이네그란데(Paine Grande) 산장은 도착한 선착장에서 매우 가깝고 시설과 규모도 거의 리조트 수준이다. 넓고 편안한 휴게실과 카페테리아 식당, 바와 작은 매점도 있다. 시설만 좋은 것이 아니라 주변 경관도 뛰어나다. 산장 맞은편에는 뿔 모양으로 기묘하게 생긴 파이네그란데 산(3,050m)이 하얀 눈을 이고 우뚝 서 있다. 산장 옆으로는 페오에 호수가 옥색을 자랑하며 그림처럼 펼쳐져 있다. 산장 다인실에 짐을 풀자마자 야외 취사장으로 서둘러 나간다. 아침도 못 먹었으니 라면과 햇반으로 허기진 배부터 단단히 채운다. 잠시 후 가벼운 보조 배낭에 간식과 물만 챙겨 드디어 대망의 파타고니아 트레킹의 첫발을 내디디기 시작한다.

시계를 보니 벌써 1시 30분이다. 기대와 설렘 못지않게 두려움도 크다. 내가 파타고니아를 걷는다는 사실이 도저히 믿어지지 않는다. 등산이라곤 고작 동네 뒷산이나 어쩌다 올라가 본 것이 전부이고, 제주도 올레길 한 번 걸어본 적 없는 내가 파타고니아를 걷겠다고? 그것도 70이 넘은 나이에 혼자서. 이건 무모함인가 똥배짱인가? 그런 걱정도 잠시뿐이고 어느새 나는 스틱을 힘있게 쥐고 그레이(Grey) 빙하를 향해 올라가고 있다. 길은 대체로 평탄하고 오가는 트레커들도 적지 않다. 고맙게도 악명 높기로 유명한 파타고니아의 바람도 잠잠하기만 하고 하늘은 너무도 청명하다.

잔뜩 긴장한 채 한발 한발 눈앞의 파이네그란데 산을 바라보며 조심스럽게 오른다. 30분쯤 지나자 출발할 때의 긴장과 두려움은 온데간데없이 사라지고 기쁨으로 소년처럼 가슴이 뛰고 있다. 작은 계곡도 건너고 좁다란 산길을 따라 걷기도 하며 산책하듯이 가벼운 걸음으로 한 시간쯤 오른다. 갑자기 하얀 설산을 배경으로 커다란 호수가 나오고 호수 위에는 조그만 빙하 조각들이 점점이 떠다닌다. 와! 소리와 함께 벌써 풍광에 취해 폰카를 꺼내 마구 찍는다. 그런데 알고 보니 그레이 빙하가 아니다. 잠시 쉬었다가 1시간쯤 주위를 바라보며 천천히 더 걸어가자 드디어 저 멀리 진짜 그레이 빙하가 보이기 시작한다.

그레이 전망대의 커다란 바위 언덕에 올라서니 발아래로 하얀 빙하를 품은 아름다운 호수의 절경이 눈부시게 펼쳐지고 있다. 그레이 빙하는 토레스 델 파이네 W 코스 중 서쪽 끝부분에 자리해 있다. 토레스 델 파이네 국립 공원의 여러 개 빙하 중 가장 규모가 크다. 나는 잠시 숨을 고르며 빙하 호수의 절경을 벅찬 기분으로 내려다본다. 그레이 빙하를 좀 더 가까이서 보려면 1시간은 더 걸어가야 한다. 젊은 트레커들은 주저 없이 다시 걷기를 시작하지만 나는 잠시 망설인다. 시간도 늦은 편인 데다 첫 날부터 너무 무리할 필요가 없어 이곳에서 되돌아가기로 한다. 왔던 길을 되돌아가는 것은 보통은 지루하기 마련이다. 하지만 이곳에서는 전혀

나의 세계 트레킹 이야기

그렇지 않다. 눈길 가는 곳 모두가 너무나 아름답고 처음 보는 풍광들이다. 오히려 왕복 5시간이 아쉽기만 하다. 산장에 돌아오니 몸은 피곤하지만, 기분은 더없이 상쾌하다. 내 생애 첫 트레킹은 이렇게 시작되었다.

파타고니아를 걷는 자의 행복

아침에 눈을 뜨니 내 2층 침상 위에 한 여성이 자고 있다. 다인실에 자는 것도 처음이지만 남녀가 같이 잘 줄은 전혀 예상하지 못해 깜짝 놀란다. 어쨌든 어젯밤 사람들이 방에 들어오는지도 모르고 정신없이 곯아떨어진 덕분에 몸도 마음도 한결 가볍다. 오늘도 여전히 날씨가 좋다. 바깥 취사장에서 아침을 간단히 해 먹고 간식과 물만 챙겨 간편한 차림으로 출발한다. 오늘은 브리타니코 전망대(Britanico Mirador)까지 왕복 10시간 이상 걸리는 꽤 멀고 힘든 코스를 걸어야 한다.

일단 이탈리아노 캠프(Italiano Camp)까지는 7.6 km 거리의 무난한 평지 코스이다. 산장 앞의 초원을 가로질러 나지막한 고개를 하나 넘자 푸르른 스코츠버그(Skottsberg) 호수가 나온다. 한동안 호숫가 길을 따라 걷는다. 눈앞에 고깔모자를 쓰고 있는 듯한 파이네그란데 산의 두 봉우리를 바라보며 걷는 기분은 한마디로 상쾌하다. 이탈리아노 캠프는 W 코스의 딱 중간지점에 있다. 동에서 출발하든지, 서에서 출발하든지 W 코스를 걷는 트레커들은 이탈리아노 캠프를 반드시 거친다. 다들 그곳에 무거운 배낭을 놓아두고 가벼운 차림으로 브리타니코 전망대를 오른다. 그러나 오늘 나는 W 코스의 변형인 VI 코스를 걷는다. VI 코스는 무거운 배낭을 메고 이동할 필요가 없다. 서쪽의 파이네그란데 산장이나 동쪽의 토레스 산장에 무거운 배낭을 놓아두고 가벼운 차림으로 이동하면 된다. 그 대신 이탈리아노 캠프에서 토레스 산장까지 걷기는 생략하고 파이네그란데 산장으로 돌아와 배로 이동해야 한다. 나 같은 초보 트레커나 노약자들에게 적합한 코스이다.

스코츠버그 호수를 지나서부터 길은 생각보다 순탄치만은 않다. 도중에 느닷없이 길이 끊기기도 하고 곳곳에 웅덩이가 깊이 파여 있기도 하다. 어느새 내 신발은 진흙투성이가 되어 버린다. 하지만 왠지 짜증스럽거나 불편하다는 생각이 들지 않는다. 밋밋하게 잘 닦여진 곧은 길보다 오히려 파타고니아다워 걷기가 더 재미있고 지루하지도 않다. 아내가 예쁘면 처갓집 말뚝 보고도 절한다고 하는데, 여기가 내 사랑 파타고니아라서 그런가? 가끔 마주치는 사람에게도 이제 제법 자연스럽게 '올라(Hola)!' 소리가 나온다.

가벼운 기분으로 2시간 30분 정도 걸으니 마침내 이탈리아노 캠프에 도착한다. 공원 관리소(Garda Parques)라고 표시된 컨테이너 건물에는 사람은 보이지 않고 그 앞에 커다란 배낭들만 나란히 놓여 있다. 이탈리아노 캠프는 대피소나 숙박 시설이 아니다. 숙박은 근처의 쿠에르노(Cuerno) 산장이나 지정된 야영장을 이용해야 한다. 이탈리아노 캠프까지는 워밍업 수준의 걷기이고 지금부터 본격적인 트레킹이 시작된다.

이탈리아노 캠프 뒤의 완만한 야영장 숲을 지나자 프란세스(Frances) 계곡을 향한 오르막이 시작된다. 오르막은 너덜길이라 나 같은 초보 트레커는 초반부터 고전을 면치 못한다. 울퉁불퉁한 돌덩어리 위를 걷기도 어려운데 스틱마저 수시로 돌 틈에 끼이곤 해서 매우 조심스럽다. 그러나 한발 한발 오를수록 기분은 마냥 상쾌하기만 하다. 공기는 차가운 듯 볼을 간질이고 눈앞의 설산 꼭대기에 쌓인 눈이 세찬 바람에 눈보라처럼 흩날리고 있다. 발아래 깊은 계곡 사이로 흘러내리는 빙하 녹은 물은 급류가 되어 폭포처럼 우렁찬 소리를 내고 흘러간다. 1시간 30분가량의 고생 끝에 마침내 프란세스 계곡 전망대에 도착한다.

막상 프란세스 전망대에 올라서니 약간 실망스럽게도 이렇다 할 전망이 없다. 국립 공원 안에서 쉽게 볼 수 있는 그저 그런 빙하와 설산들뿐이다. 사실 나는 허약한 체력을 감안해서 오늘은 프란세스 전망대까지만 왔다가 돌아갈 생각이었다. 그런데 잠시 쉬면서 둘러보니 내려가는 사람은 없고, 브리타니코 전망대를 향하여 올라가는 사람들뿐이다. 프란세스 전망대는 단지 중간 경유지에 불과해 보인다. 나는 잠시 망설이다가 날씨마저 이렇게 좋은데 '삼수갑산을 가더라도 한번 올라가 보자' 하면서 나도 모르게 다른 트레커들 뒤를 따라 올라가기 시작한다.

역시 예상대로 브리타니코 전망대 가는 길은 만만치 않다. 가도 가도 너덜길이다. 미끄럽기도 하고 경사도 심해 프란세스 전망대 오르기보다는 훨씬 더 힘들다. 천천히 있는 힘을 다하여 마침내 브리타니코 전망대에 올라서는 순간, '와! 정말 올라오기를 잘했구나! 이런 장관이 있다니!' 하는 감탄이 절로 나온다. 병풍처럼 둘러싼 로스 쿠에르노스 델 파이네 산군들(Los Cuernos del Paine, 2,600m)이 360도 최고의 파노라마 절경을 이루며 눈 앞에 펼쳐진다. 어느 한 곳만 쳐다봐도 그림이다. "브리타니코를 오르지 않고서 토레스 델 파이네 트레킹을 말하지 말라."라는 말에 격하게 공감한다. 날씨의 여신마저 이처럼 미소를 지으니 그저 고마울 뿐이다.

너무나 청명한 하늘 아래 기기묘묘하게 생긴 첨봉들이 손에 잡힐 듯이 가깝게 병풍을 두르고 있다. 첨봉마다 각각 이름이 있다지만 첨봉들 이름을 일일이 알아야 할 필요가 있을까? 실컷 보고 눈에 담는 것만으로 족하다. 쿠에르노(Cuerno)는 스페인어로 뿔이란 뜻이다. 내 눈에는 뿔처럼 보이지는 않지만, 파이네의 뿔들(Los Cuernos del Paine)이란 이름이 멋있기는 하다. 나는 왠지 파타고니아가 더없이 좋아진다. 이런 절경을 아무에게나 헤프게 보여 주지 않고 오롯이 발로 걷는 자만이 볼 수 있게 해주니 말이다.

갑자기 브르통(Breton)의 『걷기 예찬』의 한 구절이 생각난다. "걷는 사람은 부자이다. 걷는 사람은 모든 시간과 장소를 결정할 수 있는 무한의 자유를 누린다." 전망대 널따란 바위 위에는 나 같은 부자들이 하늘을 보고 마냥 누워 있다. 더러는 산을 마주 보고 멍때리기를 하기도 한 채 각양각색으로 부자 행세를 하고 있다. 나도 바위 위에 걸터앉아 부자답게 삶은 달걀과 하몽으로 호화로운(?) 점심을 먹는다. 3시가 지나서야 하산을 시작하는데 내리막은 역시 힘들다. 한두 번 미끄러져 엉덩방아를 찧기도 하지만 이탈리아노 캠프까지 무사히 내려온다. 시계를 보니 어느덧 5시 30분이다. 서둘러야 한다.

파이네그란데 산장까지 되돌아가는 길은 왔던 길이라 한결 느긋하고 여유롭다. 늦은 오후라 마주치는 사람도 거의 없다. 오직 들리는 것은 물 흐르는 소리, 새소리, 바람 소리뿐이라 점점 자연 속으로 깊이 빠져드는 기쁨을 맛본다. 여기저기 야생화가 피어 있다. 길섶의 추위와 강풍에 제대로 자라지 못한 분재 같은 작은 관목들도 귀엽고 아름답기만 하다. 이

나의 세계 트레킹 이야기

렇게 나 홀로 다시 2시간 30분가량 걸으니 하얀 설산 아래 에메랄드 색깔을 품은 아름다운 페오에 호수가 다시 보이기 시작한다. 주위의 말라 비뚤어진 사목들마저도 한 장의 그림이 되어 아름다움을 더하고 있다.

어느 사이 산자락에 땅거미가 지기 시작할 무렵 저 멀리 어둠 속에 산장의 불빛이 보이지 않는가? 불과 11시간 만의 귀환이지만 마치 몇 년 만에 돌아오는 고향 집처럼 왜 이리 반가운지! 살짝 의기양양해지기까지 한다. 시계를 보니 8시 10분이다. 오늘 하루 11시간 동안 장장 26km를 걸은 것이다. 초보 트레커 치고는 제법이다. '잘했어! 브라보!' 하고 스스로 외쳐본다. 걷는 자의 행복이 바로 이런 것이구나!

토레스 삼봉 가는 길의 부상 소동

　오늘은 토레스 델 파이네 트레킹의 대미를 장식하는 토레스 삼봉 오르는 날이다. 토레스 삼봉까지는 왕복으로 19km 거리이다. 거리는 다소 짧지만, 급경사 산을 올라야 하기에 매우 힘든 길이다. 아침을 간단히 먹고 서둘러 출발한다. 다행스럽게도 오늘도 날씨는 쾌청하다. 어제 오전 파이네그란데 산장에서 배를 타고 건너와 이곳 토레스 산장에서 하루 종일 푹 쉰 덕분에 발걸음도 한결 가볍고 기분도 상쾌하다.

　산장 뒤편 토레스 호텔을 지나 작은 다리를 건너서부터 본격적으로 등산길이 시작된다. 걷는 사람도 별로 없어 오렌지색 길 표지를 계속 확인해 가며 산을 천천히 걸어 오른다. 초반부터 길은 편하지 않다. 길인지 도랑인지 구별하기 어려울 정도로 곳곳에 골이 파여 있다. 어떤 곳에서는 마로(馬路)까지 겹쳐 있어 길은 더욱 험하다. 걷기 매우 힘든 길을 조심해서 오르니 어느새 숲과 초지는 사라지고 시야가 탁 트인 V자 깊은 계곡이 나타난다. 발아래 깊은 계곡에는 빙하 강이 굽이굽이 흐르고 있다. 트레일은 황량한 산비탈 허리를 돌아 이어진다. 길은 경사는 거의 없지만 좁고 미끄럽다. 좁은 길에는 오가는 트레커들이 점점 늘어난다. 하지만 이런 좁고 아찔한 길에서는 서로 긴장한 탓인지 '올라' 소리도 잘 안하고 조심스레 스쳐 지나갈 뿐이다.

출발한 지 3시간 만에 겨우 5.5km 거리의 칠레노(Chileno) 대피소에 도착한다. 칠레노 대피소 앞마당에는 울긋불긋한 복장의 트레커들로 가득하다. 나도 잠시 배낭을 내려놓고 간식도 먹으며 벤치에 앉아 숨을 돌린다. 잠시 후 다시 걷기 시작하는데 시원하고 편안한 길이 숲속으로 1시간 정도 계속 이어진다. 콧노래라도 나올 무렵 갑자기 숲은 끝나고 눈앞에 급경사의 깔딱고개가 나타난다. 잠시 올려다보니 엄청난 경사의 너덜길이다. 바싹 긴장한 채 한 발짝 한 발짝씩 조심해서 오른다. 좁은 경사길은 매우 미끄럽기까지 하고 가끔 트레커들이 몰려 병목 현상이 생기기도 한다. 겨우 반쯤이나 올랐을까? 얕은 계곡 사이에서 물이 졸졸 흘러내리는 경사진 커다란 바위가 나온다. 스틱을 잡고 조심하면서 오르는데 아차 하는 순간 바위에 미끄러지면서 중심을 잃고 만다. 어디엔가 이마를 크게 부딪쳐 잠시 정신이 몽롱해진다. 정신을 차려보니 바위 위로 피가 뚝뚝 떨어지고 있다. 선글라스는 한쪽 유리가 3분의 1쯤 깨어져 나간 채 바위 위에 나뒹굴고 있고 얼굴 어디에선가 피가 마구 흘러내린다. 오른쪽 눈썹 언저리 어디인 것 같아 손수건을 얼른 갖다 대도 소용이 없다. 순식간에 손수건은 벌겋게 물들어 버린다. 순간 너무 당황한 채 한쪽 팔로 바위를 짚고 일어서지도 못하고 엉거주춤 엎드려 있는다. 잠시 후 난데없이 뒤에서 "Are you alright?" 하는 목소리가 들린다.

낯선 중년 남자가 황급히 나를 부축해 평평한 자리로 옮기더니 배낭에서 응급 키트(Kit)를 꺼낸다. 이어 50대 여성이 다가와 내 상처 부위를 이리저리 살펴본다. 그녀는 능숙한 솜씨로 소독과 지혈을 한 후 거즈와 밴

드로 응급 처치를 해준다. 그리고 서툰 영어로 "어지럽지 않느냐?"고 하며 여러 차례 묻는다. 둘러보니 일행 여러 명이 나를 둘러싸고 걱정스러운 표정으로 바라보고 있다. 하는 말을 들어보니 프랑스 말이다. 이들은 프랑스에서 온 단체 트레커들이다. 정말 요행스럽게도 조금 전 나를 응급처치해 준 그녀는 진짜 의사란다. 그녀는 뇌진탕 증세가 없는지 나의 상태를 여러 번 다시 확인한다. 그녀는 나의 오른쪽 눈언저리가 3센티 정도 찢어졌지만, 상처가 깊지는 않아 보인다고 말한다. 좀 진정한 후 곧바로 내려가 병원을 찾아가라고 서툰 영어로 말해 준다.

내가 그들에게 할 수 있는 프랑스어는 "Merci beaucoup!" 한마디뿐이다. 단지 감사한 정도가 아니라 '하나님이 보호하사'이다. 이런 험한 산중에서 바로 내 뒤에 의사가 따라온 것은 정말 뜻밖이고 행운일 따름이다. 다리를 다치지도, 발목을 삐지도 않았으니 또 얼마나 다행인가! 다행히도 15분 정도 그 자리에 가만히 앉아 있으니 차츰 정신도 차려지고 평정심을 되찾는다. 조심해서 일어나 부서진 선글라스를 다시 집어쓰고 있는 힘을 다해 험한 너덜길 경사를 30분쯤 겨우 오르니 드디어 토레스 삼봉이 눈앞에 나타난다.

　옅은 구름이 면사포처럼 살포시 깔린 맑은 하늘 아래 회색빛 호수 위로 우뚝 솟아 있는 토레스 삼봉을 보는 순간 나의 감동은 배가 된다. 뿌듯한 성취감과 안도감, 그리고 오늘따라 설명하기 힘든 온갖 감정들이 가슴 속에서 벅차오른다. 정말 장엄한 경관이다. 빙하와 첨봉, 호수 3가지를 다 아우르는 토레스 삼봉이야말로 토레스 델 파이네 국립 공원의 상징이자 남미 최고의 비경이라 해도 과언이 아니다. 호숫가로 내려가 바위 위에 앉아 점심을 먹는다. 몸도 경직되고 상처의 통증도 여전하지만, 토레스 삼봉을 쳐다보며 먹는 점심 맛은 특별하다. 부상에도 불구하고 이 자리에 설 수 있어 너무 기쁘고 다리가 성함에 너무 감사하다.

　삼봉 호숫가에서 충분히 쉰 다음 하산을 시작한다. 매우 조심하면서 겨우 걸어 내려와 토레스 산장에 도착하니 오후 6시이다. 몸은 거의 기진맥진 상태이다. 선글라스는 깨지고, 얼굴은 임시 거즈를 붙인 채 엉망이다. 어제부터 친해진 리셉션의 여직원 알레한드라가 내 꼴을 보고 깜짝 놀란다. 주위에 갈 만한 병원이 있는지 물으니 당연히 없다고 한다. 이 심산유곡에 병원이 있을 리가 있나? 푸에르토 나탈레스까지 가야 한다고 한다. 알레한드라는 친절하게 전화를 걸어 24시간 응급실이 있는 병원의 주소와 전화번호를 적어준다. 푸에르토 나탈레스에 도착하자마자 바로 택시를 타고 가장 크다는 병원으로 향한다. 늦은 시간인데도 다행히 응급실은 열려 있다.

응급실에 대기하던 몇 안 되는 환자들의 시선이 낯선 동양인에게 집중된다. 내 행색을 본 직원들이 친절하고 신속하게 나를 응급실 방으로 안내한다. 마침 영어가 능숙한 당직 의사가 상처를 살펴보더니 상처가 깊지 않아서 3바늘 정도 꿰매면 된다고 한다. 정말 다행이다. 봉합이 끝난 후 젊은 의사는 농담도 하며 나의 긴장을 풀어주고 처방전 내용까지 친절히 영어로 설명해 준다. 야간에 문을 여는 약국을 간신히 찾아 약을 사서 숙소로 돌아오니 자정이 가깝다. 밤늦은 시간이라 민박집 주인장 미겔이 놀란 표정으로 문을 열어준다. 비로소 긴장이 풀리는지 엄청나게 허기가 밀려온다. 전망대에서 점심을 먹은 후 여태 아무것도 먹지 못했다. 미겔에게 배고프다는 시늉을 하니 사람 좋아 보이는 60대의 미겔이 나를 부엌으로 데려간다. 빵과 우유, 치즈, 커피 등 있는 것을 다 꺼내서 먹으라고 내준다. 정말 고맙다.

여행은 날씨, 상황 등 예측 불가성을 즐기는 것이란 말이 이제야 이해된다. 비록 작은 사고였지만 깊은 산속이라 사실 당황스럽고 두려웠다. 그런데 생면부지의 여러 사람들이 길 위의 천사처럼 곤경에 처한 나에게 친절하고 적절한 도움을 풍성히 베풀어 주었다. 장엄한 토레스 삼봉과 이마의 상처와 아낌없이 도움을 준 여러 고마운 사람들, 파타고니아가 오늘 내게 선물한 두고두고 잊지 못할 기억들이다. 그런데 배낭을 풀다 보니 스틱 하나가 안 보인다. 황급히 버스에서 내리다가 빠뜨렸나? 그나 마 하나라도 남았으니 얼마나 다행인가? 허허!!

도보 이동　──────

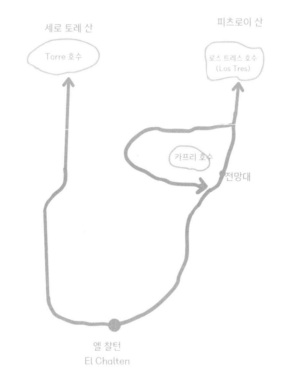

세로 토레 산

Torre 호수

피츠로이 산

로스 트레스 호수
(Los Tres)

카프리 호수

전망대

엘 찰턴
El Chalten

나는 이틀 전 칠레에서의 트레킹 일정을 모두 마치고 버스 편으로 아르헨티나 쪽 파타고니아 관문인 엘 칼라파테로 이동했다. 어제 하루는 모레나 빙하도 둘러보는 여유로운 하루를 즐긴 후 버스로 밤 10시경 엘 찰텐(El Chalten)에 도착하였다. 엘 찰텐은 상주인구 겨우 350여 명가량의 아주 작은 산골 마을이지만 피츠로이와 세로토레 트레킹의 베이스캠프로 유명한 곳이다.

마을의 한 호스텔에 짐을 푼 후 오늘 아침 일찍 일어나 피츠로이를 향해 출발한다. 피츠로이는 아무에게나 쉽게 모습을 보여 주지 않기로 유명한 산이다. 하지만 오늘도 역시 날씨가 좋아 '초행자의 행운'을 계속 기대해 본다. 흔히 "여행은 날씨가 반이다."라고들 한다. 아무리 뛰어난 경관을 자랑하는 명승지라도 날씨가 나쁘면 볼 수가 없다. 파타고니아는 여행 고수들보다 나 같은 초보 여행자에게 온전한 모습을 보여 주는 경우가 더 많다고 한다. 트레커들이 흔히 말하는 '초행자의 행운'이다. 이번 파타고니아 트레킹 내내 운 좋게도 '초행자의 행운'이 계속 이어지고 있다. 파타고니아가 멀고도 먼 한국에서 온 할배에게 베푸는 특별한 선물인가 보다.

호스텔에서 멀지 않은 피츠로이 입구에서 2명의 독일 여성 트레커를 만난다. 그녀들과 앞서거니 뒤서거니 하며 1시간 20분 정도 완만한 경사와 숲길을 따라 기분 좋게 걷는데 갑자기 두 개의 갈림길이 나타난다. 왼쪽은 카프리(Capri) 호수, 오른쪽은 전망대로 가는 길이다. 카프리 호수는 내려올 때 들리기로 하고 전망대 쪽으로 일단 향한다. 얼마 가지 않아 전망대에 도착하니 사목과 돌 더미 너머로 피츠로이가 선연히 서 있다. 날아갈 듯 가벼운 구름 잠옷을 걸치고. 신이 선택한 사람에게만 그 모습을 온전히 보여 준다는 피츠로이가 한국서 온 시골 영감에게 환한 미소를 지으며 환영하고 있지 않은가? 감동이다.

다시 길을 따라 피츠로이를 마주 보며 걷는데 마치 무릉도원을 걷는 기분이다. 인간의 손이 닿지 않은 듯한 숲과 나지막한 관목들, 스텝과 빙하 물이 흐르는 계곡, 그리고 심심치 않게 보이는 붉은 머리 딱따구리. 하늘은 더없이 청명하고 봄볕은 따사하다. 오직 들리는 것은 물소리, 새

　　　　　　　　　　　　　　　　　나의 세계 트레킹 이야기

소리, 바람 소리뿐이다. 별유천지비인간(別有天地非人間)이다. 태초에 하나님이 지으신 낙원이 있다면 바로 이런 곳이 아닐까? 2시간여 동안 인적이 없는 길을 홀로 걷고 또 걷지만, 콧노래가 절로 나온다. 그러다가 '9/10'이라는 길 표지가 나타난다. 10km 중 9km까지는 편하게 왔다. 그런데 역시 피츠로이는 그냥 산이 아니다. 여기서부터 마지막 1km의 오르막은 토레스 델 파이네 삼봉의 오르막 못지않게 경사지고 미끄럽다. 조심 또 조심하며 스틱 하나에 의지하여 천천히 오르다 보니 드디어 로스 트레스 호수(Laguna de Los Tres)가 발아래 나타난다. 호수는 아직도 눈과 얼음으로 덮여 있다. 날카로운 상어 이빨을 한 그 유명한 피츠로이가 수줍은 색시처럼 엷은 구름옷을 살짝 걸치고 나를 내려다보고 손을 흔들고 있다. 'Bienvenido! Senor Joh', '조 선생, 어서 와.' 하면서. 정말 피츠로이가 한국서 온 나를 향해 미소 지어 주는구나! 일순간 엷은 구름이 첨봉을 살짝 가리기도 하지만, 피츠로이를 이 정도로 선명하게 가까이서 볼 수 있다는 것은 행운 중의 행운이다. 'Muchas Gracias(정말 고마워)! 피츠로이야.'

거대한 빙하 위로 우뚝 솟은 3,405m 높이의 거대한 화강암 첨봉 피츠로이(Fitzroy), 흔히 남반부의 마터호른이라고 불리는 산 피츠로이. 1,952년에 이 산을 최초로 오른 프랑스 등반가인 리오넬 테레(Lionel Terray)는 "알프스도 히말라야도 피츠로이에는 미치지 못한다."라고 말했다. 나는 알프스에도, 히말라야에도 아직 가본 적이 없으니 감히 비교할 수야 없지만 피츠로이를 바라보고 있는 이 순간의 감동은 말로 표현하기 어려울 정도로 가슴 벅차다. 30여 분간 그저 멍하니 서서 시시각각 변하는 피츠로이의 모습을 그저 쳐다보고 있을 뿐이다.

매우 미끄러운 하산길을 힘들게 내려와서는 더욱 신이 나서 걷는다. 걷는 동안 피츠로이는 나를 계속 돌아보고 또 돌아보게 한다. 그때마다 피츠로이는 더욱 선명한 자태로 나를 환송해 주고 있다. 10여 시간을 걸었지만, 전혀 피곤한 줄 모른다. 내가 이런 낙원과 같은 길을 언제 다시 걸어 볼 수 있을까? 나는 올라갈 때와는 달리 좀 더 피츠로이를 즐기기 위해서 카프리 호수 둘레길로 우회한다. 민들레가 지천인 평탄하고 무난한 우회 길을 지나자 카프리(Capri) 호수가 나온다. 카프리 호수에서 보는 피츠로이는 또 얼마나 장관인가? 오후의 햇살을 받고 서 있는 피츠로이는 구름 한 점 없다. 그림 같은 풍경이다. 쳐다보는 것만으로도 마냥 행복하다.

막연했던 꿈이 현실로 이루어지다

　오늘도 초행자의 행운은 계속된다. 변덕스럽기로 유명한 파타고니아 날씨에서 오늘같이 쾌청한 날은 일 년 중에 얼마 안 된다며 호스텔 직원이 나더러 운이 좋다는 말을 여러 번 한다. 점심 도시락을 챙겨 토레 (Torre) 호수를 향하여 1시간쯤 천천히 오른다. 숲속에서는 오늘도 여전히 붉은 머리 딱따구리가 나를 반겨준다. 숲속을 지나자 나지막한 언덕 너머 피츠로이와 세로토레가 불쑥 나타난다. 형님 아우처럼 어깨를 나란히 하여 아침 햇살에 눈부시게 상반신을 보란 듯이 드러내고 있다. 정말 아름답다. 길섶 양쪽으로는 따사한 봄 햇살 아래 야생화들이 널브러지게 피어 있다.

관목 숲을 지나고 개울을 건넌다. 시원하게 펼쳐진 널따란 초원에서 아침 햇살에 너무도 선연한 세로토레가 계속 나를 보고 손짓하고 있다. 더할 수 없이 완벽한 그림 속에 들어와 있는 기분이다. 혹시라도 구름에 가려지기라도 할까 조바심 나 발걸음이 점점 빨라지기 시작한다. 어제의 피츠로이 깔딱고개와는 비교도 할 수 없는 낮은 언덕을 오르자 바로 토레 호수가 나타난다. 정말 환상적이다! 호수 위에 송곳처럼 날카롭게 솟아 있는 세로토레(Cerro Torre).

'Cerro'는 산이고 'Torre'는 탑을 의미하니 'Cerro Torre'는 '탑 모양의 산'이라는 뜻이다. 하늘을 향한 포효가 그대로 돌이 된 듯 새파란 하늘을 향해 마치 찌를 듯한 자세다. 누군가 "세로토레는 산이 아니고 공포이다."라고 말했다. 또 어떤 사람은 "오르기 불가능한 산"이라고도 했다. 해발고도 3,128m, 빙하가 깎아낸 화강암 봉우리의 높이만 1,227m에 달한다. 보기와는 달리 세로토레는 1년 12달 80~90도의 수직 화강암 표면이 얼음으로 덮여 있다. 게다가 파타고니아의 엄청난 바람과 폭풍설 때문에 사람이 오르기 불가능한 산이라고 여겨졌다.

하지만 그런 만큼 산악인들의 오르려는 욕망은 더욱 커졌다. 수많은 산악인의 도전과 실패 끝에 마침내 1959년, 이탈리아의 산악인 체자레 마에스트리(Cesare Maestri)가 최초로 등정에 성공하였다. 하지만 불행히도 하산 도중 그의 동료 에거(Egger)가 추락사하는 바람에 그가 찍었다는 사진도, 정상 등극에 대한 아무런 증거도 제시할 수 없게 되었다. 이후 수십 년간 마에스트리의 초등 진위에 대한 논쟁은 계속되었다. '돌로미티의 거미'라는 별명을 지닌 당대 최고의 암벽 등반가였던 마에스트리는 줄

기차게 그의 초등 성공을 주장하였다. 그러나 끝내 그의 세로토레 초등은 공식적으로 산악계의 인정을 받지 못하였다.

이 논쟁은 등반 역사상 아주 유명한 사건이라 여러 권의 책으로도 출간되고 영화로도 제작되었다. 그러한 이야기는 차치하고 내 앞에 서 있는 세로토레는 가까이서 보니 너무나 환상적이고 완벽한 한 장의 그림이다. 오늘따라 유난히 청명한 날씨 때문일까? 현존하는 세계 최고의 산악인 라인홀트 메스너(Reinhold Messner)는 "이 세상에서 토레만큼 신비한 아름다움을 지닌 곳은 없다. 깨끗한 화강암과 빛나는 얼음 모자를 쓴 그 모습은 천상에서 인간세계로 넘어온 광경이다."라고 말했다. 나 역시 그의 말에 100% 공감하며 이 앞에 서 있다는 사실이 잠시 믿어지지 않는다.

사실 나는 이곳에 오기 전까지 세로토레에 대해서 관심이 많았다. 순전히 내가 좋아하는 헤어조크(Herzog) 감독의 영화 〈세로토레〉 때문이다. 내용은 대자연을 상업적으로 이용하려는 인간의 탐욕과 허망함을 다룬 영화지만 실제로는 마에스트리 논쟁을 바탕으로 만들어진 영화이다. 언제나처럼 헤어조크 감독은 이 영화를 100% 현지 로케이션으로 촬영했다. 영화 속의 진짜 세로토레는 그 어떤 산보다도 더 내게 깊은 인상을 주었다. 세상에 이런 산도 있구나. 이런 산에도 사람이 올라갔구나. 언젠가 한번 가 봤으면. 영화를 보면서 잠시 가져 본, 막연하고 실현 불가능해 보이던 그 작은 꿈이 오늘 이루어진 것이다. 그것도 70이 넘은 나이에.

 게다가 날씨의 행운까지 더해 이런 완벽한 세로토레를 만나다니 정말
감격이다. 사진 몇 장을 찍고 주위를 천천히 돌아보아도 아직 12시도 안
되었다. 그냥 내려가기가 아쉬워 주위를 두리번거리며 서 있는데 조금
전 사진을 찍어준 아가씨가 유창한 영어로 내게 말을 건다. "여기서 마에
스트리 전망대까지 1시간 거리인데 함께 가지 않을래요?" 하고. 마에스
트리 전망대는 바로 비운(?)의 산악인 체자레 마에스트리의 이름을 딴 전
망대이다.

 나는 생각해 볼 겨를도 없이 "좋아요."라고 말해 버린다. 그녀와 함께
호수 능선을 오르기 시작하는데 길은 험한 너덜길이고 능선 아래는 깊은
낭떠러지이다. 발이라도 삐꺽하면 호수 아래로 떨어질 것만 같아 당장
되돌아가고 싶은 생각이 들 정도로 겁이 난다. 하지만 대한 남아(?)의 자
존심이 있지 서양 숙녀 앞에서 돌아간다고 할 수도 없고, 더구나 나는 스
틱도 하나뿐이지 않은가? 정말 후회막심이다.

나의 세계 트레킹 이야기

나는 진땀을 빼며 걷는데 아가씨는 무거운 백팩을 메고서도 날 선 호수 능선 너덜길을 잘도 걷는다. 1시간 정도 계속 험한 능선 길을 걸어도 도무지 마에스트리 전망대는 나타나지 않는다. 우리는 할 수 없이 더 가기를 포기하고 빙하가 마주 보이는 자리에서 점심을 먹는다. 스페인에서 온 38살의 이 아가씨는 자기는 20살 때부터 파타고니아에 올 꿈을 꾸어오다가 마침내 오늘 여기에 섰다고 감격스러워한다. 나는 1,000불짜리 저가 항공권에 혹해 어쩌다가 갑자기 오게 되었다는 사실은 차마 고백하지 못한다. 대신 헤어조크 감독의 영화 〈세로토레〉를 보고 감명받아 이곳에 꼭 한번 오고 싶었다고 적당히 둘러대기 바쁘다. 우리는 토레 산과 빙하를 바라보며 내가 싸 온 삶은 달걀과 오렌지를 나눠 먹으면서 백만불짜리 점심이라며 마주 보고 파안대소한다.

2장
아시아

네팔

히말라야 ABC(Annapurna Base Camp) 트레킹

네팔

- 한국인이 사랑하는 제2의 등산 놀이터

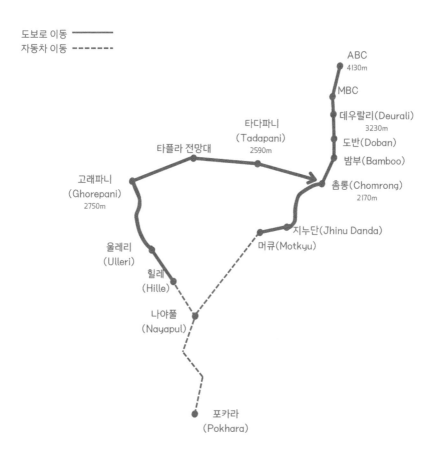

도보로 이동 ——————
자동차 이동 ------------

ABC
4130m

MBC

데우랄리(Deurali)
3230m

도반(Doban)

밤부(Bamboo)

촘롱(Chomrong)
2170m

타다파니
(Tadapani)
2590m

타플라 전망대

고래파니
(Ghorepani)
2750m

지누단(Jhinu Danda)

머큐(Motkyu)

울레리
(Ulleri)

힐레
(Hille)

나야풀
(Nayapul)

포카라
(Pokhara)

시작부터 끝없는 마의 계단을 오르다

작년까지만 해도 내가 히말라야를 걸을 거라고는 언감생심 꿈도 꾸어 본 적이 없다. 가끔 주위에서 히말라야를 갔다 왔다는 이야기를 듣기는 했지만, 나와는 전혀 상관없는 남의 이야기였을 뿐이었다. 그런데 작년 11월에 파타고니아를 어쩌다가 다녀온 후 어느 사이 나도 모르게 다음 갈 곳을 찾고 있지 않은가? 당연히 제일 먼저 떠오른 곳은 히말라야였다. 나 같은 약골 노인이 과연 히말라야에 갈 수 있을까? 도서관에 가고 인터 넷 검색을 하고 몇 달간 열심히 여러 정보를 찾아보았다. 결국 가 볼 만 하다는 또 한 번의 무모한(?) 결정을 하고 만다. 그래, 삼수갑산을 가더라 도 한번 가 보자. 일단 코스는 초보자들이 주로 걷는다는 ABC(Annapurna Base Camp)코스로 정하고 푼힐(Punhill) 쪽으로 루트를 정했다.

장장 9박 10일간의 트레킹이라 나름대로 준비를 철저히 했다. 이번에 는 포터도 동반하기로 하고 포카라의 예약한 숙소에 짐을 푼 다음 일찍 잠자리에 들지만 좀처럼 잠이 오지 않는다. 시차 때문인지 새벽 2시 30 분에 눈이 떠진다. 다시 잠들기도 힘들 것 같아 잠자리에서 일어나 어 제 대충 꾸려 놓은 짐을 다시 정리한다. 아침을 먹고 기다리니 8시 30분 에 여행사의 사장이 포터를 데리고 내 방으로 찾아온다. 얼핏 보니 포터

나의 세계 트레킹 이야기

는 나이도 꽤 들어 보이고 살이라곤 별로 없는 깡마른 체격이다. 이 양반 힘도 못 쓰는 허약 체질 아닐까? 조금은 우려되는 표정으로 빌린 배낭에 슬리핑백 등으로 짐을 채우니 80L 배낭이 거의 꽉 찬다. 다행히 무게는 10kg 정도이다.

대절한 지프에는 같이 탈 사람이 없어 포터 겸 가이드 쇼바(Shova)와 나 2명만 탄다. 지프는 힐레(Hile)로 향하는데 포카라 시내를 벗어나자 도로 상태가 매우 좋지 않다. 울퉁불퉁 비포장도로에 오고 가는 차들이 교차하기도 힘들 만큼 도로는 좁다. 지프는 이런 길을 2시간 정도 달려 비레탄티(Bire thanti)에 도착한다. 이곳에서 팀스(Tims)와 입산 허가서(Permit)를 받기 위해 잠시 쉰 후 다시 지프는 힐레를 향하여 1시간 정도 더 비포장길을 오른다. 그런데 도로 상태가 더욱 나빠진다. 걸어가는 편이 더 나을 정도로 길은 엄청 험하고 도로 곳곳이 무너지고 파여 있다. 지프가 우리를 내려준 곳은 인가도 사람도 없는 험한 산길 한 모퉁이이다. 짐을 내리는 쇼바에게 물으니 여기가 힐레(1,400m)라고 한다. 눈앞에는 높다란 돌계단만이 우리를 맞이하고 있다. 나는 긴장한 채 신발 끈을 단단히 묶고 스틱을 꺼낸다. 우리 둘은 각자의 배낭을 둘러메고 한 발짝 한 발짝 계단을 오르기 시작한다.

드디어 히말라야를 오르는구나! 어깨에 잔뜩 힘이 들어가고 맥박수가 올라가기 시작한다. 우리 외에는 올라가는 사람도 내려오는 사람도 안 보인다. 나는 쇼바에게 "천천히, 천천히"를 연신 주문하며 그의 뒷발치만 보고 오른다. 30여 분쯤 오르니 돌로 된 좁은 길가에 민가가 몇 채 보인다. 식당들이다. 시계를 보니 벌써 12시라 일단 점심을 먹고 가기로 한다. 정자처럼 만들어진 제법 운치 있는 개울가 식당에 배낭을 내려놓는다. 맞은편 식탁에 앉은 젊은 여성 2명이 우리를 보고 눈인사를 한다. 이들은 노르웨이에서 온 대학생들인데 졸업을 앞두고 한 달간 아시아를 여행 중이라고 한다. 그중 영어도 잘하고 쾌활한 쿤힐은 산을 오르면서 여러 번 다시 만난다.

점심을 먹고 다시 출발한다. 2,700개나 된다는 마의 계단을 쇼바는 내 페이스에 맞추며 정말 천천히 걸어 준다. 힘들게 계단을 오르면서 쇼바와 나는 이런저런 이야기를 나눈다. 알고 보니 쇼바의 나이는 46살이다. 포터로서는 환갑을 훨씬 넘었을 나이다. 8살과 5살짜리 두 아들이 있다고 사진을 보여주며 자랑한다. 무거운 짐을 지고 계단을 오르면서도 수시로 아이들과 통화하면서 즐거워하는 표정이다. 쇼바에 의하면 이 많은 돌계단은 순전히 주민들의 힘으로 만든 거란다. 히말라야는 그들의 거처이자 생계 수단이다. 돌 하나하나를 옮기며 주민들이 합심하여 오랜 세월에 걸쳐 만들었다고 한다. 쇼바의 아버지도 일조했다고 쇼바는 자랑스럽게 말한다. 나에게는 엄청나게 걷기 힘든 공포의 계단이지만 그들에겐 없어서는 안 될 유일한 안전 통행로이다.

이렇게 3시간 정도를 더 걸어 오른다. 우리는 오후 3시경 오늘의 첫 목적지 울레리(Ulleri)에 도착한다. 고도는 고작 1,960m라 아직은 고산병을 염려할 높이는 아니다. 쇼바는 잘 아는 듯한 숙소를 찾아가 주인장과 한동안 대화를 나누더니 고맙게도 내게 독방을 사용하게 해준다. 허연 페인트가 칠해진 방은 장식이라고는 아무것도 없다. 하지만 제법 커다란 더블 침대에 욕실까지 따로 있다. 우선 샤워부터 하고 숙소 옥상에 올라가 본다. 탁 트인 전망에 우리가 올라온 골짜기가 발아래 가마득하게 펼쳐져 있다. 드디어 히말라야에 왔구나! 순간적으로 행복감이 밀려온다.

설산이 부끄러운 듯 살짝 고개를 내밀다

　아침 7시 50분 울레리 숙소를 출발하여 고레파니(Ghorepani)로 향한다. 날씨는 쾌청하고 하늘도 더없이 높다. 오늘도 처음부터 오르막 돌계단이다. 가파른 계단 여기저기에는 당나귀가 남기고 간 흔적이 어지럽다. 크게 냄새도 없고 그다지 불쾌하지도 않다. 하지만 수십 킬로의 짐을 진 당나귀도 이 오르막에서는 똥을 쌀 만큼 힘들었나 보다. 가끔 지나치는 산골 민가에는 소와 염소 우리도 보인다. 어느 집 마당에는 초등학생 어린 두 남매가 따뜻한 양지 바지에 정답게 앉아 큰 소리로 무언가를 읽고 있다. 들어보니 영어책 읽는 소리이다. 네팔 사람들이 영어를 잘하는 게 바로 이런 교육열 때문인가?

드디어 설산이 히말라야의 깊은 산골짜기 사이로 부끄러운 듯 고개를 내밀기 시작한다. 구름 잠옷을 입고 새파란 창공에 살짝 얼굴을 내미는 저 산에 대해서 쇼바가 열심히 설명해 준다. 그러나 나는 별로 귀담아듣지 않는다. 이름이 뭐 그리 중요할까? 보는 것으로도 족한데. 설산은 첫날이라고 맛 배기만 살짝 보여준 듯 무심케도 어디론가 숨어 버린다. 길을 가면서 목을 길게 빼고 올려다봐도 더 이상 나타나지 않는다.

계단 오르기에 지쳐갈 무렵 드디어 쇼바가 예고한 숲이 나온다. 고산지대에 이런 울창한 숲이 있다니 신기하다. 비교적 평탄한 숲길을 처음 만나서 날아갈 듯 신이 나서 걷는다. 숲길 도중에 제법 큰 휴게소 식당도 나온다. 식당 주변은 히말라야답지 않게 울긋불긋한 코스모스와 옥잠

화들이 제법 근사하게 정원을 이루고 있다. 숲을 지나니 또 1시간이나 더 돌계단 길을 올라야 한다. 마침내 '푼힐에 온 것을 환영합니다.'라는 동네 입구 간판과 함께 제법 큰 고레파니 마을(Ghorepani, 2,750m)이 나타난다. 오늘의 목적지이다. 그런데 입구에 서니 순간적으로 귀가 멍하다. 고도가 2,750m라는데 벌써 고산병이 오려는 건가? 바싹 긴장된다.

고레파니는 꽤 큰 마을이다. 숙소도 많고 트레커들도 북적거린다. 나처럼 ABC를 가는 사람들이 많이 거쳐 가고, 푼힐을 보기 위해 오는 사람들도 많기 때문이다. 사람이 많으니 당연히 숙소 잡기가 쉽지 않다. 쇼바가 여기저기 오가며 어렵게 잡은 숙소는 꽤 높은 곳에 자리해 있다. 규모도 크고 외관은 멋진데 막상 들어가서 보니 시설은 낡고 형편없다.

더운물도 제대로 안 나오는 낡은 샤워장에서 겨우 샤워를 하고 점심을 먹으러 식당으로 올라가는데 갑자기 창밖으로 비가 억수로 쏟아지고 사위는 온통 운무로 뒤덮인다. 산속의 날씨는 정말 종잡을 수 없다. 올라올 때만 해도 엄청 좋던 날씨였는데. 간발의 차이로 운 좋게 우리는 비를 피한 셈이다. 비는 1시간 이상 계속 퍼붓는다. 우중에 갑자기 생쥐 꼴이 된 채 들어오는 트레커들로 식당 안은 초만원이다. 다들 넓은 식당 가운데 놓인 토치카 앞에 옹기종기 모여 젖은 옷을 말리기에 바쁘다. 아직 한낮인데도 식당 안은 으슬으슬 한기로 가득하다. 나도 한기가 느껴져 점심을 먹자마자 곧장 창틈으로 바람이 숭숭 들어오는 작은 내 방으로 돌아간다. 두꺼운 이불을 둘러쓰고 한기를 떨치려고 잠시 눕는데 나도 모르게 깜빡 잠이 들고 만다. 쇼바가 6시 저녁 식사 시간에 맞춰 깨우는 바람에 겨우 일어난다. 식당은 대부분의 단체팀으로 가득한데 가이드와 포터까지 다 모여 마치 시장 바닥 같다.

저녁을 먹고서도 너무 일찍 자고 싶지 않아 쇼바와 찻잔을 앞에 놓고 1~2시간가량 이런저런 이야기를 나눈다. 쇼바는 처음 인상과는 달리 사려 깊고 사람을 편하게 해주는 스타일이다. 그는 15살 때부터 포터 생활을 시작했다고 한다. 히말라야를 셀 수 없이 올라 200번쯤 오르고부터는 아예 세어보지도 않는다고 한다. 가이드 겸 포터란 정식 가이드가 아니고 사실상 경험이 풍부한 포터를 칭한다. 정식 가이드는 정부의 공식 라이선스가 있어야 하는데 시험이 꽤 어렵다고 한다.

쇼바는 포터 일이 없을 때는 포카라 인근의 고향 집에서 소도 키우고 농사일을 한다. 고단하고 힘들어 보이는 삶 같아 보이는데도 그의 표정은 언제나 밝고 심성이 참 선해 보인다. 그는 영어는 능숙한데 한국말은 한마디도 못 한다. 올라오면서 나는 네팔어 몇 마디를 쇼바에게 배우고 대신 한국말 몇 마디를 가르쳐 준다. 요즈음 네팔에서는 젊은이들이 너도나도 한국에 가서 일하는 것이 꿈이라고 한다. 한국에는 현재 약 6만 명의 네팔 노동자들이 일하고 있다고 한다. 쇼바도 한때 한국행을 꿈꾸었지만 40세 이하라는 나이 제한 때문에 포기하였다고 한다. 시계를 보니 어느덧 8시 30분이다. 이미 잠도 달아난 듯하고 쇼바와 마주 앉아 이야기 나누는 것도 재미있지만 내일을 위하여 할 수 없이 일어나 추운 방으로 돌아간다.

푼힐 대신 타플라 전망대로

　오늘 고레파니의 아침은 너무나 청량하고 맑은 날씨이다. 어제 많은 비가 내린 탓에 동네 곳곳에 물웅덩이가 파여 있다. 햇빛이 반가운 듯 젖은 옷을 말리는 빨랫줄 너머로 구름을 뚫고 다울라기리산이 선명히 보인다. 쇼바와 나는 어젯밤 의논 끝에 푼힐 전망대를 오르지 않기로 했다. 푼힐을 가려면 새벽 일찍 일어나 왕복 2~3시간 동안 밤길을 걸어야 한다. 푼힐 대신 타라파니로 가는 길에 있는 타플라(Thapla) 전망대에서 히말라야 산군을 조망하기로 한다. 우리는 평소보다 일찍 숙소를 나서는데 오늘도 시작부터 오르막이다. 다행히 비교적 완만한 숲길이라 1시간 정도 편안하게 걸으니 타플라 전망대가 나온다. 푼힐 전망대에는 가 보지 못했으니 비교할 수는 없다. 그러나 타플라 전망대도 사방으로 탁 트여 있어 히말라야 산군을 조망하기에 아주 좋은 장소라고 쇼바가 말해 준다.

　배낭을 내려놓고 사방의 설산을 둘러보며 탄성과 함께 히말라야의 신선한 공기를 한껏 들어 마셔본다. 전망대에서 보니 다울라기리산처럼 구름 위로 선명하게 보이는 산도 있고 역광을 받아 어렴풋이 보이는 산도

나의 세계 트레킹 이야기

있다. 또 아예 구름 속에 모습을 감춘 산도 있어 보인다. 좋은 조망을 보고 못 보고는 순전히 그날의 기상 상태와 시간에 달렸다. 타플라 전망대를 지나니 길은 다시 숲속으로 이어진다. 어제 내린 많은 비 때문인지 숲속의 공기는 더없이 상쾌하고 나뭇잎과 풀잎은 아직도 영롱한 이슬을 머금고 있다. 숲길은 고맙게도 제법 길게 이어진다. 나무들 사이에 걸려 있는 오색 깃발 타르초 사이로 설산이 보이는가 하면 빛도 들어오지 못할 정도로 빽빽한 나무숲 오솔길을 걷는 재미 또한 쏠쏠하다.

고레파니(Ghorepani)와 타다파니(Tadapani), 둘 다 –pani로 끝나기에 궁금해서 쇼바에게 무슨 뜻인지 물었더니 'pani'는 네팔어로 물이란 뜻이란다. 'Ghorepani'는 말 먹이는 물, 'Tadapani'는 먼 곳에 있는 물을 뜻한다고 한다. 가파른 계단 길만 걷다가 오늘은 아름다운 숲길을 장시간 걸으니 발걸음도 마냥 가볍고 콧노래까지 나온다. 그런데 호사다마인가? 갑자기 배가 살살 아프기 시작한다. 살살이 설사로 이어지기 일보 직전이다. 죽은 상을 하며 간신히 참다가 가까운 휴게소가 보이자마자 단거리 선수처럼 화장실로 돌진한다. 이럴 때는 정말 식겁하기 마련이다. 화장실 사건만 빼면 오늘의 트레킹은 힘들지도 않고 즐겁기만 하다. 타다파니(2,590m)에는 2시 30분쯤 도착한다. 도중에 시시각각으로 하늘이 변하더니 결국 비가 내리기 시작한다. 숙소에 도착해서도 비는 추적추적 계속 내리고 산은 운무 속으로 다들 숨어 버린다. 별로 할 일도, 볼거리도 없는 산속의 한적한 오후이다.

마차푸차레가 처음으로 모습을 드러내다

불편한 잠자리 때문인지 아침 일찍 눈이 떠진다. 6시쯤 세수하러 숙소 마당으로 나오니 마당 저편에 어제와는 전혀 다른 눈부신 풍경이 펼쳐지고 있다. 어제의 운무는 밤새 사라지고 눈부신 아침 햇살을 뒤로 지고 마차푸차레가 그 신비하고 장엄한 자태를 처음으로 드러내고 있다. 감추어진 신의 모습을 잠시 보여주려는 듯하다. 히말라야에는 7~8천 미터가 넘는 고봉들이 수두룩하고 이미 사람들의 발길이 닿지 않은 산이 없다. 하지만 히말라야에서 유일하게 사람의 발길이 닿지 않은 단 하나의 산이 있는데 바로 마차푸차레이다. 높이는 고작 6,993m에 불과하다. 2개의 갈라져 있는 봉우리의 모습이 생선의 꼬리를 닮아서 마차푸차레(네팔어로 '물고기 꼬리'의 뜻)라고 불린다. 마차푸차레는 네팔인들이 가장 신성시하여 등반을 금지하고 있는 산이기도 하다.

나의 세계 트레킹 이야기

　우리는 8시쯤에 느긋하게 출발하여 촘롱으로 향한다. 어제 내린 비가
채 마르지 않은 길가의 수목과 풀 사이로 찬란한 아침 햇살이 쏟아진다.
산야는 한껏 싱그러움과 생기로 가득하다. 햇살과 그늘이 교차하는 이런
길을 걷는 것은 더없이 상쾌한데 길은 비단길처럼 부드럽기까지 하다.
어젯밤에 내린 비가 그늘진 오솔길에 쿠션감을 더하고 있어서인가? 마
차푸차레는 시야에서 벌써 사라졌다. 하지만 안나푸르나 남봉은 숲속을
걷는 내내 우리와 숨바꼭질이라도 하려는 듯 숨었다가 나타나기를 반복
하고 있다. 지나다 보이는 외딴 민가에는 외양간을 나온 버팔로(물소) 한
마리가 한가로이 풀을 뜯고 있다. 하늘보다 더 파란 색깔을 한 어느 집
주위는 아름다운 꽃나무가 울타리를 치고 있다. 지나다니는 길손의 안녕
을 비는 듯 길섶에 세워진 오색 깃발은 햇빛과 비바람에 바랜 채로 펄럭

이고 있다. 집 옆에 세워진 전신주 옆구리에는 접시 안테나가 하나 덩그렇게 달려 있다. 마치 우리도 문명 세계의 온갖 소식을 접하고 있다고 자랑이라도 하려는 듯이.

산속 깊은 곳에 자리한 채 운동장만큼 넓은 잔디마당과 발아래 멋진 조망을 자랑하는 롯지(산장) 하나가 나온다. 그곳을 지나니 숲길이 있어 훨씬 걷기에 좋다. 그러나 오늘도 역시 무수한 계단을 오르고 내리기는 마찬가지이다. 지나가는 어느 민가 벽에는 "막걸리가 맛있습니다."라는 한글 글자가 적혀 있다. 히말라야에서 막걸리라니! 허허! 오르막 내리막이 심하다 했더니 어느 계곡 사이에는 출렁다리도 걸려 있다. 출렁다리를 지나자 꽤 가파른 산허리를 일궈 만든 계단식 논밭이 나타난다. 길가

나의 세계 트레킹 이야기

곳곳에 옥수수밭도 나오고 외딴 농가도 1~2채 보이는 것이 히말라야가 아닌 강원도의 어느 두메산골 같은 착각이 들기도 한다.

　오후 2시 30분경에 우리는 지친 상태로 촘롱에 도착한다. 촘롱 (Chomrong, 2,170m)은 ABC로 가는 길목에 있는 가장 큰 마을이다. 나야풀 (Nayapul)에서 바로 올라오거나 우리처럼 고레파니를 거쳐 오는 트레커들이 여기에서 다 만난다. 숙소도 많고 기념품점, 마트, 심지어 카페도 있다. 우리가 잡은 숙소는 마을 중턱의 제법 규모가 큰 럭키 롯지이다. 숙소는 넓고 깨끗하다. 내 방에는 화장실도 딸려 있다. 요 며칠간 잤던 숙소에 비하면 이 정도면 5성급 호텔 격이다. 며칠 만에 샤워도 하고 식당에 나와보니 이 좋은 숙소에 사람이 거의 없다. "웬일이지?" 하고 쇼바에게 물었더니 와이파이가 고장 나서 왔던 사람들도 다 다른 곳으로 옮겨갔다고 한다. 이 깊은 히말라야 산중에서 와이파이가 왜 필요하지?

　잠시 후 저녁을 먹기 위해 식당으로 나오니 꽤 넓은 식당에 손님이라곤 3명뿐이다. 한국 청년 1명과 스페인 아가씨, 그리고 나. 우리는 저녁을 같이 먹으면서 이야기를 나눈다. 31세 한국 청년 미스터 박은 바쁜 직장생활 중에 휴가를 내어 ABC를 오르는 중이다. 스페인 부르고스 (Burgos)가 고향인 34세의 노엘리나는 친구와 같이 왔는데 친구는 중도 포기해 내려가고 혼자 ABC를 오르는 중이라고 한다. 둘 다 용감하게도 가이드나 포터 없이 혼자서 무거운 배낭을 메고 오르고 있다. 그들의 젊음과 용기가 부럽다. 이렇게 우연히 촘롱에서 만난 우리 3명은 하산할 때까지 방을 같이 쓰며 동고동락하게 되는 절친(?)이 된다. 그 이유는 순전히 올라갈수록 점점 방 잡기가 어렵기 때문이다. 노련한 포터 쇼바는 이

곳에서 미리 여기저기 아는 숙소에 전화를 걸어 간신히 방 하나 잡기에
성공한다. 그러나 가이드나 포터가 없는 이 둘은 속수무책이라 매우 난
감해 한다. 쇼바가 나서서 다시 전화를 걸어보지만, 추가로 방을 잡기가
너무 어려워 결국 우리가 잡은 방에서 같이 자기로 한 것이다.

산에서 갑자기 폭우를 만나다

한마디로 '눈부시다'는 표현밖에 다른 말이 생각나지 않는다. 이른 아침 숙소에서 바라보는 마차푸차레와 안나푸르나 남봉은 찬란하기 그지없다. 오늘따라 구름 한 점 없는 새파란 하늘 아래 순백색 설봉이 빛나고 있다. 산의 공기는 너무나 깨끗하다. 한 번 크게 숨을 들이쉬면 도시의 더러운 공기로 오염된 나의 폐장을 깨끗이 청소해 주는 것 같다. 머리는 차가운 대기에 접하니 더없이 맑아진다. 이 자리에 서 보지 않고는 결코 느낄 수 없다. 가슴이 탁 트인다는 말은 이럴 때 하는 말이겠지.

오늘은 시누와를 지나 도반(Dovan)까지 가는 날이다. ABC 트레일 중 가장 힘든 코스 중의 하나이다. 박 군과 노엘리나는 젊은이답게 무거운 배낭을 짊어지고 먼저 떠나고 쇼바와 나는 아주 천천히 걷는다. 고도도 점차 높아지고 무수한 계단을 오르내려야 하므로 무리하지 말아야 한다. "Slowly! Slowly!" 오늘도 나는 쇼바에게 똑같은 주문을 외고 있다. 길은 여전히 힘들다. 그래도 피로를 잊게 하는 울창한 숲도 나오고 신기하게도 벼가 심어진 계단식 논도 보인다. 이삭이 알차게 여물어 고개를 숙이고 있는 것을 보니 곧 수확할 때가 된 것 같다. 쇼바의 말로는 히말라야의 논농사는 해발 2,000m, 딱 여기까지 가능하다고 한다. 조금만 더 올라가도 논농사는 불가능하다고 한다. 가는 길가에 커다란 덩치의 소가 어슬렁거리기에 야크인가 했더니 실망스럽게도 버팔로(물소)이다. 야크는 ABC 코스에는 살지 않고 4,000m 이상의 좀 더 높은 지대에 산단다.

산을 오를수록 V자형 깊은 계곡 사이로 설산은 더욱 가까이 눈앞에 선명하게 나타난다. 하늘은 아직은 맑지만, 서서히 구름이 골짜기로 몰려든다. 엄청나게 지루한 돌계단을 힘겹게 올라 시누아에서 잠시 쉰 후 밤부(Bamboo)에서 점심을 먹는다. 점심을 먹고 출발하여 2~3분쯤 되었을까? 갑자기 비가 내리기 시작한다. 우리가 숲속 길에 막 접어들려던 무렵 빗줄기가 점점 굵어진다. 뭔가 예사롭지 않은지 쇼바가 되돌아가자고 한다. 서둘러 왔던 길로 내려와 가까운 롯지 처마 밑에서 겨우 비를 피하는데 천둥 번개가 치고 폭우가 쏟아진다. 산이 무섭다는 것을 새삼 느낀다. 이 폭우와 번개 속에 숲길로 들어섰다면 피할 데도 없어 정말 위험해질 수 있는 상황이다.

30분쯤 지나 빗줄기가 다소 가늘어지자 우리는 다시 출발한다. 하지만 내리는 비로 미끄러운 계단을 오르내리기가 쉽지 않다. 우의를 걸치고 비 오는 숲길을 조심스럽게 걷는데 어느 사이 해가 나온다. 장난이라도 치려는 것처럼. 한국에서는 이런 비를 '여우비'라고 한다고 하니 쇼바는 네팔에서는 '감파니(감=soon, 파니=물)'라고 한단다. 비 온 직후라서 거의 수직을 이루는 수백 미터 절벽에서 가느다란 폭포수가 흘러 내린다. 나무 한 그루 없는 절벽 한가운데의 토사가 금방이라도 쏟아져 내릴 것만 같다. 그 밑을 지날 때는 아찔하기까지 하다. 히말라야의 요즈음 날씨는 대체로 정형을 이루는 듯하다. 오전에는 대체로 맑다가 오후가 되면 점차 흐려져 비가 오곤 한다. 그래서 트레커들은 아침 일찍 출발해 목적지에 일찍 도착하려고 하는 것 같다.

어렵게 예약한 도반 숙소에 도착하니 우리보다 먼저 출발한 박 군과 노엘리나가 벌써 도착해 있다. 예상했던 대로 둘 다 방을 구하지 못해 침대가 2개뿐인 방에서 3명이 같이 자기로 한다. 그런데 노엘리나의 몰골이 비 맞은 생쥐 모양으로 말이 아닌 채 덜덜 떨고 있다. 밤부에서 점심을 먹고 우리보다 10여 분 빨리 떠난 노엘리나는 우리의 우려대로 숲속에서 폭우와 천둥 번개를 만난 것이다. 제대로 된 우의를 준비하지 못했는지 속옷까지 다 젖은 상태로 숲속에서 혼자 공포에 떨었을 상황이 충분히 짐작하고도 남는다. 그녀에게 우선 침대 하나를 내어주고 추워하는 그녀를 위해 우리 이불 하나까지 내어준다. 박 군과 나는 한 침대에서 각자의 슬리핑백 속에서 자기로 한다. 춥고 불편하지만 이런 산속에서 이 정도의 불편은 다반사 아닌가? 침대에서 잘 수 있는 것만으로도 감사할 뿐이다. 이리하여 70대 노인과 젊은 청년 하나 그리고 아리따운 스페인 아가씨와의 사흘간의 기묘한(?) 동거가 시작되었다.

오를수록 산소는 점점 희박해지고

3명이 함께 잔 방은 생각보다 춥지 않았다. 양옆에서 자는 청춘남녀의 열기 때문인가? 노엘리나는 밤에 이불을 두 겹씩 덮고 따뜻하게 자서 그런지 컨디션이 많이 회복된 것 같다. 다행히 오늘 산행에 별 무리가 없어 보인다. 우리 삼총사(?)는 아침을 함께 먹고 각자 제 페이스에 맞게 오늘 목적지인 데우랄리로 향하여 출발한다. 오늘도 아침 날씨는 쾌청하고 구름 한 점 없는 하늘이다. 마차푸차레가 산 너머에서 눈부신 물고기 꼬리를 보여주며 우리에게 아침 인사를 하고 있다. 오늘도 길은 여전히 오르막과 내리막이 이어진다. 이런 길을 며칠씩 계속 걷다 보니 이제는 당연한 것처럼 익숙해졌다. 가끔 좀 지루하다는 생각이 들 때도 있지만 힘들지는 않다. 밤부를 지나서부터 간간이 나타나는 대나무 숲길은 어린 시절 이런 외딴 시골에 살았던 이모 집 뒤 대나무 숲을 연상시켜 정겹기만 하다.

걸을수록 산은 점점 더 깊어지고 높은 절벽 아래를 지나게 된다. 이제 무성한 나무숲은 점점 사라진다. 대신 곳곳의 높은 바위 절벽에서 수백 미터의 폭포 물줄기가 시원스럽게 흘러내리는 풍경이 장관을 이룬다. 어느 폭포수는 일부러 겹겹이 쌓아 놓은 듯한 바위 위로 춤을 추듯 예쁜 모양으로 흐트러져 내리기도 한다. 어느 지점서부터는 올라가는 사람보다는 내려오는 사람이 훨씬 더 많아 서울의 근교 산만큼이나 병목 현상이 일어나곤 한다. 하산하는 사람의 발걸음은 한결 가벼워 보이는데 올라가는 나의 발걸음은 점점 더 무거워만 간다. 3,230m의 데우랄리에 가까워질수록 산소가 점점 희박해지는 느낌이다. 한동안은 혹시 고산병이 오는 거 아닌가 하고 살짝 불안감이 들기도 하고.

우리의 발걸음이 무거워질수록 산은 점점 장엄한 모습으로 눈앞에 더욱 선명하게 다가온다. 몸이 지칠 때쯤 반갑게도 저 멀리 파란색 지붕의 데우랄리 마을이 우리에게 손짓하며 반기고 있다. 오늘은 4시간 정도만 걸어 데우랄리 숙소에 모처럼 일찍 도착한다. 하지만 점심을 먹고 나니 막상 할 일이 없다. 숙소에는 약간의 돈을 내면 와이파이를 사용할 수 있다. 나는 와이파이로 아내에게 간단한 안부 전하는 것 외에는 별로 사용할 일이 없다. 나 같은 잠보 노인은 가만히 있으면 몸이 나른해져 쏟아지는 졸음을 참기 힘들다. 양말과 내의를 빨기도 하고 발도 씻고 세수를 몇번씩 하면서 졸음을 참아보려고 온갖 노력을 다해 본다. 히말라야에서는 어쩐 일인지 걷는 것보다 쉬는 것이 더 힘들다. 오늘도 우리 3명은 한방

나의 세계 트레킹 이야기

을 쓰기로 한다. 방은 3명이 자기는 매우 작고 불편하지만 우리는 이미 이런 환경에 익숙해져서 잘도 적응하고 있다. 도시에서처럼 모든 것이 편하기를 바란다면 히말라야에 굳이 올 이유가 없겠지?

자다가 밤에 잠시 화장실을 가기 위해 밖으로 나왔더니 히말라야의 칠흑 같은 밤하늘을 무수한 별들이 총총히 수놓고 있다. 어릴 때 시골에서는 가끔 본 적이 있지만 도시 생활을 한 수십 년 동안 한 번도 본 기억이 없는 밤하늘의 화려하고 아름다운 별들의 유희이다. 손에 잡히기라도 할 듯한 별들을 내 폰카로는 아쉽게도 도저히 담아 볼 수조차 없다. 나는 추운 줄도 모르고 한참이나 별들을 쳐다보며 다시 한번 히말라야에 온 기쁨을 만끽한다.

마침내 안나푸르나 베이스캠프에 서다

고생을 함께 하면 금방 친해지기 마련이다. 특히 히말라야에서라면 더욱 그런가 보다. 힘겹게 산을 오르고 비좁은 방에서 같이 자고 매끼 식사를 같이하다 보니 친구가 따로 없다. 40년의 나이 차이와 국적은 전혀 문제가 안 되는 듯하다. 우리 3명은 이제 제법 스스럼없는 친구(?)가 되어 간다. 서로 챙겨주고 양보하고 힘들 때 격려하는 그런 친구로. 한국 청년 박 군은 키도 크고 건장한 체격의 호남형이다. 무역 회사에 다닌다는데 영어도 잘하고 매너도 아주 좋다. 내년쯤 결혼할 여자 친구가 있다며 사진까지 보여주며 은근히 자랑한다. 스페인 북부 출신인 노엘리나는 내가 그의 고향 부르고스에 대해 조금 아는 척했더니 아주 좋아한다. 실은 내가 아는 것은 부르고스 출신의 스페인의 국민 영웅 〈엘 시드(El Cid)〉의 영화를 본 기억이 전부이다. 그녀는 지금은 스위스 취리히에서 일하고 있다고 한다. 약간은 집시를 닮은 듯한 까무잡잡한 피부에 씩씩하고 매사에 적극적인 여성이다. 그런데 숙소에서는 매일 밤 부모와 친구들과 SNS하기에 바쁜 걸 보니 아직 미혼인가 보다.

오늘은 ABC 코스의 마지막 구간인 베이스캠프까지 가는 날이다. 3,230m의 다우랄리 숙소에서 4,130m의 ABC(안나푸르나 베이스캠프)까지

고도를 무려 900m 이상 올라야 하는 가장 힘든 코스이다. 자칫 잘못하면 고산병이 와 고생하기도 하고 심할 경우 중도 하산해야 할 수도 있는 가장 긴장되는 코스이기도 하다. 박 군과 노엘리나는 오늘도 먼저 출발한다. 쇼바와 나는 마치 안나푸르나 정상이라도 정복하려는 듯한 긴장된 기분으로 스틱을 단단히 쥐고 한 걸음씩 내딛기 시작한다. 길은 여전히 오르고 내리기를 반복하지만, 고도가 높아지면서 걷기가 점점 힘들어진다. 조금씩 올라갈수록 V자 깊은 계곡의 음영 속에 안나푸르나 남봉이 더욱 선명히 다가온다. 계속 마주하는 안나푸르나는 무거운 우리의 발걸음을 앞에서 끌어주며 힘내라고 격려한다. 우리보다 먼저 떠나 길가에서 쉬고 있는 박 군과 노엘리나는 지친 표정이 역력하고 우리보다 오히려 뒤처지고 있다. 아마도 배낭의 무게 때문인 것 같다. 쇼바와 나는 페이스를 유지하기 위해서 가급적 쉬지 않고 걷는다. 3시간 정도 힘겹게 꾸역꾸역 오르니 3,700m 고도의 MBC(마차푸차레 베이스캠프)가 보인다.

우리는 MBC에 들러 30여 분간 충분한 휴식을 취한 후 다시 ABC로 향한다. 이제 숲은 사라지고 전형적인 툰드라 지대가 시작된다. 툰드라 길이 시작되는 초입에 수백 마리의 양 떼가 길을 가로막고 쉬고 있다. 곳곳에 퀴퀴한 냄새와 함께 널린 똥 밭을 피해 가기가 쉽지 않다. 높은 고도 때문에 나무들이 자라지 않고 키 작은 관목과 풀만 자라는 툰드라 길은 시야가 탁 트이고 전망이 좋아 걷기에 참 좋아 보인다. 경사도 거의 없어 가벼운 산책길 같지만 걸어보면 그렇지 않다. 한 걸음 한 걸음이 정말 힘들다. 순전히 고도 때문이다. 숨이 가쁘고 발걸음은 점점 무거워진다. 그래도 우리는 가급적 페이스를 늦추지 않고 계속 걷는다. 나중에는 주위의 경관은 아랑곳하지 않고 나는 오로지 쇼바의 뒷발치만 처다보며 안간힘을 다해 따라만 가고 있다.

나의 세계 트레킹 이야기

그렇게 힘겹게 2시간 정도를 걸으니 저 멀리 베이스캠프가 보이기 시작한다. 12시 30분경 마침내 베이스캠프 입구에 서니 정말 감격스럽다. "Namaste, Annapurna Base Camp(4,130M)"라고 쓰인 환영 간판이 우리를 반겨준다. 그 옆의 "Congraturations! We achieved"라고 쓰인 간판에는 다 헤어진 오방기가 바람에 나부끼고 있다. 쇼바와 나는 마치 안나푸르나 정상에라도 오른 듯 얼싸안고 하이파이브를 한다. 숙소에 들어서니 사람들이 방을 구하지 못해 다들 난리이다. ABC에는 숙소가 몇 채뿐이다. 지금이 초 성수기라 방을 구하지 못한 사람들은 MBC로 돌아가고 있다. 우리는 쇼바의 노력 덕분에 4인실 방에 잘 수 있게 되어 천만다행이다. 고도가 높은 만큼 낮에도 ABC는 춥다. 얼음같이 차가운 물에 세수를 하고 밖으로 나와 한참을 기다려도 노엘리나와 박 군은 보이질 않는다. 쇼바가 걱정되는지 입구까지 그들을 맞으러 내려간다. 1시간쯤 지나서 쇼바와 함께 겨우 도착하는데 힘들어하는 표정이 역력하다. 다행히 아직까진 우리 3명 모두에게 고산병 증세는 보이질 않는다. 단지 말을 할 때면 숨이 가쁘다. 고산병 증세는 언제 어떻게 나타날지 모르니까 오늘 밤을 지내고 하산할 때까지는 안심할 수가 없다.

　오늘도 캠프에 너무 일찍 도착한 덕분에 냉기가 도는 방에서 또 수마
와 전쟁을 벌인다. 4,000m가 넘는 ABC에서 낮잠을 잔다면 밤에 무슨
일이 벌어질지? 저녁 식사 시간까지 정말 졸음과의 사투(?)를 벌이다가
식당으로 들어가니 여기저기서 한국말 소리가 들려온다. 꽤 넓은 식당
자리가 반 이상이 한국인 차지이다. 오는 길에서 만났던 단체팀 대부분
을 식당에서 다시 본다. 저녁을 먹고 해가 질 무렵 바라보는 마차푸차레
의 모습은 시시각각 그 장엄함을 달리한다. 마차푸차레는 숙소 지붕까지
덮을 듯한 솜처럼 짙은 구름 위로 잠시 순백색 자태를 자랑하다가 해가
지면서 포근한 구름 목도리를 한 채 온통 푸른빛으로 채색되기도 한다.
지금은 어느새 황금색으로 물들고 있다. 장엄하고 아름답다! 이 말 외에

　　　　　　　　　나의 세계 트레킹 이야기

는 달리 표현 방법이 없다. 7일간의 쌓인 피로가 확 날아가는 바로 그런 순간이다.

히말라야의 황홀한 일출

또 한 번의 안나푸르나의 장엄한 일출 광경을 보기 위해 아침 일찍 일어나 헤드 랜턴을 켜고 밖으로 나온다. 아직 사위가 어둠으로 가리고 운무가 산을 덮어 몇 미터 앞도 보이질 않는다.

날이 조금씩 밝아지자 산을 가리던 구름도 서서히 걷히기 시작한다. 낮은 언덕 위에서 펄럭이는 타르초 깃발 위로 서서히 안나푸르나가 모습을 드러낸다. 바람이 구름을 멀리 밀어내자 마침내 설봉이 모습을 나타낸다. 아직도 산허리에 걸린 구름 몇 조각은 마치 귀부인의 하얀 밍크 목도리처럼 설산의 신비를 더하고 있다. 그 밑에 만국기처럼 펄럭이는 타르초 깃발과 어울려 히말라야 풍경의 진수를 그리고 있다. 태양이 떠오르자 산은 꼭대기부터 황금색으로 물들기 시작하는데, 누군들 이 장엄한 대자연 앞에서 감격하지 않으리! 아무런 감탄사도 생각나지 않는다. 단지 이 자리에 서게 된 행운에 감사할 뿐이다.

노엘리나는 어젯밤 배가 아프다며 얼굴이 사색이었는데 아침에 자고 일어나니 다행히 괜찮아 보인다. 배탈인가 해서 걱정했지만, 고산병 증세의 하나인 것 같다. 말할 때 여전히 숨이 가쁘긴 하지만 다행스럽게도 자고 일어나도 다들 특별한 고산병 증세는 없어 보인다. 우리 3명은 아침 식사를 끝낸 후 서둘러 하산을 시작한다. 박 군과 노엘리나는 먼저 출발하고 여느 때처럼 쇼바와 나는 천천히 걷기 시작한다. 하산은 오르기보다 더 조심스럽다. 양 무릎에 스포츠 테이핑을 하고 스틱을 잘 활용하여 무릎에 무리를 주지 않아야 한다.

어제 올라올 때는 숨도 가쁘고 힘들어서 잘 보이지 않았는데 MBC까지 펼쳐져 있는 황량한 툰드라 지대의 풍광은 또 다른 히말라야의 매력이다. 경사도 거의 없으니 다들 내려가는 발걸음이 가볍기만 하다. MBC를 지나 데우랄리로 내려가는 길 또한 양옆으로 웅장한 산들이 골짜기를 이루며 대단한 풍광을 만들고 있다. 내려가는 길목마다 이곳이 마치 청계산인가 착각이 들 정도로 수많은 한국 단체팀의 행렬과 만나기도 한다. ABC가 한국인의 제2의 등산 놀이터가 아닌가 하는 생각이 들 정도이다.

데우랄리를 지나 도반으로 향하는 숲속 길에서 쇼바는 동생을 만난다. 멀리서 올라오는 사람이 쇼바와 많이 닮았다고 생각했는데 역시 형제간이었다. 둘은 오랜만인지 산속에서 짙은 형제애를 나눈다.

히말라야 호텔(3,270m)을 지날 무렵 수많은 양 무리가 도로를 점령하고 길을 가로막고 있어 지나갈 수 없을 정도이다. 이 많은 양은 불쌍하게도 곧 있을 힌두 축제의 먹잇감으로 내려가는 중이란다. 고산지대에서 방목된 양일수록 육질이 좋아 더 비싸게 팔린다고 한다. 쇼바의 말로는 어떤 양들은 무스탕에서 무려 10일 이상 걸려 내려오기도 한다고 한다. 도반에 먼저 내려온 박 군과 노엘리나는 운 좋게 다른 숙소 방을 잡았다. 우리는 늦게 내려온 탓에 지난번 숙소에도 방이 없어 길 건너 식당 지하의

8인용 다인실로 겨우 방을 잡는다. 그래도 어쩌랴! 이럴 때는 다인실에서 잘 수 있는 것만으로도 감지덕지해야지.

길에서 만난 멸종 위기의 히말라야 원숭이

　예상대로 숙소 방은 최악이다. 바로 위는 식당이고 옆은 포터들의 잠자리라 밤늦게까지 시끄러워서 잠을 제대로 못 잘 지경이다. 그래도 이런 번잡한 숙소에서는 새벽잠이 없는 노인네에게 좋은 점도 있어 나는 아침 시간만은 늘 느긋하다. 화장실도 빨리 가고 세수도 먼저 하고 아침밥도 잘 챙겨 먹는다. 다행히 어제 미끄러진 엉덩이 부위는 괜찮은 듯해서 아침을 먹고 바로 출발한다. 올라올 때도 그랬지만 도반에서 밤부를 거쳐 걷는 대나무 숲길은 참 푸근하고 정감 있다. 길가에는 굴뚝에서 연기가 무럭무럭 나고 있는 대나무로 지은 전통가옥이 보인다. 지금도 대나무집에 사람이 살고 있냐고 쇼바에게 물었더니 지금은 사람이 거의 살지 않고 창고나 가축 축사로 사용한다고 한다. 하기야 아무리 대나무가 흔한 밤부 지역이지만 히말라야의 추위와 바람을 이 정도의 대나무 집으로 쉽게 막아낼 수 있을 것 같지는 않다.

　오늘도 양 떼가 좁은 산길을 점령하고 우리의 걸음을 더디게 한다. 덕분에 나무 위에서 빼꼼히 얼굴을 내밀고 있는 하얀 히말라야 원숭이를 보는 행운을 얻는다. 멸종 위기의 야생 히말라야 원숭이를 이처럼 가까이서 보기는 쉽지 않다고 한다.

　　　　　　　　　　　　　나의 세계 트레킹 이야기

　촘롱이 가까워질수록 V자 계곡을 오르고 내리는 계단 길은 정말 만만치 않다. 촘롱 마을이 저만치 보이는 마지막 계단을 오를 때에는 정말 힘들다는 생각이 여러 번 든다. 여간해선 중간에 잘 쉬지 않는 나도 2번이나 퍼져 쉬어가야만 했다. 드디어 오늘의 목적지 촘롱에 힘겹게 도착한다. 히말라야에서 마지막 밤을 보낼 숙소는 올라갈 때 머문 바로 그 럭키 롯지이다. 이곳 숙소에서 박 군과 노엘리나를 다시 만난다.

　우리는 카페에서 히말라야 커피도 마시고 저녁에는 오랜만에 맥주도 마시며 그동안 쌓였던 피로를 푼다. 그리고 내일은 머큐(Motkyu)까지 내려가서 지프를 같이 타기로 한다. 쇼바는 참 좋은 포터이다. 매우 헌신적이고 책임감도 강하다. 10일 동안 함께 고생해서 그런지 정말 형제처럼 정이 간다. 이별을 앞두고 우리는 주소도 교환하고 서로 가족사진도 보여주며 벌써 작별 준비를 한다. 그리고 오랜만에 샤워도 하고 독방에서 편한 잠을 잔다.

정들었던 친구들과의 아쉬운 작별

삶은 감자 몇 개로 아침 식사를 대신하고 우리 3명은 서둘러 아침 일찍 6시 30분에 하산을 시작한다. 박 군이 오늘 오후 2시 귀국 비행기를 타야 해서 서둘러야 한다. 숙소를 나와 잠시 뒤돌아보니 옅은 구름 속에 아침 햇살을 받은 안나푸르나가 우리에게 밝은 얼굴로 마지막 작별 인사를 하고 있다. 촘롱에서 머큐로 내려가는 길은 처음부터 무척 가파르다. 한 발 한발 스틱에 의지하여 지누단까지 내려오니 청계산 초입처럼 오르고 내려가는 트레커들로 길이 비좁을 정도이다. 그동안 트레일에서 만났던 한국 산악팀들도 대부분 같이 하산하고 있다. 젊은 사람들보다는 중년의 아줌마들이 훨씬 더 많아 보인다. 우리나라 사람들의 산 사랑은 정말 특별한 것 같다.

지누난은 꽤 큰 마을로 바로 근처에 온천도 있다. 이곳에서 잠시 온천으로 피로를 풀고 가면 좋겠지만 우리는 그럴만한 시간적 여유가 없다. 지누단을 지나 조금 더 걸어 내려가니 불과 몇 달 전에 완성되었다는 300m가 넘는 기다란 새 출렁다리가 나타난다. 모두 이곳에서 기념사진을 찍기도 하고 다리를 건너면서 어린아이처럼 즐거워한다. 다리를 건너서 얼마 걷지 않아 드디어 머큐가 나온다. 촘롱에서 출발한 지 3시간 만이다.

　제법 넓게 닦인 도로에는 벌써 여러 대의 지프가 대기하고 있다. 도로 여러 곳에는 무사히 하산한 단체팀들이 기념사진을 찍느라고 여기저기 모여 포즈를 취하고 있다. 머큐에서 포카라로 내려가는 길은 정말 험하고 아찔하다. 울퉁불퉁한 비포장도로에서 차가 마구 튀는 것은 참을 수 있다. 하지만 아래로 아찔하게 내려다보이는 수직 절벽 길의 좁은 도로를 달릴 때는 오금이 저리고 무섭기까지 하다. 그런데 20대의 젊은 운전기사는 이런 험한 산길에서 고속도로를 달리듯이 마구 액셀러레이터를 밟고 있다.

　지프는 하산 체크를 하는 비레탄티에 잠시 정차하여 하산 신고를 한 후 다시 마구 내달려 오후 1시경 마침내 포카라에 도착한다. 차에서 내린 우리 3명은 오랜 친구라도 된 듯 진한 석별의 정을 나눈다. 박 군은 귀국행 비행기를 타기 위해 비행장으로 향한다. 노엘리나는 포카라에 남아 며칠간 더 남은 휴가를 즐길 예정이란다. 히말라야에서의 참 우연한 만남이었지만 6일 동안 같이 지나는 사이 우리 3명은 꽤 정이 들었나 보다. 헤어지자니 무척 섭섭하다.

나는 호텔로 돌아와 쇼바와도 아쉬운 작별을 한다. 쇼바는 10일 동안 나의 어려운 산행을 잘 도와주고 무사히 하산하게 해 준 정말 좋은 포터 겸 가이드였다. 나는 섭섭하지 않게 사례를 하고 그의 두 아들을 위해서도 별도의 선물비를 더 준다. 호텔 방에 들어서니 정말 기쁘다. 희열과 뜨거운 감격이 몰려온다. 드디어 10일간의 안나푸르나 트레킹을 무사히 마친 것이다. 10일 전 호텔을 떠날 때의 설렘과 두려움이 지금은 기쁨과 환희로 바뀐다. ABC 입구에 서 있던 "Congratulation! We achieved.(축하합니다. 우리는 해냈습니다)"라고 쓰인 팻말이 갑자기 생각난다. "그래, 나는 해냈어!" 아무도 없는 빈방에서 나는 이 말을 소리 높여 외쳐댄다.

3장
오세아니아

뉴질랜드 호주

밀포드(Milford) 트레킹
- 세상에서 가장 아름다운 길

도보로 이동 ━━━━━
버스로 이동 ┅┅┅┅
배로 이동 ┈┈┈┈

샌드플라이 종점
(Sandfly point)

덤플링 산장
(Dumpling Hut)

메퀴넌 고개

민타로 산장
(Mintaro Hut)

클린튼 산장
(Clinton Hut)

테아나우 다운스
선착장

글레이드 와프 선착장
(Glade Wharf)

테아나우
(Te Anau)

테아나우 호수

뉴질랜드의 자랑, 피오르드랜드 국립 공원의 관문

  나는 어제 환승 시간을 포함하여 18시간이나 걸린 긴 비행 끝에 뉴질랜드 남섬 제1의 관광도시 퀸스타운에 도착하였다. 호숫가 YHA 호스텔에서 하룻밤을 잔 후 오늘 아침 버스 편으로 테아나우로 향한다. 테아나우는 뉴질랜드가 자랑하는 피오르드랜드(Fiordland) 국립 공원의 관문이다. 이 조그마한 도시는 남섬에서 제일 큰 거대한 테아나우 빙하 호수를 끼고 있다. 남섬 최고의 관광지인 밀포드사운드(Milford Sound)로 가거나, 뉴질랜드가 자랑하는 9개의 트레일(Great Walks) 중 가장 인기 있는 3개의 트렉(밀포드, 루터번, 케플러)을 걸으려면 반드시 거쳐 가야 하는 피오르드랜드의 관문이다.

테아나우에 도착하여 호숫가의 한 호스텔에 짐을 풀고 먼저 DOC(자연보호부, Department of Conservation) 방문자 센터부터 찾아 나선다. 내일 밀포드로 들어가려면 반드시 이곳에서 입산 신고를 하고 버스표와 산장 예약을 확인받아야 한다. 나는 루트번(Routeburn) 트렉 분까지 한꺼번에 입산 신고를 하고 산장 예약도 확인한다. 악명 높은 밀포드의 모래파리(Sandfly) 퇴치제도 하나 사서 다시 호수를 따라 테아나우 중심가로 향한다. 호숫가는 평화롭고 조용하기 그지없다. 잔디밭에 앉아 책을 읽고 있는 여인도 보이고 피오르드랜드를 탐험하고 밀포드 트렉 루트를 개척한 탐험가 매퀴넌(Mackinnon)의 동상도 서 있다. 호수 위에는 수상 비행기 한 대가 한가로이 떠 있다.

가슴 설레는 출발, 호수를 건너 밀포드로

    오늘은 고대하던 밀포드 트레킹을 시작하는 날이다. 배낭을 꾸려 긴장된 마음으로 숙소를 나와 DOC 방문자 센터를 향하여 걷는다. 12~13kg에 달하는 묵직한 배낭을 등에 지니 마치 전쟁터에라도 출정하는 기분이다. 바싹 배낭끈을 조이고 등산화 끈도 다시 확인한다. 하늘은 더없이 높고 공기는 상쾌하다. 어제 퀸스타운에서 타고 왔던 바로 그 버스가 DOC 앞에 12시경 도착한다. 만석인 버스는 30여 분을 달려 테아나우 다운스에 닿는다. 호숫가의 선착장으로 내려가니 제법 큰 보트가 기다리고 있다.

나의 세계 트레킹 이야기

밀포드를 걸으려면 개별 트레킹과 가이드 동반 트레킹, 두 가지 방법이 있다. 개별 트레킹은 글자 그대로 개인적으로 먹을 것, 입을 것, 잠자리 모든 것을 각자 해결하고 잠만 산장 다인실에서 자는 트레킹이다. (밀포드에서는 야영을 할 수 없다) 입산료만 내면 되지만 10월부터 4월 말까지 성수기에는 자연보호 명목으로 입산객 수를 하루 40명으로 제한한다. 예약이 매우 어려워 최소 6개월 전쯤부터 웹사이트를 들락거려야 한다. 가이드 동반 트레킹은 하루 50명씩 입산할 수 있고 예약도 쉬운 편이다. 숙소도 편안하고 삼시 세끼 식사도 푸짐하게 제공된다. 그 대신 가격이 비싸다.

보트는 테아나우 호수를 가로질러 오후 2시경 밀포드 트렉의 들머리(트렉의 시작 지점)인 글레이드 와프(Glade Wharf) 선착장에 도착한다. 보트에서 내리면 맨 처음 등산화부터 소독해야 한다. 외래식물이나 바이러스가 묻어 들어오는 것을 예방하기 위한 조치이다. 입구에 밀포드 트렉(Milford Track)이라는 커다란 팻말이 서 있다. 트레커들은 각자 장구를 점검하고 신발 끈을 다시 매면서 본격적인 출발 채비를 한다. 대부분은 단체로 왔거나 일행이 있어 보이는데 나만 혼자인 듯하다. 나도 배낭끈을 다시 바싹 조인다. 스틱을 꽉 쥐고 호흡을 가다듬은 후 힘찬 걸음으로 첫발을 내딛기 시작한다.

드디어 밀포드를 걷는구나! 감격스럽고 가슴이 뛰면서도 한편으론 긴장되고 걱정도 된다. 난생처음으로 12kg가 넘는 무거운 배낭을 멘 데다가, 허리도 무릎도 안 좋은 70대 노인네가 혼자서 무사히 53.5km의 트렉을 완주할 수 있을까? "세계에서 가장 아름다운 길" 밀포드 트렉 가이드북의 첫머리에 나오는 말이다. 순위 매기기 좋아하는 트레커들 사이에 밀포드는 언제나 세계 3대 트레킹 코스에 이름을 올린다. 트레킹 좀 하는 사람이라면 버킷 리스트에서 빠질 수 없는 트레일이다. 나처럼 늦바람 난 초보 트레커에게도 밀포드는 거부할 수 없는 로망이기도 하다.

밀포드 트렉의 들머리는 평범해 보인다. 긴장된 발걸음으로 한 발짝씩

20여 분을 걸으니 벌써 가이드 동반 트레커들의 숙소인 글레이드 하우스 (Glade House)가 나온다. 입구에서부터 이야기를 나누며 같이 걷던 트레커 대부분은 이 숙소로 들어가 버린다. 나 홀로 첫 번째 현수교를 건너 본격적으로 온대 우림 숲속 길로 들어선다. 숲속으로 들어서니 아름드리 너도 밤나무와 양치식물이 빽빽이 들어차 한낮인데도 하늘을 가리고 있다. 길은 조용하고 아름답고 잘 다듬어져 있다. 간혹 숲 사이로 햇살이 잠시 비치기도 하지만 그늘진 울창한 숲과 널브러진 이끼류 식물들 외에는 새도 동물도 사람의 그림자도 없다. 나 또한 침묵 속에 내 페이스대로 묵묵히 걸을 뿐이다. 오직 들리는 것은 바람 소리, 강물 흐르는 소리뿐이다.

남반부에서는 보기 드문 온대 우림 속으로 아름다운 길은 계속되지만 아직은 입이 딱 벌어질 정도는 아니다. 길은 클린튼 강을 따라 이어지는데 나무 틈 사이로 보이는 물 색깔이 너무나 곱다. 무슨 색깔인지 모르겠지만 바닥까지도 훤히 다 보인다. 길이 조금은 단조롭다(?)는 무엄한 생각이 들려는 차에 어느새 클린튼(Clinton) 산장이 나온다. 선착장에서 겨우 5km, 딱 1시간 30분 걸렸다. 바싹 긴장했던 트레킹 첫날치고는 너무 싱거운 걷기이다.

밀포드에서는 저녁 7시에 산장 관리인과 산장 대화(Hut Talk) 시간을 가진다. 산속에서 지켜야 할 여러 가지 주의 사항과 내일 날씨를 이야기해 준다. 에이미라는 젊은 여자 관리인이 요란한 손짓을 섞어가며 뭐라고 속사포처럼 설명한다. 나는 무슨 말인지 도무지 못 알아듣겠는데 다들 웃고 야단이다. 한 가지 겨우 알아들은 말은 내일 폭우가 예상되니 내일 아침 자기가 OK 하기 전까지는 아무도 출발해서는 안 된다고 한다. 다들 표정이 야릇하다. 만일 폭우가 쏟아져 발이 묶인다면 어떡하지? 불안한 마음으로 슬리핑백 속으로 몸을 쑤셔 넣지만 피곤한 탓인지 금세 꿈나라로 빠져들고 만다.

세찬 비바람 속에서 만난 셀 수 없는 폭포들

집에서나 트레일에서나 나 같은 노인은 일찍 자면 일찍 일어나기 마련이다. 어제저녁 9시가 채 안 되어 소등하자 바로 갔더니 새벽 2시쯤 절로 눈이 떠진다. 산장 다인실에서 이럴 때는 정말 난감해진다. 밖에 있는 화장실로 가려면 어쩔 수 없이 옆 사람들을 깨울 것 같고, 소변을 참으며 죽은 듯이 누워 있기는 고역 중의 고역이다. 다른 사람들이 다 일어나는 6시가 되어서야 겨우 기상해 밖으로 나와보니 예상대로 비가 내리고 있다. 황급히 식당으로 나가 에이미의 표정부터 살펴보니 휜히 웃으면서 출발해도 좋다는 사인을 주고 있다.

서둘러 아침을 먹고 배낭을 꾸리는데 아직도 배낭 꾸리기에 서투르다. 60L짜리 큰 배낭에 풀어놓았던 짐을 요령 없이 넣었다 뺐다 하기를 반복한다. 할 수 없이 억지로 구겨 넣다시피 한 후 바깥으로 나오니 8시 40분이다. 다들 떠나고 숙소 마당에는 아무도 없다. 게이터(각반)를 착용하고 우의까지 둘러쓰느라 더욱 늦어진다. 마지막으로 떠나는 나를 보고 에이미가 싱긋 웃으면서 손을 흔들어 준다. '이왕 늦은 거, 천천히 가지 뭐' 하며 호흡을 가다듬고 여유를 부려 보지만, 마음은 영 불안하다.

비가 조금씩 내리지만, 숲속 길이라 걷는 기분은 오히려 상쾌하다. 오늘 길은 완만한 경사를 타고 메퀴넌(Mackinnon) 고개 중턱에 있는 민타로(Mintaro) 산장까지 가는 16.5km의 코스이다. 이정표에는 6시간이 소요된다고 적혀 있지만 나 같은 노인네는 몇 시간이 더 걸릴지 걸어봐야 안다. 길은 여전히 아름답고 매끈하게 잘 다듬어져 발걸음을 가볍게 해 주고 강가에 나뒹구는 사목마저도 한 장의 그림이 된다. 클린튼 강을 따라 계속 이어지는 길에는 어제보다는 한결 깊고 짙은 원시 우림이 사방으로 펼쳐진다. 길섶 양편으로 널브러지게 흩어져 있는 이끼류 식물에 맺힌 빗방울이 아침의 싱그러움을 더해 준다. 멋대로 뻗어져 있는 나무줄기를 감싼 이끼는 이들 원시 우림이 품은 몇백 년, 몇천 년의 가늠하기 어려운 태고의 세월을 말해 주는 듯하다.

　　　　　　　　　　　　　　　　　　나의 세계 트레킹 이야기

숲속은 온통 초록빛 세상이다. 어디에선가 갑자기 숲의 요정이라도 튀어나올 듯한 신비한 분위기이다. 일 년 중 200일 이상 비가 오는 밀포드에서만 볼 수 있는 원시 대자연의 향연이다. 산이 좀 더 깊어지면서 오늘은 물소리, 바람 소리에 더하여 온갖 새소리도 들려온다. 가끔 길가에는 참새 종류의 로빈(Robin)이 나를 빤히 쳐다보고 있다. 또 제법 덩치가 큰 웨카(Weka)도 나타나 날지도 못하면서 뒤뚱뒤뚱 존재감을 알리곤한다. 현수교가 걸린 어느 개울가에는 에이미가 운이 좋으면 볼 수 있다는 청둥오리 한 쌍이 우아한 자태를 뽐내며 헤엄치는 모습도 보인다. 비를 맞으면서도 기분이 좋다고 느껴지기는 참 오랜만이다. 적어도 밀포드에서는 비가 오면 더 행복해진다는 말이 실감 난다. 밀포드에서는 "해가나면 Happy!, 비가 오면 Happy & Happy!, 폭우가 쏟아지면 Happy &

Happy & Happy!"라는 글을 어디에선가 읽었을 때 누군지 허풍도 세다고 믿지 않았는데.

　3시간 정도 약간은 단조롭다는 생각이 들기도 하는 아름다운 숲속 길만 계속 걷는다. 그러다가 갑자기 시야가 탁 트인 평원이 나온다. 양옆으로 어마어마한 높이의 U자형 깊은 피오르 계곡의 장관이 펼쳐진다. 계곡의 깎아 자른 듯한 수백 미터 절벽이 굉음을 내며 아래로 엄청난 수량의 물을 쏟아붓고 있다. 폭포는 1~2개가 아니다. 골짜기마다 셀 수 없이 많은 폭포가 경쟁이라도 하는 건가? 장관 중의 장관이다! 비바람이 제법 거세지만 놀란 눈으로 주위를 둘러보니 몸이 짜릿할 정도의 행복감이 전해온다. 위대한 대자연의 선물을 받는 느낌이랄까?

　나의 세계 트레킹 이야기

어젯밤 에이미가 산장 대화 시간에 나쁜 소식과 좋은 소식이 있다면서 한 말이 기억난다. 내일 폭우가 예상되는데 나쁜 소식은 발이 묶여 못 갈 수도 있고 걷더라도 무척 힘들 것이라고 했다. 좋은 소식은 폭우로 불어난 수량으로 여러분은 엄청난 폭포의 장관을 볼 수 있을 것이라고 했다. 얼음과 바람과 비가 합해져 만들어 낸 신의 걸작품 피오르. 지구 북반부에 노르웨이의 유명한 송네(Sogne) 피오르가 있다면 남반부에는 단연 밀포드 피오르다. 나는 지금 200만 년에 걸친 빙하의 침식작용으로 깎아져 내린 피오르 계곡의 바닥을 걸으며 대자연이 연주하는 엄청난 라이브 교향곡을 듣고 있다. 황홀한 기분으로 이 들판에 나 혼자 처져 있다는 위험도 잠시 잊고 천천히, 정말 천천히 폭포를 즐기며 걷는다. 매퀴넌 패스(Mackinnon Pass)라는 작은 푯말이 보이고 얼마 가지 않아 다시 숲이 나온다. 숲은 푸르름으로 더욱 가득한데 환상적이면서도 조금은 기묘한 분위기이다. 피오르가 두 팔을 벌린 듯한 사이로 키 작은 관목 숲이 예쁘게 펼쳐져 있는 곳도 있다.

누가 밀포드를 단조롭다고 했던가? 그다음도 폭포 또 폭포다. 피오르드 국립 공원 내에는 무려 1,000여 개의 폭포가 있다고 한다. 밀포드 내에도 비가 오면 이렇게 수백 개의 폭포가 만들어지니 번호를 매겨 부르기도 한다. 너무 많은 폭포를 계속 보니 처음의 감동이 조금씩 사그라들 무렵, 피오르 바닥인 들판에 비바람이 더욱 거세어지며 바싹 사람을 긴장시킨다. 비단길처럼 잘 다듬어져 있던 길들은 어느새 여기저기 웅덩이가 파여 건널 때마다 곡예를 하게 한다. 결국에는 내 오래된 K2 등산화를 장화로 만들어 버린다. 세찬 비로 안경도 흐려져 앞이 잘 안 보이고 폰카 렌즈는 비를 맞아 사진마저 뿌옇다. 4~5시간을 쉬지 않고 계속 걸었으니 피곤하고 배도 고픈데 묵직한 배낭마저 더욱 어깨를 짓누른다. 우의는 걸쳤지만 벌써 비와 땀으로 속옷까지 흥건히 젖는다. 트레킹 초반의 여유로움은 어느새 사라지고 비바람 부는 들판에서 초조함과 약간의 두려움이 엄습해 온다. 그 무렵 저 멀리 뿌옇게 목제 구조물 하나가 보이기 시작한다. 프레리(Prairie) 대피소다. 비를 가리는 지붕과 나무 테이블만 있는 오픈 대피소지만 구세주라도 만난 기분이다.

테이블 위에 배낭을 내려놓고 아침에 싸 온 삶은 달걀 2개와 빵 한 조각을 꺼내 먹는데 비바람은 계속해서 테이블을 세차게 때린다. 그래도 꾸역꾸역 배를 채우고 옷을 하나 더 꺼내 겹쳐 입으니 한결 살 만하다. 다시 배낭을 메고 대피소를 나와 10여 분 더 걸어 올라가니 'Bus Stop'이라고 쓰인 진짜 대피소가 나온다. 길은 반갑지 않게 가파른 너덜길로 다시 이어진다. 비바람은 점차 거세어지고 바윗길은 엄청 미끄럽다. 조심또 조심하며 스틱을 꽉 잡고 올라가는데 저 위에서 누군가 내게 손을 흔들고 있다. 몇 시간 만에 만나는 사람인가? 힘을 내서 너덜길을 올라가니 일본 단체팀의 가이드이다. 그는 내가 뒤처진 그들 그룹의 일원인 줄 알고 기다리고 있었나 보다. 어쨌든 사람이 이렇게 반가울 수가 있을까? 너덜길은 깊고 커다란 계곡으로 이어지는데 계곡물이 급류를 이루며 미친 듯이 쏟아져 내린다. 다행히 계곡 위로 현수교가 놓여 있지만, 아래를 내려다보니 다리가 후들후들 떨린다. 계곡을 지나니 다시 사방에서 폭포 소리가 더욱 요란하고 지금까지 보아오던 것보다 더 크고 더 많은 폭포의 장관이 계속 나타난다.

길은 점점 엉망이 되고 비로 유실되어 버린 곳도 있다. 어떤 곳은 간신히 나뭇가지를 붙잡고 무릎까지 오는 개울을 건너기도 하는데 물살이 세 정말 아찔할 정도다. 이미 장화가 되어 버린 등산화도 물이 차 양말과 수중전이라도 벌이는 듯 출렁거린다. 다시 만나는 숲속을 한참을 걸어도 아직 민타로 산장은 보이질 않는다. 이정표조차 없다. 시간은 어느덧 오후 5시가 다 되어 가고 있다. 아름다운 우림도 눈에 안 들어오고 오직 산장이 빨리 나타나기만을 눈이 빠지게 고대하며 걷고 또 걷는다. 그때 마침 산길 한가운데 비를 맞으며 한 여성 레인저가 삽으로 물꼬를 트고 있다. 민타로 산장의 관리인임이 틀림없어 보인다. 후유! 살았다.

운무 속에서 매퀴넌 고개를 넘다

오늘은 밀포드 트렉에서 가장 힘들다는 매퀴넌 고개(1,154m)를 넘는 날이다. 출발이 어제처럼 늦어서는 안 된다. 모두가 아직 꿈나라인 5시 30분에 조용히 침상을 빠져나와 바로 옆의 식당에서 헤드 랜턴을 켠 채 슬리핑백을 말고 어젯밤 미리 챙겨둔 짐들로 배낭을 얼른 꾸린다. 어둠 속에 아침을 해 먹고 8시 20분쯤 민타로 산장을 출발한다. 다행히 밤새 내리던 비가 그쳐 오늘은 날씨가 좋다. 오늘의 목적지 덤플링(Dumpling) 산장까지는 14km 거리이다. 그러나 힘든 고개를 넘어야 하니 몇 시간이나 걸릴지는 알 수 없다. 어제 온통 젖었던 옷은 아직도 축축하고 신발도 전혀 마르지 않았는데 발가락마저 물집이 생겨 초반부터 발걸음은 불편하다.

길의 초입은 양치식물과 이끼류 식물로 여전히 아름답다. 고도가 높아지면서 숲의 모양도 어느새 변한다. 나목처럼 껍질이 벗겨진 나무숲이 보이는가 하면 작은 관목 길도 나온다. 얼마 되지 않아 아름다운 나무숲은 사라지고 누런 풀만 무성한 황량한 경사길로 접어든다. 피오르를 오르는 급한 경사 길은 지그재그로 올라가야 하는데 길은 좁고 아래는 천 길 낭떠러지다. 한 걸음 한 걸음이 매우 긴장된다. 제법 숨이 가쁜 채 힘겹게 오르막을 오를수록 길은 더 좁아진다. 안개인지 구름인지, 앞이 안 보일 정도로 사위를 덮는다. 정상에 가까워질수록 바람은 점점 더 거세진다. 산을 뒤덮고 있는 억새풀이 바람에 파도처럼 물결치고 있다. 조심 또 조심하며 더 올라가니 저 멀리 운무 속에 십자가를 인 매퀴넌 추모탑이 돌무덤처럼 서 있는 모습이 보이기 시작한다.

추모탑에 다다르니 엄청난 바람과 운무 때문인지 주변에 사람이라고 는 그림자조차 없다. 탑 앞에 잠시 서 있기조차 힘들 정도로 바람이 세고 춥기도 하다. 비문도 제대로 읽어보지 못하고 운무 속에 길 표시판부터 찾는다. 매퀴넌 고개 정상(1,154m)까지 아직도 30분은 더 가야 한다. 바람 을 안고 무척 힘들게 30여 분을 더 걸어 올라가니 마침내 매퀴넌 대피소 가 나온다. 대피소는 크고 시설이 좋다. 가스도 비치되어 있어 낮익은 사 람들이 커피를 끓이고 있다. 나도 배낭을 내려놓고 간단한 행동식을 꺼 내 먹으면서 얼었던 몸을 녹인다. 다들 거센 바람 탓인지 털모자를 꺼내 쓰고 옷차림을 단단히 고치고 있다. 나도 겨울 모드로 옷 채비를 단단히 하고 다시 출발한다.

지금부터는 내리막이다. 여유롭게 10여 분을 천천히 내려오는데 어느 새 하늘이 거짓말처럼 맑게 개인다. 구름에 가려져 있던 계곡들도 햇빛 아래 선명히 드러난다. 저 멀리 구름이 산 허리춤에 걸려 있고 산머리에

나의 세계 트레킹 이야기

아직도 잔설이 남아 있다. 다들 밝은 햇살 아래 발걸음을 멈추고 환호하며 사진 찍기에 여념이 없다. 그런데 좋아하기도 잠시뿐이다. 거기서부터 생고생의 하산 길이 시작된다. 피오르가 그냥 경사 길일까? 거의 수직에 가까운 무지막지한 내리막이다. 게다가 온통 돌과 바위투성이 너덜 길이다. 매우 조심하며 스틱에 의지하여 한 걸음 한 걸음 내딛지만 여간 힘들지 않다.

1~2시간 초긴장 모드로 내려오니 다리가 후들후들 떨린다. 다행히 평지가 나와 한숨 돌리는가 했더니 평지 또한 너덜길이고 또다시 급경사 길로 이어진다. 시원한 계곡이 보이는 바위투성이 급경사 길에는 안전을 위해서인지 나무 계단이 만들어져 있다. 이런 나무 계단이 1~2개가 아니다. 젊은 트레커들이나 짐이 없는 트레커들은 잘도 내려가지만 이런 급경사 길은 나 같은 노인네에게는 정말 힘들다. 그나마 스틱이라도 있어서 천만다행이다. 매퀴넌 고개 정상에서 산 아래까지는 무려 970m의 내리막이다. 중간의 한 대피소에서 점심을 먹고 겨우 퀴넌 산장(가이드 동반자 숙소)까지 내려오니 오후 5시가 거의 다 됐다.

여기까지 내려온 트레커들 대부분은 퀴넌 산장 안에 있는 대피소(Day Shelter)에 배낭을 놓아두고 가벼운 차림으로 뉴질랜드에서 손꼽히는 유명한 서덜랜드 폭포를 보러 간다. 왕복 90분 정도 거리이다. 나는 시간도 늦었고 내려오면서 너무 힘을 쏟아버려 서덜랜드 폭포 구경은 포기한다. 그 대신 신발을 벗고 양말도 햇볕에 말리면서 나 혼자 대피소에서 30여 분 동안 널브러져 쉰다. 다소 기운을 회복하여 오늘의 목적지 덤플링 산장으로 출발한다.

이정표에는 덤플링 산장까지 1시간 걸린다고 적혀 있다. 지나가는 길은 멀리 서덜랜드 폭포의 웅장한 모습도 보이고 길은 비교적 평탄한 숲속 길이다. 그런데 아무리 걸어도 좀처럼 산장은 나오질 않는다. 젖은 신발과 양말은 계속 물집 난 발을 압박하고 배도 고프고 체력은 완전 방전 상태이다. 여태 트레킹을 하면서 처음으로 힘들다고 악 소리가 나온다. 1시간에서 20분이 더 지나 겨우 산장에 도착하는데 시계를 보니 저녁 7시가 다 됐다. 거울 앞에 선 내 모습을 보니 몰골이 말이 아니다. 며칠째 씻지 못해 몸에선 고약한 냄새가 풀풀 나고 어제 비에 젖은 옷과 신발 그리고 배낭에서는 김이 모락모락 나기도 한다. 얼굴은 햇볕에 타서 시꺼멓고 수염은 덥수룩하다. 그래도 가장 힘들다는 셋째 날 트레킹을 무사히 마친 기분은 마냥 뿌듯하기만 하다. 사람들이 왜 사서 이런 생고생을 하는지 알 것만 같다.

나의 세계 트레킹 이야기

아름답고 신비한 온대 우림

　오늘은 밀포드 트레킹의 마지막 날이다. 사람들은 아침부터 일찍 일어나 출발 준비로 부산을 떨고 있다. 밀포드 트렉의 날머리(트렉의 끝 지점) 샌드플라이 포인트(Sandfly Point)까지는 18km, 6시간 거리이다. 그곳에서 밀포드사운드로 나가는 보트의 출발 시간이 2시, 3시, 4시로 정해져 있어 사람들은 각자 예약한 시간에 맞춰 도착해야 한다. 3시 보트를 예약한 나는 조금 느긋하게 8시에 출발한다. 지도를 보니 다행히 샌드플라이 종점까지는 거의 평지 길이다. 나 같은 느림보도 넉넉잡아 7시간 정도 걸으면 3시까지는 충분히 도착할 것 같다.

　어제 너무 힘들어서인가? 아니면 오늘이 마지막 날이라서 그런가? 며칠째 걷는 우림이지만 오늘따라 숲은 유난히 더 아름답고, 잘 다듬어진 길은 비단길처럼 푹신하게 느껴진다. 날씨마저 적당히 구름이 끼어 있어 걷기에 안성맞춤이다. 어른의 키보다도 더 큰 고사리류 양치식물과 무성한 이끼류 식물군도 더욱 풍성해져 군데군데 터널을 이룬다. 산사태의 생채기가 그대로 남아 있는 지대를 지날 때는 금방이라도 위에서 토사가 쏟아져 내릴 것만 같아 위를 쳐다보기가 무섭기도 하다. 밀포드가 마냥 아름답고 평화스러운 곳만 아니란 것을 일깨워 주는 건가?

숲은 형형색색의 모양으로 변화무쌍함을 자랑한다. 빙하 녹은 계곡의 물은 푸르른 숲에 청량감을 더하고 있다. 사람들 대부분이 나보다 먼저 출발하거나 앞질러 가버린 탓에 인적도 드문 호젓한 길을 나 혼자 전세 낸 기분으로 걷는다. 모처럼 희희낙락하며 오랜만에 여유를 부려 본다. 숲이 내뿜는 기운을 한껏 즐기면서 기분 좋게 2시간 넘게 걷다 보니 어디에선가 우렁찬 폭포 소리가 들려온다. 메케이(Mackay) 폭포다. 주변에서 사람들이 배낭을 내려놓고 옹기종기 쉬고 있다. 나도 배낭을 내려놓고 나무 계단을 올라 폭포 전망대에 올라 서 본다. 폭포는 높지는 않다. 하지만 푸른 숲과 이끼 낀 바위를 돌아 미끄러지며 내려온 물이 또 한 번 푸른 소(沼) 위로 떨어지는 모습이 한 폭의 그림같이 아름답다. 메케이 폭포에서부터 길은 오른쪽으로 꺾어진다. 좁다란 우림 숲은 나무인지 줄기인지 잎인지 어지러울 정도로 뒤엉켜 신비감을 더하고 있다. 뉴질랜드에 뱀이 없다지만 내 상상 속에 아담과 이브를 유혹한 뱀이 살았던 에덴동산은 바로 이런 숲이 아니었을까?

나의 세계 트레킹 이야기

숲 사이로 보이는 아서 강의 물 색깔은 왜 이리도 고운가? 투명하다 못해 눈이 시릴 정도이다. 강 위에 걸린 현수교를 지나니 많은 트레커들이 배낭을 내려놓고 강물에 발을 담그고 있다. 나도 지나는 길의 한 대피소에서 간단히 점심을 먹고 다시 걷기를 계속한다. 아무래도 시간 내에 가야 한다는 부담감 때문인지 점점 발걸음이 빨라진다. 30.5마일이 적힌 표시 목을 지나니 또 하나의 아름다운 폭포가 발걸음을 멈추게 한다. 자이언트 게이트(Giant Gate) 폭포다. 이름에 어울릴 만큼 크진 않지만 역시 한 장의 그림이다.

이제 3마일(4.8km)이 채 안 남았다. 천천히 걸어도 시간 안에 충분히 도착할 수 있는 거리이다. 오늘 마지막 날, 이 아름다운 숲길을 걸으며 밀포드를 '세계에서 가장 아름다운 길'이라며 뉴질랜드가 자랑하는 이유를 알 것 같다. '아름답고 신비하고 환상적인 온대 우림' 밀포드는 내게 이런 말로 내내 기억되겠지? 마침내 샌드플라이 포인트 종점이 나온다. 대피소에 들어서니 정확히 2시 20분이다. 오늘은 나답지 않게(?) 빨리 걸은 셈이다. 대부분의 사람들은 2시 배편으로 떠났는지 3시 배를 기다리는 사람은 나 외에 두 사람뿐이다. 샌드플라이 포인트 종점 33.5마일(53.6km) 표지판 앞에 서니 가슴 뿌듯하다.

태즈메이니아 오버랜드(Overland) 트레킹

- 발자국만 남기고 사진만 가져가라

호주

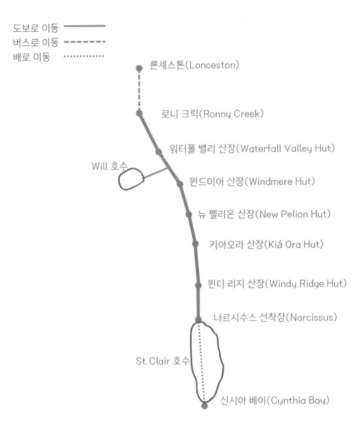

도보로 이동 ──────
버스로 이동 ── ── ──
배로 이동 ·············

론세스톤(Lonceston)

로니 크릭(Ronny Creek)

워터폴 밸리 산장(Waterfall Valley Hut)

Will 호수

윈드미어 산장(Windmere Hut)

뉴 펠리온 산장(New Pelion Hut)

키아오라 산장(Kiá Ora Hut)

윈디 리지 산장(Windy Ridge Hut)

나르시수스 선착장(Narcissus)

St.Clair 호수

신시아 베이(Cynthia Bay)

나의 세계 트레킹 이야기

태고의 대자연이 살아 숨 쉬는 야생의 보고

지구의 땅끝, 태즈메이니아(Tazmania)는 호주 본토에서 240km 떨어져 있는 섬이다. 섬이라지만 면적이 남한의 2/3 크기이다. 게다가 그저 그런 섬이 아니라 호주의 숨겨진 보물섬이다. 태즈메이니아는 오랫동안 사람들의 발길이 닿지 않은 태고의 대자연을 품고 있는 야생의 보고이다. 그 속에 장대한 풍광과 독특한 환경이 빚어낸 특이한 식생들, 그리고 진기한 동물들을 깊이 숨겨놓고 있다. 태즈메이니아는 오랜 세월 빙하가 깎아서 만든 험난한 지형으로 약 1만 년 전 마지막 빙하기에 호주 본토에서 분리되었다.

그 후 18세기 유럽인이 진출하기 전까지 1만 년 동안 외부 세계와는 전혀 접촉이 없었던 남반부의 광활한 온대 우림이다. 태즈메이니아 야생지대(Tazmanian Wildness)는 태즈메이니아섬 면적의 1/5에 달한다. 습하고 험하여 사람의 발길이 거의 닿지 않는 곳이다. 지금도 태고의 야생 지역 특색이 그대로 남아 있고 동물도 외래종이 거의 없다. 또한 지구상에서 가장 맑고 깨끗한 물과 공기를 자랑한다.

나는 10여 일간의 뉴질랜드 일정을 무사히 마치고 호주 멜버른을 거쳐 태즈메이니아섬 제2의 도시 론세스톤(Lonceston)에 어젯밤 늦은 시간에 도착했다. 론세스톤의 유일한 호스텔에 하룻밤을 잔 후, 드디어 이번 걷기 여행의 하이라이트인 오버랜드(Overland) 트레킹을 시작한다.

나의 세계 트레킹 이야기

가파른 고개를 넘어 태즈메이니아의 야생지대로

새벽 4시에 조용히 침상을 나와 아무도 없는 식당에서 배낭부터 꾸린다. 아침을 간단히 먹고 호스텔 밖으로 나오니 6시 30분이다. 일요일 아침답게 주위는 아직 조용하기만 하다. 혼자 서서 버스를 기다리는데 호스텔에서 수염이 텁수룩한 반바지 차림의 청년 하나가 커다란 배낭을 메고 나오더니 내 옆에 선다. "혹시 오버랜드 트렉 가나요?" 하고 말을 걸었더니 반갑게도 그렇다고 한다. 호주의 퍼스(Perth)에서 온 데이비드는 오버랜드 트레킹 내내 나의 말 친구이자 든든한 동반자가 되어 준다. 둘다 홀로 여행자라서 더욱 그랬던 것 같다.

일요일에는 오버랜드 트렉 들머리로 가는 노선버스가 운행하지 않는다. 부득이 나는 사설 교통편(Overland Tracking Transportaion)을 예약했다. 값이 조금 더 비싼 대신 숙소 앞까지 와서 픽업해 준다. 15~16인승 미니버스의 탑승객은 나를 포함하여 모두 8명이다. 데이비드와 나, 멜버른에서 온 50대 2명, 그리고 4명의 20대 젊은 청년들, 모두 오버랜드를 걷기위해 온 사람들이다. 오버랜드의 들머리 방문자 센터까지는 3시간 정도 걸린다.

오버랜드 트렉은 밀포드에 비하면 예약이 그다지 어렵지 않다. 이곳역시 개별 트레킹과 가이드 동반 트레킹 두 종류가 있다. 개별 트레킹의경우 성수기에는 하루 34명으로 입산자 수를 제한하는 것도 마찬가지 같다. 인터넷으로 예약할 때 미리 입산료 200호주달러를 선불한 다음, 방문자 센터에서 입산 신고를 할 때 패스 발급용으로 30호주달러를 추가로내야 한다. 밀포드와 달리 오버랜드 트렉은 트레커들의 안전을 위해 공원 측이 제시하는 안전 장구들을 필히 갖추도록 강제하고 있다.

오버랜드 트렉은 험준한 코스도 많고 산의 고도도 꽤 높은 편이다. 또한 일기도 예측불허라 트레커들 스스로가 텐트, 침낭, 매트, 방수 재킷등 10여 가지가 넘는 필수 장구를 의무적으로 갖추어야 한다. 게다가 트레킹 날짜도 6~7일이나 되어 배낭의 무게가 훨씬 늘어날 수밖에 없다. 10시쯤 방문자 센터에 도착하여 우리는 각자 입산 수속을 끝내고 패스(Pass)를 발급받는다. 다시 같은 버스로 오버랜드 트렉의 들머리인 로니크릭(Ronny Creek)에 도착한다. 운전기사 숀이 우리들의 배낭을 일일이달아봐 준다. 다들 20kg이 넘는데 내 배낭은 그나마 18kg이다. 흔히 길떠날 땐 눈썹도 빼놓고 가라고 할 정도로 장거리 트레커들은 배낭 무게를 줄이려고 엄청 애를 쓴다. 배낭이 무거우면 몸이 지쳐 눈앞의 아름다움도 제대로 볼 수 없기 때문이다. 나도 집에서부터 배낭 짐을 줄이려고무지하게 애를 썼다. 그래도 거의 20kg에 가까워 나 혼자 들어 올리기도힘들 정도로 내겐 무겁다.

나의 세계 트레킹 이야기

출발점에서 사진도 찍고 다들 여유를 부리다가 어느새 각자 흩어지기 시작한다. 출발 시간은 11시쯤이다. 오늘의 목적지 워터폴 밸리(Waterfall Valley) 산장까지는 10.7km 거리인데 안내서에는 4~6시간 정도 걸린다고 적혀 있다. 트레일에 들어서자, 보기만 해도 시원한 초록색 평원이 넓게 펼쳐져 있다. 사람이 한 명 겨우 걸을 만한 좁은 널빤지 길은 평원을 가로질러 산을 향하여 구불구불 기다랗게 뻗어 간다. 나는 꼭 한번 이렇게 탁 트인 푸른 초원을 걷고 싶었다. 마치 카펫이라도 밟는 기분으로 사뿐사뿐 널빤지 길 위를 한 발짝 한 발짝 걷기 시작한다. 가슴은 두근두근 기쁨으로 뛰면서도 긴장과 두려움도 떨쳐버릴 수가 없다.

처음 1시간은 편안한 비단길에 막힘 없는 시원하고 탁 트인 풍경이다.

평지를 지나 완만한 경사로 이어지는 산속으로 접어들자 오버랜드를 대표하는 버튼 그래스(Button Grass)가 여기저기 봉분처럼 흩어져 있다. 호주의 상징 유칼립투스 나무도 모습을 드러내기 시작한다. 가벼운 기분으로 나들이객들 틈에 섞여 천천히 오르니 길가에 조그마한 오두막 하나가 서 있다. 바로 옆으로 도브(Dove) 호수가 나타난다. 물은 더없이 맑지만 물 색깔은 갈색이다. 사람들은 가던 발걸음을 잠시 멈추고 호수를 배경으로 사진 찍기에 여념이 없다. 갈색의 도브 호수에 산의 그림자가 경계를 이루며 그대로 반영되고 있다. 도브 호수의 물 색깔이 유독 갈색인 것은 주위의 버튼 그래스 열매의 탄닌 성분 때문이란다.

나의 세계 트레킹 이야기

그런데 좋아하기는 여기까지다. 도브 호수를 지나 마리온스 전망대 (Marions, 1,223m)로 오르는 길은 상당히 가파르다. 경사가 급한 바윗길이고 계단도 많다. 쇠 난간을 붙잡고 올라야 할 구간도 있어 매우 조심스럽다. 마리온스 전망대에 올라서니 사방이 탁 트이고 전망이 더할 나위 없이 좋다. 발아래로는 도브 호수가, 저 멀리는 요람을 닮은 크래들 (Craddle) 산이 병풍을 치고 있다. 차에 함께 타고 온 일행들도 여기서 하나둘 다시 만나 잠시 배낭도 내려놓고 간식도 먹으며 여유를 부려 보기도 한다. 간편한 복장의 나들이객들은 대부분 여기까지 왔다가 돌아간다. 그러나 우리는 지금부터 본격적인 트레킹을 시작한다.

마리온스 전망대를 출발해서 고갯길 하나를 지나니 다시 탁 트인 평원

이 나온다. 저 멀리 고원 위로 모자처럼 우뚝 솟은 바위 봉우리 반블라프 (Barn Bluff, 1,559m)가 모습을 드러내고 좌측으로는 크래들 산이 우뚝 서 있다. 걷다 보니 어느새 나도 모르게 이 장대한 풍광 속으로 빠져들어 가는 기분이다. 반블라프도 걸을수록 점점 더 가깝게 다가오고 길은 마냥 편안하기만 하다. 키친헛(Kitchen Hut)이 나올 때까지는 이런 아름답고 편안한 길이 계속될 것만 같아 발걸음은 가볍기만 하다. 비상 대피소인 키친헛에 다다르니 주변에 사람들이 옹기종기 앉아 쉬고 있다. 근처에 화장실도 있어 나도 배낭을 내려놓고 잠시 쉬어간다. 주위를 둘러보니 크래들 산(1,545m)을 오르고 있는 사람들도 제법 보인다. 현무암 바위로 이루어진 크래들 산은 정면에서 보니 엄청 가파르고 아찔한 악산이다. 왕복 3시간이나 걸린다고 하니 그저 한 번 쳐다보기만 하고 지나갈 뿐이다.

크래들 산 정상을 바라보며 오른쪽으로 방향을 돌리자 고원 지대로 들어선다. 빽빽한 수목 사이로 좁고 울퉁불퉁한 너덜길이 나와 걷기가 쉽지 않다. 반블라프가 보이는 산허리에는 껍질이 사목처럼 하얗게 벗겨진 유칼립투스 나무가 숲을 이루고 있다. 바위투성이인 산언덕엔 무엇인지 알 수 없는 하얀 덮개들이 여기저기 씌워져 있다. 나지막한 관목 숲 사이의 내리막 너덜길은 오르막 못지않게 힘들기만 하다. 하지만 길가에 지천으로 피어 있는 하얀 야생화가 나의 피곤한 발걸음을 잠시나마 가쁜하게 해준다.

한참을 걸어도 사람 하나 보이지 않고 무거운 배낭은 어느새 축 늘어져 어깨와 허리를 압박하기 시작한다. 한동안 힘들게 돌투성이 숲속을 오르고 내리기를 반복하다가 돔 모양의 비상 대피소를 만난다. 길가의 이정표에는 오늘의 목적지 워터폴 밸리 산장까지 1시간 더 가야 한다고 적혀 있다. 제기랄! 속으로 투덜거리며 사초 지대를 가로지르는데 길은 여전히 거칠기만 하고 온몸은 땀으로 흥건하다. 몸은 점점 지쳐가고 18kg이나 되는 배낭은 자꾸 뒤로 쳐진다. 악전고투 끝에 간신히 워터폴 밸리 산장에 도착한다. 시계를 보니 6시 30분이다. 첫날부터 무려 7시간 30분 이상을 걸었다.

워터폴 밸리에는 2개의 오두막이 있다. 입구에 자리한 큰 오두막은 이미 빈 자리가 없다. 할 수 없이 200여 미터 아래쪽 야영장 근처의 작은 오두막으로 내려간다. 문을 열고 들어서니 매트조차 없는 2층 침상 2개(8인용)가 텅텅 비어 있다. '웬일이지?' 하며 배낭을 두고 밖으로 나와본다. 일찍 도착한 사람들 대부분이 오두막 바로 앞마당에 텐트를 치고 벌써 저녁 식사 준비를 하고 있다. 주위를 둘러보니 경치가 기가 막히게 아름답다. 병풍처럼 포근히 둘러싼 산자락에는 유칼립투스 나무가 숲을 이루고 있다. 하늘은 높고 저녁 공기는 더없이 맑고 깨끗하다. 주변 경치를 바라보며 심호흡을 크게 하니 오늘 하루 쌓였던 피로가 일순에 사라지는 듯 행복감이 밀려온다. 비로소 내가 태고의 태즈메이니아 야생지대 깊숙한 곳에 와 있음을 실감한다. 나보다 훨씬 먼저 도착한 데이비드가 명당자리(?)에 텐트를 쳐놓고 커피를 마시다가 나를 보자 손을 흔든다.

오두막 바로 옆 작은 개울에서 겨우 얼굴과 발만 대충 씻는다. 저녁을 지어 먹으려면 입구에 있는 큰 오두막의 부엌으로 가야 한다. 오버랜드는 밀포드와 달리 전기도, 수도도, 가스도, 수세식 화장실도 없다. 물이라고는 빗물 탱크에 모아 둔 물뿐이다. 식수로는 적합하지 않아 정수하거나 끓여 마셔야 한다. 화장실도 숙소에서 100~200m 떨어져 있고 푸세식 변소이다. 여기서는 비누도 세제도 일체 사용할 수 없다. 당연히 샤워는 언감생심이다. "오버랜드에서는 발자국만 남기고, 사진만 가져가라." 하는 말처럼 조금이라도 사람이 다녀간 흔적을 남겨서는 안 된다. 잠자리와 먹거리는 각자 몫이고 쓰레기는 당연히 각자 가져가야 한다. 자고 난 침상도 뒤에 오는 사람들을 위해서 깨끗이 청소하고 가야 한다. 여기는 문명 세계와는 완전히 절연된 딴 세상이다.

전기가 없으니 껌껌해지기 전에 저녁밥을 지어 먹고 설거지까지 다 마쳐야 한다. 개수대도 없고 세제도 쓸 수 없으니 설거지가 가장 힘들다. 데운 물을 가지고 밖으로 나와 대충 설거지를 할 수밖에 없다. 여기서는

　　　　　나의 세계 트레킹 이야기

개인의 위생보다는 자연보호가 우선이다. 그래도 누구 한 사람 불평하지 않는다. 모두 그 불편함을 즐기러 온 것처럼. 나는 태즈메이니아의 이런 불편함이 조금도 싫지 않다. 뉴질랜드의 밀포드는 깔끔하지만 다소 제약이 있다. 숙박비도 비싸지만 매일 방을 빼고 이동해서 4일 만에 트레킹을 마쳐야 한다. 매일 밤 산장지기의 산장 대화 시간에 의무적으로 참석해 이런저런 잔소리(?)도 들어야 한다. 오버랜드는 많이 다르다. 입산료 200호주달러만 내면 같은 산장에서 며칠씩 머물든, 트레일을 며칠씩 더 걷든 상관이 없다. 잔소리하는 산장지기도 없다. 자연 속에서의 소소한 불편함을 감수할 수 있다면 훨씬 더 많은 자유를 누릴 수 있는 오픈된 트레일이다.

설거지까지 끝내고 깜깜한 밤길에 외따로 떨어진 오두막으로 돌아가는데 눈앞에 시커먼 물체 하나가 서 있다. 두 눈에 시뻘건 광채를 내고 있는데, 순간 놀라서 움찔한 채, 꼼짝 못 하고 서서 자세히 바라보니 몸체는 보이질 않고 두 눈만 움직이다가 서서히 어둠 속으로 사라진다. 분명히 동물은 동물인데 어떤 동물일까? 약간 겁먹은 채 한동안 서 있다가 오두막으로 들어간다. 8인실 오두막에는 여전히 나 말고는 아무도 들어와 있질 않다. 오두막 전체를 전세 낸 것 같아 좋기도 하지만 왠지 나만 바보가 된 기분이다. 하기야 이런 좋은 날씨에 이런 기막힌 전경을 두고 나 말고 누가 답답한 오두막에서 자려고 할까?

장대한 태즈메이니아 고원 지대

8명이 자는 오두막을 통째 혼자서 자는 호사(?)를 누렸지만 잠은 그리 편하지 못했다. 밤새 포섬 같은 동물이 오두막 주위를 어슬렁거린다. 가끔 음식 냄새를 맡고 오두막 안으로 들어오려고 굳게 잠가둔 출입문을 긁기도 한다. 그제야 어젯밤 바깥 텐트에서 자는 사람들이 다들 배낭과 먹거리를 오두막에다 두고 가는 이유를 알 것 같다. 동물들 소리에 밤새 자다 깨기를 반복하다 눈을 뜨니 7시다. 바깥은 벌써 훤하게 밝아 있다.

오늘은 윈드미어(Windmere) 산장까지 가는 불과 8km 거리이다. 3시간 정도 소요되는 무난한 코스라 군이 서둘 필요가 없다. 천천히 출발 준비를 하고 산장을 나오니 10시. 사람들은 대부분 떠나고 나 혼자 여유를 부리며 느긋하게 출발한다. 길은 처음부터 무난하게 시작되어 나지막한 사초 지대를 가로지른다. 오늘은 훨씬 더 가깝게 보이는 반블라프 위로 구름이 걸려 있지만 걷기에는 더없이 좋은 날씨이다. 길은 이내 산허리에 굵은 띠를 두른 듯한 유칼립투스 숲으로 접어든다. 일부러 휘어놓은 듯한 유칼립투스 나무들의 기이한 모습이 재미있고 숲에서 뿜어내는 아침의 신선한 공기는 한마디로 상큼하다. 계속 걸어도 길은 편안하기만 하다.

단조롭다는 생각이 들 틈이 없을 정도로 풍광은 수시로 바뀐다. 지금 걷고 있는 길이 1,000m가 넘는 고원 지대라는 사실이 믿어지지 않는다. 버튼 그래스가 지천이기도 한 사초 지대에 놓인 널빤지 길은 트레커들을 위해 만든 길이 아니다. 사람들이 습지를 마구 밟아 훼손시키지 않도록 방지하기 위한 것이다. 하지만 오늘 내게는 비단길이 따로 없다. 세상에 이렇게 아름다운 길도 있을까 생각이 드는 숲속 길로 접어든다. 이 장대한 원시림 한가운데에서 수천 년 수만 년 시간을 품은 태고의 원시를 나홀로 걷는 기분은 정말 특별하다.

태즈메이니아에는 3만5천 년 전부터 이미 인류가 들어와 살고 있었다. 1만 년 전에 기후 변화로 해수면이 상승하면서 호주 본토와의 사이에 해협이 생기고 외부 세계와 완전히 고립되었다. 유럽인이 이 섬에 처음 상륙했을 때까지도 원주민들은 1만 년 전 원시생활 방식 그대로를 유지하고 있었다. 18세기 영국의 유형수가 대량 들어와 개척을 시작하면서 이 섬의 주인인 원주민들은 마구 살해당하고 동물 취급을 받다가 결국은 절멸당하고 만다. 태즈메이니아 원주민의 슬픈 역사에도 불구하고 태즈메이니아가 1만 년 동안 외부 세계와 철저히 고립돼 있던 역사는 한편으로 인류에게는 더 없는 행운이기도 하다. 지금 내가 걷고 있는 오버랜드의 이 독특한 자연환경과 식생은 바로 1만 년 동안의 문명과의 단절이 가져다준 하나님의 특별하고 소중한 선물이다.

1시간 30분쯤 혼자서 신나게 걷는데 멀지 않은 곳에 사람들이 여럿 모여있는 모습이 보인다. 가까이 가서 보니 다들 이곳에 배낭을 두고 15분 거리의 윌(Will) 호수를 보러 간단다. 오늘은 시간도 넉넉한 편이라 나도 배낭을 두고 그들을 따라간다. 우리의 시골 논두렁처럼 꼬불꼬불 이어지는 널빤지 길을 따라가니 윌 호수가 나온다. 윌 호수에는 벌써 제법 많은 사람들이 와 호수에 발을 담그고 있다. 성급한 젊은이들은 수영복 차림으로 물에 뛰어들기도 한다. 멀리서만 보이던 반블라프가 바로 코앞에 자리하고 있다. 윌 호수는 반블라프의 모습이 아름답게 반영되는 호수로 유명하다. 하지만 오늘은 바람이 일어 아쉽게도 반블라프의 반영을 제대로 볼 수 없다. 나도 잠시 호숫가에서 땀을 식힌 후 삼거리로 돌아와 다시 배낭을 메고 걷기 시작한다. 아침에 잔뜩 드리어져 있던 구름도 점점 걷히고 하늘은 점점 맑아진다. 그러나 나무가 없는 사초 지대는 따가운 햇볕에 무방비 상태이다. 더위 속에 30분쯤 걸으니 조망이 아주 좋은 언덕바지를 지난다. 아래를 내려다보니 빙하가 만들어 낸 크고 작은 호수들이 보이고 저 멀리까지 고원은 끝도 없이 뻗어 있다.

다시 컴컴한 숲속 길을 통과하는데 움푹 파인 내리막길에 시커먼 뱀 한 마리가 바로 앞에서 지나가고 있지 않은가! 깜짝 놀라 그 자리에 선 채로 굳어버린다. 뉴질랜드에는 뱀이 없어 안심 놓고 숲속을 걸었는데 태즈메이니아에는 독뱀이 있어 컴컴한 숲을 걸을 때는 항상 조심해야 한다.

뱀을 보고 놀라 움찔하던 컴컴한 숲속을 벗어나니 발아래로 멋진 윈드미어 호수가 나타난다. 호수는 멀리서 보던 것보다는 훨씬 더 넓고 아름답다. 호숫가 커다란 나무 그늘에 멜버른에서 온 50대 중년 남자 둘이 매우 지친 표정으로 쉬고 있다. 그들은 어제 겁도 없이(?) 크래들 산에 올라간다고 하더니 식겁을 했는지 오늘 하루 종일 비실비실하고 있다. 호수의 이름을 딴 윈드미어 산장은 호수에서 멀지 않은 곳에 자리하고 있다. 주위에 워낙 숲이 울창해서 가까이 가서도 산장이 잘 보이질 않는다. 오늘도 날씨가 좋아 먼저 온 사람들은 산장 주위의 나무판 위에 텐트를 치고 있다. 오늘 함께 걸었던 트레커들은 대부분 호주 사람들인데 그들 중에는 애들레이드에서 온 가족들도 있다. 부모들은 50~60대, 자녀들은 20대 전후로 보인다. 모두 12명이 함께 걷고 야영하며 자연 속에서 즐기는 모습이 마냥 부럽기만 하다. 오늘은 4시도 되기 전에 도착하는 바람에 별로 할 일이 없다. 일찍 저녁을 지어 먹고 심심하던 차에 애들레이드에서 온 톰 가족과 이야기를 나눈다. 이번 트레킹 중 동양 사람은 나 혼자라 다들 관심이 많다. 내가 며칠 전 밀포드를 걷고 왔다고 자랑(?)하니 옆에 있던 다른 가족까지 다 불러 모은다. 내 폰카에 담긴 사진들을 돌려보면서 다들 환성을 지르며 부러워한다. 사람은 다들 남의 떡이 더 커 보이기 마련인가? 나는 오버랜드가 훨씬 더 좋은데.

나의 세계 트레킹 이야기

심한 갈증으로 쓰러지기 일보 직전

아침 6시에 일어나 부지런히 서두르는데도 출발은 9시이다. 오늘도 날씨는 더없이 좋다. 여행 중 특히 트레킹에서 날씨만큼 좋은 복은 없다. 호주 본토와는 달리 태즈메이니아에는 1년 중에 270일가량 비가 온다. 연간 강수량도 2,800mm나 되는 남반부의 대표적인 온대 우림 지역이다. 거의 매일 비가 오더라도 하나도 이상할 일이 아닌데 일주일 내내 날씨가 좋으니 이보다 더 큰 복이 있을까? 날씨 요정이 이번에도 내 편이 되어 주는구나.

오늘은 16.8km를 걸어 펠리온(Pellion) 산장까지 가야 한다. 고원의 거친 들판과 산악 지대를 넘어야 해 이번 트레킹 중에 가장 길고 힘든 구간이다. 오늘도 시작은 무난하다. 트레일은 사초 지대를 지나 완만한 경사 길로 이어진다. 하지만 트레일이 숲속으로 접어들자 오늘의 코스가 만만치 않음을 미리 알려주는 듯하다. 숲은 아름답지만은 않다. 말라 비뚤어진 나뭇가지가 뒤엉켜 사납기까지 하다. 숲을 통과하자 다시 사초 지대가 나온다. 이름도 알 수 없는 붉은색 풀꽃이 온통 초원을 덮고 있다. 이어 다시 버튼 그래스 지대가 나온다. 버튼 그래스를 보면 이젠 반갑기까지 하다. 버튼 그래스가 있는 곳은 비교적 걷기 쉬운 평원이 대부분이기 때문이다. 평원 저 멀리로는 거대한 백운암 바위산 오클리(Mt.Oakleigh, 1,286m)가 펠리온 평원을 가로막고 우뚝 서 있다.

바닥에 "Pine Forest Moor"라고 새겨져 있는 널빤지 길을 지난다. 길은 다시 울퉁불퉁 무성한 수풀 지대와 버튼 그래스 평지를 지나고 다시 소나무 숲도 지난다. 맑은 날씨라고 좋아할 것만도 아니다. 해가 중천에 뜨니 가려줄 만한 숲이 없는 평원에서는 햇살이 무지막지하게 내리쬔다. 선크림을 바르고 모자도 쓰고 있지만 얼굴과 몸은 온통 땀 범벅이다. 지금까지 황량한 평원의 습지대와 숲을 계속해서 오르내리지만 크게 힘들지는 않았다. 그러나 깊은 계곡 아래로 내려가면서 트레일은 차츰 험해지기 시작한다. 숲속의 돌부리와 나무뿌리들이 뒤섞여 걷기가 쉽지 않

나의 세계 트레킹 이야기

다. 한참을 홀로 숲속을 힘겹게 걷다가 반갑게도 애들레이드 가족 팀을 다시 만난다. 그들은 울창한 숲속 얕은 개울가에서 옹기종기 모여 점심을 먹으며 쉬고 있다. 나도 그들 틈에 배낭을 내려놓고 점심을 먹는다.

애들레이드 가족팀은 모두 12명이다. 그들 중 유독 동양인 얼굴을 한 20대 남녀 젊은이 두 사람에게 눈길이 간다. 어제 아침 워터폴 밸리에서도 만난 60대 호주 영감의 아들과 딸인 것 같다. 그는 내가 한국에서 왔다고 하니 자기 아들, 딸 둘이 다 한국 입양아라며 매우 반가워했다. 그의 아들과 딸은 얼굴은 한국 사람인지 몰라도 말과 행동은 완전히 호주 사람이다. 우리는 트레킹 내내 자주 마주치지만, 반가운 건지 어색한 건지 그저 서로 "하이!" 하며 인사만으로 그친다. 내가 그들에게 말을 건넨다 해도 무슨 말을 해줄 수 있을까? 그나마 호주인 아버지 밑에서 행복하게 살고 있는 것만 같아 보기가 좋다.

점심을 먹고 30분쯤 더 걸으니 나지막한 개울에 도달한다. 오버랜드에서 가장 낮은 지점인 프레그 프라츠(Flag Flats, 730m)이다. 쾌청한 날씨 덕(?)에 아침부터 땀도 많이 흘리고 힘들었던 탓에 냇가에서 발도 씻고 잠시 쉬어간다. 여기서부터 트레일은 점차 오르막으로 이어지면서 나도 점점 헉헉거리기 시작한다. 그동안 경험한 바로는 트레일에서 처음 2~3시간 정도는 배낭의 무게가 크게 느껴지지 않는다. 아직 체력이 넉넉하고 상당히 긴장해서 걷기 때문이다. 하지만 2~3시간이 지나면 몸도 점차 지치면서 배낭의 무게가 어깨를 짓누르기 시작한다. 걷는 시간이 5~6시간이 지나면 체력은 거의 바닥나고 배낭은 돌덩이처럼 천근만근 무거워진다. 그때부터는 그냥 근성으로 걸을 뿐이다. 오늘도 예외가 아니다. 시간이 지나자 배낭은 아래로 점점 처지고 몸은 천근만근이다.

 땀을 많이 흘릴수록 물을 자주 마셔야 하는데 수통의 물이 얼마 남아 있지 않다. 아직 갈 길이 많이 남았으니 물을 아껴 먹어야 한다. 오늘따라 오르막이 더 힘들게 느껴지는 것은 순전히 갈증 때문인 것 같다. 여기는 깊은 산속인데도 개울이 드물다. 언덕을 오를수록 갈증은 점점 더 심해진다. 남은 물을 다 마셔버리지만, 입술은 바짝 마르고 갈증은 여전하다. 영화에서나 보던 장면이 불현듯 떠오른다. 사막에서 물을 찾아 헤매다가 갈증으로 쓰러지는 그런 장면이. 그나마 여기가 사막이 아니어서 얼마나 다행인가? 조금만 참고 더 걸으면 산장이 나오겠지 하며 안간힘을 다해 고개를 넘는다. 고개를 넘자 다행히 평탄한 내리막길이 나오고 넓은 펠리온 평원(830m)이 나타난다. 한참을 더 걸어 내려와서 피로와 갈증으로 거의 탈진할 무렵에야 뉴 펠리온 산장이 나온다. 산장 입구에는 엄청나게 높고 큰 덩치의 유칼립투스 나무가 빽빽이 들어차 하늘을 가리고 있다. 누가 말하지 않아도 이곳이 바로 태즈메이니아의 깊은 심장부임을 알겠다. 시계를 보니 4시 30분이다.

나의 세계 트레킹 이야기

  뉴 펠리온 산장은 펠리온 평원에서도 가장 전망이 좋은 곳에 자리하고 있다. 규모도 크고 시설도 좋다. 산장 발코니에서 바라보는 해 질 무렵의 조망은 가히 환상적이라는 말밖에 달리 표현할 방법이 없다. 바로 눈앞에 버튼 그래스 사초 평원이 누렇게 펼쳐져 있고 옆으로는 오클리 산이 톱날같이 날카로운 이빨을 드러내 놓고 있다. 평원을 감싸고 있는 무성한 유칼립투스 숲과 그 위로 걸려 있는 구름까지 어울려 어디에서도 본 적이 없는 환상적인 풍광을 연출하고 있다. 오직 오버랜드에서만 볼 수 있는 풍경이다.

힘든 날이 있으면 쉬운 날도 있더라

어젯밤에는 심한 탈수 현상 때문인지 꽤 힘들었다. 소변이 전혀 나오지 않고 요도 부분의 심한 통증으로 잠도 제대로 잘 수 없을 지경이었다. 진통제로 통증을 겨우 달래고 아침에 일어나니 밤새 겪은 통증은 훨씬 줄어든 듯하다. 물도 엄청 많이 마신 덕에 소변도 웬만큼 나온다. 이 정도면 충분히 걸을 수 있을 것 같아 정말 다행이다. 멀리 떨어진 화장실로 가다가 문득 눈에 오클리 산의 풍경이 들어온다. 오클리 산은 짙은 안개에 싸인 채 무슨 판타지 영화에나 나올 듯한 비현실적인 풍광을 만들고 있다. 탈진 일보 직전의 힘들었던 어제 하루와 밤새 겪었던 심한 통증도 이런 풍광 앞에서는 한순간에 잊기 마련이다. 자연은 깊은 곳에 감추어진 이런 아름다운 속살을 아무에게나 쉽게 보여 주지 않는다. 오로지 힘들게 걷는 자에게만 보여 준다. 이래서 다들 고생하면서 걷는 것 아닐까?

아침을 신경 써서 챙겨 먹고 진통제를 다시 한 알 먹은 후 9시에 출발한다. 오늘은 키아오라(Kia Ora)까지 8.6km의 거리이다. 거리는 멀지 않지만, 상당히 가파른 펠리온 재를 넘어야 한다. 날씨는 오늘도 나쁘지 않다. 쾌청한 정도는 아니지만 걷기에 적당할 정도로 구름이 끼어 있다. 오

나의 세계 트레킹 이야기

늘은 시작부터 바로 산속으로 접어든다. 830m 고도의 펠리온 평원에서
고개의 정상 펠리온 고개(1,250m)까지는 꽤 고도 차이가 있어 제법 산을
오르는 기분이다. 산은 여태까지 보지 못했던 우림으로 이어진다. 이끼
류 식물들과 너도밤나무, 판다니 덤불 등 여태까지 보던 숲과는 사뭇 다
른 모습이다. 이끼가 잔뜩 덮인 나무는 뉴질랜드 우림에서나 보던 것들
이다.

태즈메이니아의 야생지대는 뉴질랜드보다 훨씬 더 광활하고 잘 보존
된 듯하다. 태즈메이니아 우림 속에는 수령이 1,000년이 넘는 나무들도
적지 않다고 한다. 숲 가운데는 죽은 나무인지 살아 있는 나목인지, 수령
이 얼마나 되는지 도무지 알 수 없는, 희한한 형상으로 세월을 꿋꿋이 버

티고 있는 나무들도 보인다. 누가 오래 더 잘 버티고 있나 시합이라도 하는 듯이. 온대 우림은 고맙게도 걷는 자에게 더없이 편안하고 상쾌함을 선사한다.

오늘같이 좋은 날씨에는 습하지도, 덥지도 않은 숲속이다. 오로지 신선한 공기와 눈부신 푸르름, 나무가 뿜는 향기로 가득하다. 운이 좋으면 태즈메이니아의 희귀 동물도 만날 수 있다. 2시간여를 이렇게 우림을 지나고 사초 지대와 유칼립투스 숲을 오르다 보니 어느 사이 펠리온 고개에 도착한다. 고개는 역시 고개이다. 고갯마루에 설치된 널따란 쉼터에 서니 사방으로 시원한 전망이 펼쳐진다. 멀지 않은 곳에 태즈메이니아의 제1봉 오사 산(Mt.Ossa, 1,617m)이 안개에 가린 채 부끄러운 듯 반쯤 자태를 드러내고 있다.

쉼터에는 단체로 온 듯한 20여 명의 트레커들이 옹기종기 모여 있다가 잠시 후 가이드를 따라 오사 산으로 올라가기 시작한다. 나는 체력을 아끼기 위해 오늘도 메인 트레일에서 벗어나는 샛길 걷기는 생략하기로 한다. 나는 쉼터에서 충분히 쉬면서 행동식도 먹고 다시 출발한다. 펠리온 고개를 넘고서부터는 완만한 내리막이라 길은 한결 여유롭다. 태즈메이니아는 히말라야나 파타고니아처럼 숨 막히는 압도적인 장관은 없다. 하지만 장대한 야생과 때 묻지 않은 순수한 대자연이 주는 감동은 더 특별하고 인상적이다. 때로는 아프리카의 사바나같이 황량하기도 하고, 넓은 평원에 떡하니 서 있는 나무 한 그루도 예사롭지 않다. 끝없이 펼쳐진 평원 너머 고고한 채 우뚝 솟아 있는 바위산에도, 깊이 파인 협곡과 가는 곳마다 하늘을 찌르는 유칼립투스 숲에서도, 우리가 사는 행성 어느 곳

나의 세계 트레킹 이야기

에서도 볼 수 없는 태즈메이니아만의 야생이 펼쳐져 있다.

　오늘은 시간이 지나도 발걸음이 무척 가볍고 피곤하지도 않다. 간밤의 통증이 사라져서 그런가? 오늘은 수통도 가득 채워 와 갈증도 없다. 다시 숲을 지나고 들판을 걷다 보니 어느새 키아오라 산장(Kia Ora Hut)이 나온다. 키아오라는 뉴질랜드 마오리족의 '안녕하세요'라는 인사말이라고 한다. 도착 시간은 1시 30분. 놀랍게도 내가 제일 먼저 도착했다. 다들 중간에 오사 산을 오르거나 여유를 부리고 천천히 오나 보다. 이제 야생에서 나흘을 걷다 보니 모든 것에 익숙해진다. 전기 없는 밤도, 푸세식 변소도, 샤워를 못 해 근질근질한 몸도, 며칠씩 입어 냄새가 풀풀 나는 등산복도 이런 대자연 속을 걷는 기쁨을 제한하지 못한다. 어쩌면 밀포드 트레일의 깔끔함보다도, 안나푸르나 트레일의 번잡함보다도 나는 오버랜드 트레일의 이런 불편함이 더 좋다. 우선 세수하고 옷부터 갈아입고 나니 그제야 사람들이 한두 명씩 도착하기 시작한다. 오늘은 비교적 짧은 거리지만 풍광도 좋고 여유로운 트레킹이다. 힘든 날이 있으면 쉬운 날도 있기 마련이다.

빗소리와 함께 마지막 밤을

　오늘은 윈디릿지(Windy Ridge) 산장까지 9.6km 거리이지만 울창한 우림지대를 5시간 정도 걸어야 한다. 멀지 않는 곳에 카테드랄(Cathedral) 산이 병풍을 두르고 있다. 날씨는 오늘도 역시 좋아 보인다. 9시에 출발하여 얼마 가지 않아 울창한 숲속으로 들어선다. 길바닥은 유달리 나무뿌리가 많아 돌부리 못지않게 조심스럽다. 걷는 도중에 오늘따라 단체팀을 자주 만난다. 오늘 만난 사람들은 시드니에서 온 50대 전후의 단체팀이다. 밀포드와는 달리 오버랜드를 걷는 사람들은 호주 사람이 대부분이다. 나 같은 외국인은 많지 않다. 열에 하나 정도 될 듯한데 밀포드는 그 반대였다. 오버랜드는 그 진가에 비해 아직 밀포드보다 덜 알려져 있고 또 걷기도 더 힘들기 때문인 것 같다.

1시간 30분쯤 단체팀과 이야기도 나누며 앞서거니 뒤서거니 하며 걸으니 어느덧 두케인(Du Cane) 오두막까지 온다. 단체팀들과는 이곳에서 헤어진다. 계속해서 30여 분을 더 걸으니 달톤(D'alton) 폭포와 퍼거슨(Fergusson) 폭포로 내려가는 길이 나온다. 조금 더 가니 이번에는 오버랜드에서 가장 멋있다는 하드네트(Hardnett) 폭포 이정표가 나온다. 대부분의 트레커들은 배낭을 내려놓고 1~2곳의 폭포를 보기 위해 샛길로 내려간다. 하지만 나는 그냥 계속 걷는다. 길은 점점 험해지고 숲속으로 오르막이 이어지다가 다시 내리막이 시작된다. 숲은 본격적으로 깊은 우림지대로 전개된다. 수령이 오래되어 보이는 숲은 더욱 장대하고 길바닥의 얽혀 있는 나무뿌리는 여간 조심스럽지 않다. 숲이 풍기는 향기가 오늘따라 유별나다. 박하 향 같기도 하고 허브 향 같기도 한 나무의 향내가 혼자 외롭게 걷는 노인의 기운을 마구 올려주고 발걸음마저 가볍게 해준다. 어떤 곳에서는 햇빛조차 닿지 않을 정도로 숲이 무성하기도 하고 기묘하게 혹이 달린 듯한 나무 몇 그루가 유난히 시선을 끌기도 한다.

사람들은 다들 폭포 나들이를 갔는지 산장에 도착할 때까지 한 사람도 만나지 못한다. 하지만 이제는 홀로 걷는 것이 더 편하고 익숙하다. 출발해서 거의 4시간을 쉬지 않고 걷는데 갑자기 후드득 빗방울이 떨어지기 시작한다. 산중의 날씨는 언제나 변화무쌍하기 마련이다. 오버랜드에서 처음 비를 만난다. 비가 점점 굵어지려는 무렵, 얼마 가지 않아 윈디릿지 산장이 나타난다. U자 모양의 빙하 계곡에 자리한 윈디릿지 산장은 여태 본 산장 중 규모가 가장 크다. 산장의 정식 이름은 'Burt Nicols Hut at Windy Ridge'이다. 그동안 이 산장의 명칭이 다소 헷갈렸는데 식당 벽에 커다랗게 써 붙여진 버트 니콜스(Burt Nicols)의 일대기와 사진을 보니 왜 그의 이름을 붙였는지 알겠다.

그는 1930년대 이 지역의 유명한 사냥꾼이자 가이드로서 오버랜드 트렉을 개척한 사람이다. 오버랜드(Overland)라는 말도 그가 트렉을 개척할 당시 처음으로 사용하기 시작했다고 적혀 있다. 오늘도 샛길을 가지 않고 곧장 걸은 덕분에 일찍 도착한다. 크고 넓은 산장에는 나보다 먼저 온 사람은 데이비드뿐이다. 데이비드와 반갑게 인사를 나누고 산장에 짐을 풀자마자 세차게 비가 퍼붓기 시작한다. 여름철 소나기처럼 세찬 비는 좀처럼 그치지 않고 계속된다. 내 뒤에 도착한 사람들은 거의 비 맞은 생쥐 꼴이다. 이런 세찬 빗속에서는 우의를 입어도 그다지 소용이 없다. 비가 세차게 계속 내리니 오늘은 아무도 텐트를 치지 않는다. 사람들이 모두 산장 안으로 몰려 들어와 산장은 마치 피난민 수용소처럼 북적거린다.

여기저기 젖은 옷과 신발들이 어지럽게 걸려 있고 침상이 모자라 늦게 온 사람들은 식당 바닥에까지 매트를 깔고 자는 진풍경이 벌어진다. 나야 일찍 도착했으니 좋은 침상도 잡고 모처럼 코펠로 밥까지 지어 먹는다. 하지만 비는 계속 오고 숙소는 바닥까지 사람들로 다 차 있어 갈 곳이 없다. 낯익은 얼굴들도 오늘 저녁만은 각자도생인 듯 다들 자기 밥 챙겨 먹기에 정신이 없다. 해가 지기를 기다려 잠자리에 드는데 2층 침상은 5명이 빈틈없이 드러누워 비좁기 그지없다. 그나마 오늘 밤은 침상에서 잘 수 있는 것만으로도 감사할 일이다. 막상 오버랜드 트레킹도 오늘 밤이 마지막이라고 생각하니 왠지 아쉽고 쉽게 잠이 오지 않는다.

트레커들의 축제장에서 울려 퍼지는 환호성

　이른 아침 5시 30분쯤 살그머니 침상을 빠져나와 배낭을 꾸린 후 식당
으로 나와 아침을 해 먹는다. 식당 바닥에는 트레커 몇이 슬리핑백 속에
서 자고 있다. 일찍 떠나려니 방해가 돼도 어쩔 수 없다. 11시 30분 보트
를 예약했다는 젊은 4인방은 언제 떠났는지 보이질 않는다. 나 홀로 안
개 자욱한 숲속 길로 들어선다. 보트가 출발하는 나르시수스(Narcissus)
선착장까지는 9km만 걸으면 된다. 길은 비교적 평탄한 내리막길이지만
그래도 오버랜드이다. 울창한 유칼립투스 숲을 지나는데 울퉁불퉁 돌부
리와 나무뿌리가 여전히 날 조심스럽게 한다. 아직도 안개가 채 가시지
않은 숲속을 최대한 빠른 속도로 걷는데 갑자기 길 앞에서 느릿느릿 걷
는 동물 한 마리가 나타난다. 갑자기 나를 보자 어느 사이 숲속으로 사라
져 버린다. 처음이자 마지막으로 본 동물인데(뱀을 제외하고) 무슨 동물인
지 도무지 이름도 모르겠다.

　11시 30분 보트를 타려면 부지런히 쉬지 않고 걸어야 한다. 지루하게
이어지던 숲속 길을 벗어나니 널빤지 길이 나온다. 초록이 싱그러운 볼
링 그린(Bowling Green) 지대에는 아직도 아침 안개가 걷히지 않고 있다.
그래도 길이 편해서인지 발걸음은 점점 더 빨라진다. 이어 다시 버튼 그

래스 평지가 나온다. 그동안 매일 먹는 밥상의 김치처럼 하루도 거르지 않고 보던 버튼 그래스도 오늘이 마지막인가? 그렇게 바삐 걷다 보니 울창한 나무숲에 둘러싸인 세피수스(Cephissus) 개울이 보인다. 어느덧 아침 안개는 완전히 사라지고 개울 너머 하늘이 청명하게 얼굴을 내밀고 있다.

넓빤지 길이 이어지는 습지 평원을 계속 부지런히 걷다가 시계를 보니 시간은 넉넉하고도 남는다. 비로소 걷는 속도를 한 템포 줄이고 여유를 부린다. 사진도 찍고 길섶의 꽃들도 천천히 구경하면서 걷다 보니 어느새 나르시수스 오두막이 나온다. 드디어 무사히 종착점에 도착했구나! 18kg에 달하는 무거운 배낭을 메고 65km의 험난한 태즈메이니아 야생

지대 심장부를 6일 동안 나 홀로 무사히 걸은 것이다. 미리 도착한 젊은 4인방과도 만난다. 우리는 선착장에서 보트가 올 때까지 사진도 찍고 센트 클레어(St.Clair) 호수의 정경을 마음껏 즐긴다. 소형 보트에 타서 30여 분간 센트 클레어 호수를 기분 좋게 가로지르니 드디어 오버랜드 트레킹의 종착점 신시아 베이(Cynthia Bay) 선착장에 도착한다.

나의 세계 트레킹 이야기

몰골은 다들 거지꼴이지만 나들이 나온 듯한 주위 사람들이 부러운(?) 눈으로 다들 우리를 쳐다보고 있다. 괜히 어깨가 으쓱해진다. 전장에서 막 돌아온 병사처럼 배낭을 멘 채 우리 일행은 방문자 센터 마당의 오버 랜드 트레킹 완주 기념물 앞에 서서 폼을 잡는다. 주위의 사람들이 박수를 치며 열렬히 환영해 준다. 이어 다른 단체팀도 속속 도착한다. 박수 소리와 환호 소리로 시끌벅적한 마당은 온통 트레커들의 축제장 같다.

4장
유럽

스웨덴 · 이탈리아
조지아 · 아이슬란드
프랑스

<table>
<tr><td>스웨덴</td><td>

쿵스레덴(Kungsleden) 트레킹
- 유럽의 마지막 남은 야생지대

</td></tr>
</table>

도보로 이동 ———
헬리콥터 이동 --------

아비스코(Abisco)

아비스코야우에 산장
(Abiskojaure Hut)

알레스야우레 산장
(Alesjaure Hut)

첵챠 산장
(Tjäktja Hut)

셀카 산장
(Sälka Hut)

케브네카이제 산장
(Kebnekaise Hut)

싱이 산장
(Singi Hut)

니칼루옥타
(Nikkaluokta)

북행 열차를 타고 북극 한계선을 넘다

아비스코(Abisko), 북위 68도 21분.

북극 한계선(북위 66도 33분)보다 더 위에 위치한 스웨덴 최북단 라플란드(Lapland) 지역의 작은 마을. 일 년 중 200일 이상 눈이 오는 곳, 상주인구 100여 명. 겨울 동안은 오로라를 보기 위하여, 여름 3달 동안은 쿵스레덴(Kungsleden)을 걷기 위하여 사람들이 모여드는 곳. 몇 달 전까지만 해도 어디에 있는지조차도 몰랐던 이름마저 생소한 곳. 나는 어쩌다가 이 작은 북극권 마을 아비스코로 가기 위해 스톡홀름 중앙역에서 저녁 6시 11분 출발하는 SJ 야간열차를 타고 있었다. 총거리는 1,300km. 소요시간은 20시간이나 된다.

    사실 쿵스레덴이 세계적으로 알려진 것은 순전히 해마다 8월 중순에
열리는 피엘라벤(Fjallraven) 클래식 야영 대회 때문이다. 세계적으로 약
2,000명의 트레커들이 참가하는 이 트레킹 대회는 쿵스레덴의 전 구간
을 걷는 것이 아니다. 니칼루옥타(Nikkaluota)에서 아비스코(Abisko)까지 쿵
스레덴에서 가장 아름다운 길 110km를 4~5일에 걸쳐 야영을 하며 걷는
대회이다. 참가 인원수가 한정되어 있어 예약조차 힘들다. 나도 이 길을
걷기 위해 온 것이다. 하지만 내 진행 방향은 반대이고 번잡한 야영 대회
가 막 끝나는 시점부터이다. 밤새 달려온 아비스코 행 북행 열차는 키루
나(Kiruna) 역에 오후 1시경 도착한다. 그런데 어쩐 일인지 더 이상 가지
않는다. 대신 승객들이 역 앞에 대기 중인 버스로 갈아타고 있다. 무슨

영문인지 몰라 물어보니 피엘라벤 클래식 야영 대회가 아직 끝나지 않아서라고 한다. 버스는 1시간쯤 달려 우리를 깊은 산골 어느 건물 앞에 내려준다. 아비스코 투어리스트 스테이션(Abisko Tourist Station)이다. 쿵스레덴 트레킹의 들머리이자 꽤 규모가 큰 산장이다. 도착해서 시계를 보니 오후 2시 30분이다. 15km를 걷기에는 참 어중간한 시각이다.

나의 세계 트레킹 이야기

늦은 시각 나 홀로 외로이 백야를 걷다

원래 쿵스레덴(Kungsleden) 트레일은 아비스코(Abisko)에서 헤마반 (Hemavan)까지 440km, 한 달은 족히 걸리는 엄청 험하고 먼 길이다. 그래서 트레커들은 보통 피엘라벤 클래식으로 더 알려진, 아비스코에서 니칼라욱타 사이 110km를 걷는다. 들머리는 어느 쪽에서 출발하든 상관이 없다(피엘라벤 클래식은 니칼라욱타에서 출발한다). 기차나 버스가 오늘처럼 오후 어중간한 시간에 도착하는 경우, 트레커들은 이곳 산장에서 하룻밤을 자고 다음 날 트레킹을 시작하기 마련이다. 하지만 나는 이미 몇 달 전부터 짜놓은 일정 때문에 오늘 출발하지 않으면 모든 일정이 어긋난다. 상당히 무리인 것을 알지만 어쩔 수 없는 상황이다. 급하게 산장 매점에서 트레일 지도 한 장과 샌드위치 하나를 산다. 서둘러 배낭을 둘러메고 트레일로 나서는데 잔뜩 어깨에 힘이 들어가 있다. 시작은 어렵지 않아 보인다. 보통 트레일의 들머리와 날머리는 비교적 평탄한 경우가 많다. 쿵스레덴도 예외는 아닌 것 같다. 길도 반듯하고 주위엔 나지막한 자작나무가 싱그러운 숲을 이루고 있어 이곳이 북극권 동토 지역임을 잠시 잊게 한다.

나의 세계 트레킹 이야기

트레일은 아비스코 강을 따라 계속 이어진다. 비교적 완만한 경사를 오르고 내리기를 반복한다. 길 표시도 잘되어 있다. 100~200m 사이로 나지막한 바위와 돌무덤에 오렌지색이 칠해져 있다. 빨간색 X가 부착된 높다란 막대 표지판도 자주 보인다. 빨간 X자 표지판은 눈이 엄청 쌓이는 겨울철을 위한 길 표지판이다. 그것을 보고 걷다가는 낭패를 당할 수도 있다. 강을 따라 걸어가니 처음으로 쿵스레덴 트레일의 상징이기도 한 자작나무 널빤지 길이 나온다. 좀 더 걸어나가자 철도 레일 같은 두 갈래 널빤지 길도 나오고 신작로처럼 세 갈래로 펼쳐진 널따란 널빤지 길도 보인다.

실은 널빤지 길이 꼭 반가운 것만은 아니다. 어떤 곳은 제대로 보수가 되어 있지 않아 썩은 상태 그대로 방치된 곳도 있다. 또 널빤지 일부가 부서져 위험한 곳도 있다. 그렇지만 이 널빤지는 트레커의 안전을 위한 것이 아니다. 길과 습지를 보호하기 위한 것이라 마냥 불평할 일도 아니라 조심해서 걷는 수밖에 없다. 국립 공원답게 아비스코 강을 따라 걷는 길은 비교적 순탄하고 아름답다. 강을 건널 때는 철제 출렁다리를 조심조심 지나야 할 때도 있다. 점점 시간이 지나도 아직은 이렇다 할 놀랄 만한 풍경은 나타나지 않는다. 조금은 빠른 걸음으로 다소 지루한 호숫가 풍광 속을 계속 걷는다. 차츰 너덜길도 나오고 곳곳에 물웅덩이 길도 나오기 시작하여 걷기가 편하지만은 않다. 게다가 장시간 비행과 연이은 20시간의 기차 탑승으로 인한 시차와 피로감이 서서히 몰려오며 몸이 짜증을 내기 시작한다. 시계를 보며 쉬지도 않고 부지런히 걷지만 15km는 결코 짧은 거리가 아니다. 중간에 잠시 샌드위치로 늦은 점심을 때우고 오로지 이정표만 보고 걷는다. 이 늦은 시간에 트레일을 걷는 사람은 좀처럼 보기 힘들다. 나 역시 지금이 백야 시즌이 아니라면 감히 늦은 시각에 이 길을 나서지는 못했을 것이다. 날은 아직 훤하지만, 시간은 어느새 저녁 8시에 가까워지고 있다. 더욱 마음이 조급해져 발걸음이 빨라지는데 마침내 저 멀리 호수 건너편에 아비스코야우레(Abiskojaure) 산장이 보이기 시작한다.

호수를 한참 돌아 멋있게 걸려 있는 현수교를 건너니 그곳에 나지막이 산장이 자리하고 있다. 어느새 시간은 오후 8시를 넘고 있다. 헐레벌떡 리셉션을 찾아 문을 열고 들어서니 50대 후반의 여자 관리인이 다소 놀란 표정이다. 그래도 땀범벅이 된 채 기진맥진한 꼴로 밤늦게 도착한 동양의 노인네를 반갑게 맞이해 준다. 인터넷으로 예약한 바우처를 내보이자 난감한 표정이다. 너무 늦게 도착해 남은 침상이 하나도 없단다.

여자 관리인은 잠시 고민하더니 바닥에 매트를 깔고 자든지, 아니면 멀리 떨어진 반려견 동반자 숙소에서 자든지 선택하란다. 첫날부터 산장 바닥에서 잘 수야 없지. 반려견 동반자 숙소는 야영장을 지나서 상당히 외딴곳에 자리하고 있다. 개 냄새가 배어 있는 것만 빼면 숙소는 상당히 넓고 좋다. 침상이 4개나 있지만 모두 비어 있다. 중앙에는 커다란 탁자도 놓여 있고 부엌 시설도 잘 갖추어져 있다. 여자 관리인은 가스 사용법과 몇 가지 주의 사항을 전달한 후 돌아간다. 나는 전기도 없는 어둑어둑한 실내를 촛불로 밝히고 개울가에 나가 얼굴과 발만 씻고 들어오니 피로가 밀물처럼 밀려온다.

호숫가의 모기떼 대공습

　며칠간의 긴 여행과 어제 오후의 무리한 걷기 때문인지 밤새 식은땀을 흘리며 끙끙거린다. 한기도 들어 자다 깨기를 반복하다가 진통제를 먹고서야 겨우 진정이 된 듯하다. 밤새 고생한 탓인지 몸 상태가 정상이 아니다. 스트레칭도 하고 몸을 추스른 후 전투 식량과 따뜻한 계란국으로 아침을 든든히(?) 챙겨 먹고 나오니 몸이 한결 풀려 걸을 수 있을 것 같다. 관리인을 다시 찾아 어젯밤 고마웠다는 인사를 하고 출발하니 9시. 다행스럽게도 날씨도 나쁘지 않다.

　오늘은 알레스야우레(Alesjaure) 산장까지 장장 22km를 걸어야 한다. 만만치 않은 코스이다. 어제와는 사뭇 다르게 출발부터 고도를 올려 먼저 키론(Kiron) 고개를 넘어야 한다. 꽤 긴장하면서 걷는데 다행히도 한국의 산에 비하면 그다지 경사가 심한 편은 아니다. 처음 1시간 정도 걷는 동안은 사람을 전혀 만날 수 없어 '혹시 내가 길을 잘못 들었나?' 하고 의심이 들기도 한다. 맵스미(Mapsme)로 여러 번 현재 위치를 확인해 보니 제대로 가고 있는 것 같다. 길 표지석도 하나씩 나타난다. 다행히 키론 고개를 넘을 무렵부터 사람들이 간혹 보이기 시작한다. 키론 고개를 넘자 하늘에 구름이 잔뜩 덮여 있고 땀도 별로 나지 않아 천천히 걸어 올라간다.

키론 고개를 넘는 일은 걱정한 만큼 어렵지 않다. 고개를 넘자 고개 주변에 듬성듬성 보이던 자작나무도 사라지고 시야가 뻥 뚫린 툰드라 지대가 전개된다. 널따랗게 뻗어 있는 평원에는 붉은색 X자 표지판이 원근법을 그리며 줄줄이 서 있다. 겨울철에 저 빨간색 X자 표지를 따라 하얀 설원을 가로지르는 스키나 스노우모빌의 모습이 순간 떠오른다. 그런데 이 평원은 그냥 순탄한 평지가 아니라 너덜길의 연속이다. 중간중간 나지막한 관목 사이로 널빤지 길이 나와서 좋다고 잠시 안도하면 여지없이 다시 너덜길이 나타나곤 해서 걷기가 쉽지 않다.

트레일은 큰 변화 없이 황량한 벌판과 바싹 엎드린 관목 사이로 계속

나의 세계 트레킹 이야기

이어진다. 하지만 좀처럼 거리는 줄어들지 않는다. 한참을 온 것 같은데 맵스미를 켜보니 아직 15km나 남았다. 조금은 답답해질 무렵, 멀지 않은 곳에 철조망 울타리가 보인다. 사미(Sami)족의 순록 방목 울타리이다. 사미족은 스칸디나비아반도 북부, 북극권 라플란드에 오래전부터 살아온 원주민들이다. 그들은 주로 순록을 키우는 유목민으로서 이 추운 극한의 동토에서 수천 년 전부터 살아온 이 땅의 주인들이다. 그들을 라프(Lapp) 인이라고 부르기도 해서 북극권의 땅을 라플란드(Lapland)라고 부른다고 한다.

　어쩌다 트레커를 1~2번 마주칠 뿐, 걷고 또 걷다 보니 이름도 알 수 없는 커다란 호수가 나타난다. 하늘은 잔뜩 찌푸린 채 먹구름이 걸려 있다. 구름을 뚫고 내비치는 몇 가닥 햇살에 멀리 호수 표면이 반짝반짝 빛난다. 장대한 산과 호수와 푸른 평원이 어우러져 묘한 풍광을 합성해 내고 있다. 누가 무채색을 쿵스레덴의 색깔이라고 했던가? 수만 년 태고의 세월이 빚어낸 이 장대한 대자연 앞에 서니 며칠간의 피로가 확 가시는 느낌이다. 어느 외로운 행성에 나 홀로 와 있는 기분마저 든다. 이 호숫가 널따란 바위 위에 젊은 여성 트레커 2명이 점심을 먹으면서 쉬고 있다. 나도 근 3시간 만에 그녀들 옆에 무거운 배낭을 내려놓고 잠시 쉬어가기로 한다. 점심거리가 따로 없어 가벼운 행동식 몇 가지로 점심을 때우고 다시 배낭을 둘러메고 길을 나선다. 사위는 온통 물 천지이다. 호수인지 강인지 온 천지가 물이다.

　길은 호수를 따라 이어지는데 어디가 오늘의 종착점인지 가늠할 수 없을 만큼 까마득하기만 하다. 시간이 지날수록 점점 배낭의 무게가 짓눌려 온다. 먹구름이 바람을 따라 쉴 새 없이 움직이더니 비를 한두 방울씩 후드득 뿌리기 시작한다. 저 멀리 잔설을 이고 있는 산과 먹구름이 어울려 점점 무채색으로 변하는 호숫가를 따라 얼른 배낭에 레인 커버를 씌우고 계속 걷는다. 나지막한 사초 사이로 뻗어 있는 좁은 널빤지 길도 지나고 다시 너덜길도 걷는다. 처음으로 이런 길에서는 말벗이 있으면 좋겠다는 생각이 들기도 한다. 그러다가 내가 걸어본 다른 길들과 비교도 해 본다. 비단길 같기만 하던 뉴질랜드 밀포드가 문득 그리워지고, 가다 보면 그런 편한 길도 나오겠지 하고 덧없는(?) 희망도 가져 본다.

길은 단조롭다. 이렇다 할 색다른 풍광도 보이지 않는다. 하기야 이런 잔뜩 찌푸린 날씨에 비마저 뿌리는데 무슨 풍광인들 아름답게 보일까? 뚜벅뚜벅 홀로 걸으며 지쳐가는 무렵, 20대 젊은 여성 둘이 100여 미터 앞에서 도란도란 이야기를 나누고 사진도 찍고 하면서 천천히 걸어가고 있다. 그녀들은 걷는 속도가 다행히(?) 빠르지 않다. 나는 그녀들을 시야에서 놓치지 않으려고 힘을 내어 따라간다. 그녀들과 인사도 나누고 1시간 정도 동행이 되어 나란히 걷는다. 별다른 대화는 없지만 지금처럼 궂은 날씨에는 누군가와 같이 걷는 것만으로도 훨씬 발걸음이 가벼워지는 기분이다. 잔뜩 흐린 하늘이지만 시야는 나쁘지 않아 저 멀리 널따란 호숫가에 사미족의 선착장이 보이기 시작한다.

선착장에 도착하니 마침 10여 명의 단체 트레커들이 배를 타고 있다. 선착장에서 알레스야우레 산장까지는 강을 따라 5km를 더 걸어야 한다. 배를 타면 20~30분이면 가는데. 잠시 마음속으로 갈등이 생긴다. 배를 탈 것인가? 계속 걸을 것인가? 뱃삯이 '350SEK(원화 50,000원)'라고 안내판에 적혀 있다. 뱃삯도 만만치 않지만, 그보다 트레킹 시작부터 배를 타고 편하게 가는 것이 마음에 걸려 갈등하는 사이, 어느새 배는 떠나버린다. 같이 가던 두 젊은 여성도 한참이나 멀리 가버려 보이지 않는다. 간간이 비도 내리는데 다시 나 홀로다. 호수를 따라 구불구불 좁게 이어지는 평지 길은 비단길이기를 바라던 나의 기대와는 완전히 다르다. 군데군데 웅덩이가 파여 있고 온통 진창길이다. 어느새 신발과 바지는 엉망 진창이 돼 버린다. 게다가 잠시 멈추어 서기라도 하면 어디서 나타나는지 모기떼가 사방에서 공습해 온다. 게이터를 꺼내 신기도, 얼굴 모기장을 꺼내 쓰기도 이미 늦었다. 5km가 이리도 멀던가? 사미족 배를 타지 못한 것을 내내 후회하며 걷고 또 걷는다. 거의 5시가 다 돼 갈 무렵 저 멀리 언덕 위의 알레스야우레 산장이 마침내 시야에 들어온다. 호수 건너편의 사미족 마을도 보인다. "와! 드디어 다 왔구나." 하고 안도하는데 길가의 이정표를 보니 산장까지 아직도 4km나 남았다.

그동안 고작 1km를 걸은 거야? 눈으로는 알레스야우레 산장이 손으로 잡힐 거리인데 맥이 빠진다. 다리는 천근만근 무겁고 배낭은 어깨를 누르고 진창길은 계속 이어진다. 안간힘을 다해 진창길을 걷고 또 걷는다. 그런데 산장을 불과 400~500m 남겨둔 지점에서 뜻밖으로 예기치 않은 복병이 나타난다. 폭이 무려 10m나 되는 개울이다. 아무리 둘러봐도 등산화를 벗지 않고서는 건널 수가 없다. 등산화를 벗고 맨발로 겨우 건너

나의 세계 트레킹 이야기

후 양말을 다시 신으려고 잠시 바위에 걸터앉아 있는 순간 새까맣게 모기떼들이 덤벼든다. 정말 새까맣게. 모기떼들이 내 맨살을 마구 물어뜯는데 정신이 하나도 없다. 등산화 끈도 제대로 매지 못하고 혼비백산한 채 도망치듯 그곳을 겨우 빠져나온다. 그때 물린 자국들이 한 달이 지난 지금도 영광스럽게도(?) 선명히 남아 있다.

천상을 걷는 기분이 이런 것이겠지

아침에 눈을 뜨니 4시 30분이다. 너무 피곤했던 탓인지 오랜만에 꿀잠을 잤다. 스트레칭을 하려고 밖으로 나오니 날씨마저 보기 드물게 쾌청하다. 온몸이 쑤시지만 며칠 만에 차가운 개울물에 면도까지 하고 나니 한결 기운이 난다. 오늘은 첵챠(Tjäktja) 산장까지 13km 거리이다. 지도를 보니 고도가 상당하지만 비교적 짧은 거리라 가벼운 마음으로 출발한다. 알레스야우레 산장을 나서자 가까운 산허리에는 솜털 같은 구름이 띠를 두르고 있고, 현수교가 걸린 강은 아침 햇살에 눈이 부시다. 강섶에는 이름 모르는 야생화가 붉게 물들어 한 장의 이발소 그림을 그리고 있다. 굽이 굽이 돌아 흘러가는 강 뒤편에는 수줍은 듯 잔설을 머리에 두른 산도 보인다. 무언중에 이곳이 쿵스레덴의 깊숙한 심장부임을 말하여 주고 있다.

나의 세계 트레킹 이야기

　오늘은 시작부터 천상을 걷는 기분이다. 날씨는 더없이 맑고 바람은 부드럽기 그지없다. 여전히 울퉁불퉁한 돌길도 나오지만, 어제와 비교하면 가히 비단길이다. 길은 가파르지도 않고 평지를 걷는 기분이다. 지금 내가 고도가 상당한 책차(Tjäktja) 고개로 향하고 있는 건지 전혀 실감이 나지 않는다. 뱀처럼 구불구불 비뚤어진 자작나무 널빤지 길이 더 넓은 푸른 평원을 가로지르고 있다. 어디쯤 지나는 길섶에 십자가 하나가 우뚝 서 있다. 누구의 무덤인가 하고 가까이 가서 보니 명상 터라고 쓰여 있다. 그 옆에 놓인 돌 위에도 스웨덴어로 무슨 말이 적혀 있다. 무슨 말인지 알 수 없지만 명상 스님으로 유명한 베트남의 틱낫한 스님은 명상은 눈을 감고 생각하는 것이 아니라 생각의 눈을 감는 것이라고 했다. 굳이 이런 명상 터가 아니더라도 걷다 보면 쿵스레덴 곳곳이 명상 터 아니겠는가?

　지나가다 내려다보이는 계곡의 물도 온통 햇빛을 받아 반짝반짝 빛난
다. 더없이 아름다운 물 색깔은 푸른색도 회백색도 아니다. 빙하에 깎
인 석회 성분과 푸른 하늘이 조합해 만든 이 색깔에 어떤 이름이 적합할
까? 옥색? 비취색? 어떤 화려한 보석의 색깔이라 해도 이보다 더 아름다
울 수 있을까? 커다란 호수와 강은 점차 저 뒤로 멀리 모습을 감추고 깊
숙한 U자형 계곡을 따라 더없이 넓고 황량한 들판이 이어진다. 들판에는
혹독한 극지의 동토를 뚫고 납작 드러누운 사초 사이로 여기저기 울긋불
긋 아름다운 야생화가 군집을 이루고 있다. 얼마나 고귀하고 질긴 생명
인가?

　　　　　　　　　　　　　　　나의 세계 트레킹 이야기

오늘따라 들리는 것은 물소리가 아니라 바람 소리다. 약간 차고 건조한 공기가 바람이 되어 얼굴을 스칠 때는 수줍은 연인의 키스처럼 너무나 달콤하고 상쾌하다. 바람 소리는 음악이 되어, 때로는 강하게, 때로는 약하게 내 귓전을 두드린다. 얕은 개울에 걸린 멋스러운 나무다리를 건널 때는 졸졸 흐르는 시냇물과 바람 소리가 어우러져 청량하기 그지없는 듀오를 들려준다. 마치 바이올린과 피아노를 위한 소나타처럼.

어쩌다 가며 오며 마주치는 트레커들도 모두 행복한 표정이다. 쾌청한 날씨의 축복 아래 이 아름답고 장대한 풍광 속을 걷는데 어찌 다들 행복하지 않으리! 나누는 인사들이 여느 때와 달리 '헤이(Hej)' 한마디로 끝나지 않는다. 잠시 발걸음을 멈춰 악수를 나누기도 하고 서로 안부를 묻기도 한다. 그렇다. 오늘 나는 날씨의 축복하에 천상을 걷는 기분으로 이 원시의 들판을 걷고 있다.

어제의 단조로웠던 무채색 풍광과는 완연히 다르다. 높은 산허리를 가로질러 고도가 높아질수록 쿵스레덴의 장대하고 거친 자연이 점점 내게 다가온다. 쿵스레덴을 걷는 기쁨과 행복감이 점차 더해 온다. 첵챠 산장을 2.4km 정도 남겨둔 지점에서 점심을 먹는다. 신발과 양말도 벗고 널따란 바위 위에 퍼져 앉아 편안한 자세로 모처럼 여유를 부려 본다. 오늘 아침 알레스야우레 산장에서 산 마카(스웨덴식 쿠키)에 하몽을 올려 먹는데 딱딱해서 그런지 잘 넘어가지 않는다. 겨우 한 조각만 먹고 첵챠 산장에 도착하여 점심을 제대로 먹기로 한다.

얼마 남지 않은 거리지만 점심 이후의 길은 경사가 상당해 제법 숨이 차다. 조금씩 힘들다고 느껴지는 순간, 저 멀리 높은 산 중턱에 첵챠 산장이 보이기 시작한다. 시계는 2시 30분을 가리키고 있다. 아직 해가 중천에 걸려 있는 한낮이지만 일찍 도착하니 기분이 좋다. 오랜만에 모처럼 여유를 부려 봐야지. 첵챠 산장은 규모가 아주 작다. 숙소도 한 동뿐이고 사우나도 매점도 없다. 관리인에게 세수할 만한 장소를 물으니 건너온 계곡 밑을 가리킨다. 제법 가파른 골짜기를 내려가니 한쪽 언덕바지에 잔설이 두껍게 남아 있고 뒤편으로 두 가닥 세찬 폭포가 우렁차게 소리를 내고 있다. 폭포에서 흘러내리는 차가운 물로 손과 발을 씻고 내친김에 머리도 감는다. 어린 시절 개울가에서 물놀이하던 하동처럼 따뜻한 바위 위에 걸터앉아 한동안 몸을 말리며 멍때리기를 하며 앉아 있다. 그동안 쌓인 피로와 고생스러웠던 기억들, 그리고 속세의 모든 상념은

나의 세계 트레킹 이야기

어디론가 다 사라져 버린다. 그저 '무념무상'인 상태로 영겁의 시간이 만들어 낸 쿵스레덴의 대자연과 내가 하나가 된 듯한 평온함을 느낀다.

왕의 길이 아니라 길의 왕이로소이다

오늘은 서둘러 짐을 싸서 아침 일찍 산장을 출발한다. 시계를 보니 7시 30분이다. 다행히 오늘도 날씨가 좋다. 날씨가 좋을 때는 일찍 출발하면 싱이(Singi) 산장까지 하루 만에 충분히 갈 수 있을 거라고 어제 산장 관리인이 말해 주었다. 나는 원래 오늘 셀카(Sälka) 산장까지만 가고 내일 케브네카이세(Kebnekaise) 산장까지 26km를 걸을 계획이었다. 그러나 산중의 날씨는 언제 어떻게 변할지 알 수 없다. "물 들어올 때 노 저어라" 하는 말처럼 날씨 좋을 때 좀 더 많이 걸어 두는 것이 좋다. 5박 6일간의 빡빡한 일정이라 중간에 어차피 하루는 2구간의 장거리를 걸어야만 한다. 산속에서 24km는 보통 길과는 다르다. 무척 길고 힘든 날이 될 것 같아 초반부터 바싹 긴장된다.

예상대로 길은 처음부터 만만치 않은 너덜길로 시작된다. 서두르지 않고 조심하면서 1시간쯤 걸으니 피엘라벤 클래식 트레일 중 가장 높다는 책챠 고개(1,141m)가 나온다. 고개 정상에는 경사진 지붕의 자그마한 대피소가 하나 서 있다. 고개는 그다지 가파르지 않다. 대피소에서부터는 완만한 경사의 내리막길이다. 라플란드는 스웨덴 국토 면적의 1/4을 차지하는 넓은 땅이지만 다행히도(?) 높은 산이 거의 없다. 스웨덴에서 제일 높다는 케브네카이세 산도 고작 2,098m이다. 방금 지나온 챌챠 고개도 1,141m에 불과하다. 챌챠 고개를 천천히 내려오니 바로 눈앞에 쿵스레덴의 놀라운 풍광이 펼쳐진다. 와! 내가 상상하던 바로 그 쿵스레덴의 풍광이다.

수십만 년 빙하가 깎아내린 널따란 U자형 계곡 사이로 구불구불 한줄기 강물이 끝없이 이어져 있다. 멀리 짙은 구름 아래 스웨덴의 제1봉 케브네카이세 산이 우뚝 선 채 위용을 자랑하며 계곡의 끝을 가로막고 있다. 백야의 땅, 유럽의 마지막 남은 야생의 땅 라플란드에 숨겨진 비밀의 세계가 눈앞에 펼쳐져 있다. 극단적 환경이 빚어낸 장대하고 환상적인 풍경을 배경으로 멀지 않은 곳에 보이는 연두색 텐트 하나가 이 풍경에 한결 멋을 더한다. 쿵스레덴은 왕의 길이 아니라(스웨덴 왕이 이 길을 걸은 적이 없다) 실은 '길 중의 왕'이라는 의미에 더 가깝다고 한다. 4일 만에 드디어 나는 '길 중의 왕' 쿵스레덴의 심장, 책챠 계곡에 들어선 것이다.

오늘의 목적지 싱이 산장까지 가려면 아마도 저기 저 끝 케브네카이세 산까지 가야 할 터, 멀고도 먼 길이다. 하지만 이 광경을 내려다보는 이 순간만은 행복하고 가슴 벅차다. 걷는 자만이 누릴 수 있는 행복이다. 이 엄청난 원시 대자연이 오로지 나만을 위해 존재하는 듯하다. 잠시 후, 평지로 내려오자 나의 벅찬 감격도 금세 사라지고 무지막지한 너덜길이 다시 이어진다. 이 구간 너덜길의 악명(?)은 익히 들었지만 이렇게 끝없이 이어질 줄은 몰랐다. 오후 1시경 셀카 산장에 도착해 야외 테이블에서 마카와 하몽으로 점심을 먹는다. 바람은 차지만 워낙 좋은 날씨 때문인지 셀카 산장 주변은 기막힌 풍광을 연출하고 있다. 이곳에서 여장을 풀고 한가롭게 담소하는 사람들이 마냥 부럽기만 하다.

나의 세계 트레킹 이야기

점심을 먹고 잠시 쉬다가 다시 청량한 하늘이 빚어내는 쿵스레덴의 아름다운 한낮의 풍경 속으로 걸음을 옮긴다. 한낮의 태양과 흘러가는 구름이 푸르른 초원을 넘실거리며 시시각각 음과 양으로 변화무쌍한 춤을 춘다. 구름이 걸리면 검회색으로, 햇살이 걸리면 초록색으로. 계곡 한편에는 잔설인지 빙하인지 구분하기 어려운 새하얀 이불을 인 검은 산도 보인다. 발아래로 흐르는 개울 물소리에 더하여 오늘은 처음으로 이 극한의 대지 위에 새소리가 들린다.

눈을 들어 올려다보니 갈매기 한 마리가 머리 위로 날고 있다. 셀카 산장을 지나도 너덜길은 계속된다. 끝도 없이 펼쳐지는 너덜길에 몸도 마음도 점차 지쳐간다. 사미족의 순록 철조망을 지날 무렵, 작은 순록 한 마리가 멀지 않은 곳에 서 있는 모습이 보인다. 얼른 사진을 찍으려 하자 어느새 저 멀리 사라지고 만다. 처음이자 마지막으로 본 쿵스레덴의 동물이다.

어제는 상큼한 바람 소리가 나의 길동무가 되어 주었다. 그런데 오늘은 반갑지 않게도 종일 돌멩이 위로 부딪히는 스틱 소리가 길동무가 되고 있다. 신경질적인 스틱 소리만큼이나 오늘은 걷기도 힘들고 신경이 날카롭다. 이런 길에서는 조금만 방심하면 미끄러지거나 다치기 십상이다. 아니나 다를까? 셀카 산장을 떠나 1시간쯤 지날 무렵 사달이 나고 만다. 점심이 부실해 행동식을 먹으려고 잠시 스틱을 놓고 있는 사이, 돌부리에 걸려 무거운 배낭을 멘 채 앞으로 꽈당 넘어지고 만다. 뾰쪽한 바위에 어깨가 세게 부딪치고 정신이 아찔하다. 겨우 정신을 차려 일어나 보니 어깨에 심한 통증이 느껴진다. 다행히도 별로 외상은 없는 것 같아 가슴을 쓸어내린다.

오후의 따사한 햇살이 산 위에 걸린 구름 사이로 숨바꼭질하듯 얼굴을 내밀기도 하고 숨기도 한다. 걷기에는 더없이 좋은 날씨이고 풍광이다. 그런데도 즐길 만한 마음의 여유가 없다. 울퉁불퉁한 돌부리만 눈에 들어오고 신경질적인 스틱 소리만 계속 들릴 뿐이다. 싱이 산장을 5km 정도 남긴 지점에 자그마한 비상 대피소가 나온다. 대피소 앞에 배낭을 내려놓고 잠시 쉬어가기로 한다. 옆에서 함께 쉬고 있는 젊은 스웨덴 커플과 이야기를 나누다가 너덜길 불평을 마구 늘어놓는다. 그런데 이들은 어깨를 들썩하면서 "이 정도 너덜길은 쿵스레덴에서는 양호한 편이에요."라고 말하는 게 아닌가! 허허! 할 말이 없다. 거친 돌부리도 쿵스레덴의 일부인데 뭐가 그리 힘들다고 야단이냐 하는 표정이다.

싱이 산장에 가까워질수록 황금빛 노을이 지는 강가의 기막힌 풍경이 나타난다. 내 앞에 젊은 트레커 몇몇이 야영 준비를 하고 있다. 나는 여태 야영을 한 번도 해 본 적이 없어서인지 이런 풍광 앞에 야영하는 젊은이들이 마냥 부럽기만 하다. 계속 황금빛으로 물든 강가를 따라 걷다 보니 케브네카이세 산과 싱이 산장으로 갈라지는 이정표가 나온다. 싱이 산장까지는 강을 따라 오른쪽으로 아직도 3km를 더 가야 한다. 10시간 넘게 이런 돌길을 걷는 것은 정말 힘들다. 이제는 의지로 걷는 것이 아니라 관성의 작용으로 그저 다리가 움직이고 있을 뿐이다. 드디어 저 멀리 고개 위로 싱이 산장이 보이기 시작하고 강 건너편으로 사미족 마을도 보인다. 목적지를 눈앞에 바라보며 안간힘을 다해 걷고 또 걸어 마침내 싱이 산장에 도착한다. 시계를 보니 저녁 8시다.

빗소리와 벗하며 쉼 없이 걷기만 한 하루

　오늘은 아침부터 비가 내린다. 오늘 하루를 이곳에 더 머물 예정이라던 같은 침상의 독일인 트레커도 비가 내리자 주섬주섬 나와 함께 배낭을 꾸린다. 그는 셀카 쪽으로, 나는 케브네카이세(Kebnekaise) 산장으로 각각 헤어진다. 케브네카이세 산장은 쿵스레덴 트레일에서 완전히 벗어나 있다. 싱이 산장에서 좌측으로 방향을 돌려 니칼라욱타까지 이어지는 피엘라벤 클래식 야영 대회 코스를 따라가야 한다. 싱이 산장에서 케브네카이세 산장까지는 14km 거리인데 코스가 달라지니 길 표식도 오렌지색깔에서 흰색으로 바뀐다. 길은 초반부터 고도를 높이더니 계속 산허리를 감아 돌며 점점 산속 깊이 들어간다. 오르내리는 길의 경사도 만만치 않고 여전히 너덜길이 많아 빗속에서 걷기가 쉽지 않다.

비가 내리니 먼 산의 아름다운 풍광을 구름과 안개가 감추어 버린다.
그래도 산허리를 가로질러 가는 길에는 자그마한 호수도 나온다. 건너편
깎아 세운 듯한 절벽에는 가느다란 폭포 줄기도 보인다. 2시간가량 산길
을 걷다가 평지로 내려오는데 여전히 길은 험하다. 여기저기 파인 웅덩

나의 세계 트레킹 이야기

이가 내게 계속 뜀뛰기 훈련을 시키고 옷과 신발은 흥건히 젖는다. 굵은 빗줄기는 아니지만 모자와 재킷 위로 떨어지는 빗소리는 조용하기만 한 산 중에서 제법 '소리'를 만든다. 오늘은 빗소리가 길동무가 되는구나.

한참 이어지는 평원 사이로 길은 구불구불 돌기도 하고 때론 강을 따라 펼쳐진 너덜길 위를 계속 지칠 만큼 걷게도 한다. 오후 1시가 넘었지만 비는 멈출 생각을 하지 않는다. 배도 고프고 몸은 점점 지쳐간다. 그러나 아무리 둘러보아도 비를 피해 잠시 쉬어갈 만한 자리도 대피소도 없다. 그저 허허벌판뿐이다. 방수 천이라 자랑하던 내 고어텍스 재킷은 이런 계속되는 비에는 방수 기능을 상실하나 보다. 옷 안까지 축축하여 한기마저 들지만 별다른 방법이 없다. 걷고 또 걷는 수밖에. 빗속이라 별다른 풍경도 없고 폰카 꺼내는 것도 귀찮아 사진도 별로 찍지 않는다.

황량한 평원이 끝나갈 무렵, 멀리 잔설이 쌓인 듯한 하얀 언덕이 보이기 시작한다. 저 언덕을 넘으면 뭔가 있으려나 하고 열심히 언덕을 향해 올라간다. 가까이 가서 보니 눈이 덮인 게 아니라 허연 색깔의 커다란 바위 언덕이다. 백내장 수술을 해야 할 처지의 내 눈에는 하얀 색깔은 다 잔설로 보이나 보다. 그런데 그 바위 언덕에서 울긋불긋 비옷을 입은 어린 남매 둘이 부모와 함께 걸어 내려오고 있지 않은가? 큰 애는 5살, 작은 애는 3살쯤 되려나? 동양의 한 노인을 보자 신기한 듯 미소를 띠며 "헤이." 하고 인사를 한다. 이런 궂은 날씨에 어린아이를 데리고 이런 험산을 걷는 부모도 대단하다. 하지만 부모를 따라 빗속을 걷는 흥겨운 표정의 아이들은 더 대단한데 이런 것이 일상인 것처럼 너무나 익숙하게 걷는다. "세상에 나쁜 날씨는 없다. 준비 안 된 사람만 있을 뿐이다."라는 스코틀랜드 속담이 문득 생각나서 나 자신이 잠시 부끄러워진다. 이 정도의 비에 종일 투덜거리며 걷고 있으니! 바위 언덕을 넘으면 편한 길이 나오려나 하는 기대는 단지 나의 희망 고문으로 끝난다. 길은 계속 산을 오르고 내리기를 반복하고 너덜길은 끝없이 이어진다.

　빗속이라 하얀색 길 표식도 잘 보이지 않고, 배는 고프고, 6시간 넘게 쉬지 않고 걸으니 정말 힘들다. 겨우 먹은 것이라곤 호주머니 속의 초콜릿과 견과류 한 봉지와 물이 전부다. 게다가 거의 하루 종일 사람들과 말 한마디 섞지 못하고 나 홀로 빗속에서 걷고 또 걸을 뿐이다. 산 하나를 힘들게 넘어서니 저 아래 계곡 사이로 철제 다리 하나가 나타난다. 다리 근처에는 길에서 가끔 보던 커다란 십자가의 명상 터가 자리하고 있다. 바위에 새겨진 명상록의 내용이야 당연히 알 수 없다. 설사 알더라도 이곳에서 명상이나 하고 머무를 마음의 여유가 없다. 서둘러 철제 다리를 건너자 멀리 보이는 고개 주변에 자리한 알록달록 텐트 몇 개가 시야에 확 들어온다. 와! 이제 거의 다 왔구나!

　마지막 힘을 내어 고개에 다다르지만 아무리 둘러봐도 케브네카이세 산장은 보이질 않는다. 빌어먹을! 투덜투덜 속으로 욕을 참지 못하며 10여 분을 더 걷는데 한 젊은 여성 레인저가 길가에서 뭔가 작업을 하고 있다. 반갑다. 레인저가 있다는 것은 산장이 가까이 있다는 의미이다. 여성 레인저는 나를 보자 밝게 웃으면서 묻지도 않았는데 600m만 더 가면 산장이 나온다고 말해 준다. 아니, 아직도 600m나 더 가야 한다고! 지치고 허기진 나에게는 600m가 6km만큼 멀게만 느껴진다.

　　　나의 세계 트레킹 이야기

헬기를 타고 트레킹을 마무리하다

　사람이 꾀를 부리려면 핑곗거리가 수도 없이 생기나 보다. 5일 동안 90여km의 험한 길을 고생은 했지만 별 탈 없이 잘 걸어왔다. 이제 19km 거리의 마지막 날만 남았다. 그런데 어제 오후 산장에 도착해 보니 이곳 케브네카이세 산장에서 니칼라욱타까지 하루 두 차례 헬리콥터가 정기적으로 운행하고 있지 않은가? 그것도 단돈 한화 10만 원 정도에. 갑자기 여러 가지의 핑곗거리가 마구 떠올랐다. 몸도 거의 탈진 상태이고, 내일 오후 4시까지 니칼라욱타에 도착하지 못하면 다음 날 비행기를 탈 수 없고 등등. 나는 끝내 핑계의 유혹을 뿌리치지 못하고 카드를 긁고 말았다.

　아침 일찍 일어나 조용히 짐을 챙겨 출발시간(8시 30분)에 맞추어 헬기장으로 나간다. 헬기장은 숙소에서 300~400m 떨어진 곳에 있다. 벌써 줄잡아 30여 명의 사람들이 한자리에 모여 있다. 안전요원이 그들 앞에서 무언가 스웨덴어로 설명하고 있는 모습이 보인다. 무슨 말인지 알아들을 수 없지만 설명이 끝나자 사람들은 선착순으로 4명 또는 6명씩 나뉘어 탑승 순서를 짜는 듯하다. 나는 늦게 온 데다 혼자라서 마지막 팀에 끼인다. 사람들은 대기소 안에서 기다리기도 하고 밖에 서 있기도 하는데 오늘도 비는 내리다 그치기를 반복하고 있다.

  갑자기 바깥에서 환성 소리가 들려 나와보니 언덕 너머로 무지개가 반쯤 걸려 있다. 처음 보는 무지개도 아닌데 오늘따라 가슴이 뭉클하다. 힘들었던 여정 때문인가? 8시 30분부터 6인승과 4인승 헬기가 번갈아 착륙해서 차례대로 사람들은 태우기 시작한다. 30여 분이 지나 드디어 내 차례다. 헬기는 난생처음 타는지라 약간 긴장되기도 하지만 헬기가 일으키는 세찬 바람과 소음을 뚫고 안전요원의 도움을 받아 맨 앞자리에 탄다.

　　　　　　　　　　　　　　　　나의 세계 트레킹 이야기

　헬기는 낮은 고도로 비행한다. 헬기가 고도를 잡자마자 거짓말같이 금세 날씨가 개인다. 헬기 기내는 몹시 시끄럽지만, 헬기 아래로는 강과 숲이 어울린 수려한 경관이 펼쳐지고 있다. 막상 좋은 날씨와 수려한 경치를 내려다보니 니칼라욱타까지 완주하지 못한 아쉬움이 살짝 들기도 하는 사이 어느새 헬기는 착륙하고 있다. 니칼라욱타까지 19km의 거리는 헬기로 단 10분 걸린다.

돌로미티(Dolomiti) 트레킹

- 악마가 사랑한 천국

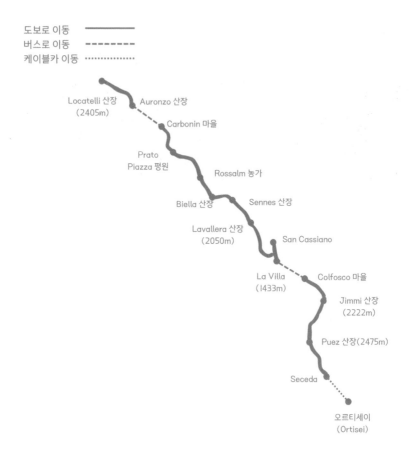

도보로 이동 ─────
버스로 이동 ─ ─ ─ ─ ─
케이블카 이동 ·············

Locatelli 산장
(2405m)

Auronzo 산장

Carbonin 마을

Prato
Piazza 평원

Rossalm 농가

Biella 산장

Sennes 산장

Lavallera 산장
(2050m)

San Cassiano

La Villa
(1433m)

Colfosco 마을

Jimmi 산장
(2222m)

Puez 산장(2475m)

Seceda

오르티세이
(Ortisei)

티롤 알프스 최고의 경관

돌로미티를 걷는 코스는 크게 2가지가 있다. 동(東)에서 서(西)로 횡단하는 롤러코스터 트레일(Roller Coaster Trail)과 북(北)에서 남(南)으로 종단하는 알타비아(Alta Via) 트레일. 대부분의 트레커들은 주로 알타비아를 걷는다. 알타비아는 북에서 남으로 이어지는 9개의 코스가 있다. 난이도에 따라 숫자가 붙여지는데 '알타비아 1'이 비교적 쉬운 초보자 코스이다. 알타비아를 걸으려면 동쪽의 코르티나 담페초(Cortina d'Ampezzo)나 도비아코(Dobbiaco)로 가야 한다. 하지만 나는 볼차노(Bolzano)에서 시작하여 코르티나 담페초까지 이어지는 '롤러코스터' 구간을 걸을 계획이다. 롤러코스터 트레일은 론리플래닛의 책(Hiking in Italy)에서 소개된 트레일이다. 70km 정도의 비교적 짧은 코스라 6~7일 정도면 걸을 수 있다. 게다가 알타비아 1과 달리 돌로미티 하이라이트인 트레치메(Tre Cime)가 최종 목적지이다. 나는 이왕이면 이 루트로 걷고 싶어 어제 오후 돌로미티의 서쪽 관문인 볼차노에 도착하여 역에서 가까운 한 호스텔에 여장을 풀었다.

어제의 우중충하던 날씨와는 전혀 달리 아침부터 남 티롤의 햇살이 눈부시다. 호스텔 창 너머 저 멀리 병풍처럼 서 있는 첨봉들이 너무도 선명하다. 든든하게 아침을 챙겨 먹고 호스텔 바로 앞의 버스터미널에서 오르티세이(Ortisei) 행 350번 버스를 탄다. 1시간가량 걸려 도착한 오르티세이는 돌로미티 트레킹의 베이스캠프이자 발 가르데나(Val Gardena) 지역의 중심지이다. 거리는 온통 여행객으로 가득하고 깔끔하게 정돈된 거리는 오전 햇살에 아름다운 보석처럼 눈부시다. 관광 안내소부터 먼저 들려 무료 지도 1장을 얻은 후 세체다 케이블카 승강장까지 천천히 걸어 올라간다. 남티롤 주(Trentino-Alto Adige)는 1차 대전 전까지 오스트리아 영토였다. 아직도 주민 70%가 독일어를 사용하는 이탈리아의 몇 안 되는 특별 주(州) 중 하나이다. 당연히 모든 안내판과 이정표에는 독일어가 먼저이고 이탈리아어는 2순위이다. 돌로미티에서 영어 표지판은 아예 기대하지 말아야 한다.

케이블카를 타고 세체다(Seceda, 2,456m) 산장에 내리니 사방의 풍광이 사람을 압도한다. 와! 하는 탄성이 절로 나온다. 동편으로는 수많은 날카로운 첨봉과 오들레(Odle) 산군이 펼쳐져 있다. 멀리 서편으로는 사쏘 룽고(Sasso Lungo) 산군과 셀라(Sella) 산군이 보인다. 사방을 둘러봐도 어디서도 본 적 없는 기기묘묘한 형태의 첨봉들이 360도 파노라마를 펼치고 있다. 왜 사람들이 세체다를 돌로미티 최고의 명소로 꼽는지 알 것 같다. 시계를 보니 벌써 12시다. 한가하게 탄성이나 지르고 사진이나 찍을 때가 아니다. 오늘의 목적지 푸에즈(Puez) 산장까지 13km를 걸어 늦어도 저녁 6시 이전에는 도착하여야 한다. 세체다 산장에서 파니니 하나를 급히 사서 2B 루트를 따라 걷기 시작한다. 트레킹 첫날은 언제나 긴장과 두려움이 교차하기 마련이다. 출발은 상큼하다. 세체다의 상징이기도 한 상어 이빨처럼 뾰쪽한 페르메다 첨봉(Torri di Fermeda)과 오들레 산군을 마주 보며 멋진 티롤 알프스의 산길이 이어진다. 여기저기서 알프스 소들의 정겨운 워낭소리도 들린다. 좁지만 부드러운 촉감의 흙길을 따라 발아래로 목가 풍의 평화스럽고 아름다운 티롤의 풍경이 펼쳐지는데 내가 상상하던 바로 그 알프스이다.

언제나처럼 이런 멋진 트레일을 걸으면 맨 먼저 나오는 말이 오늘도 예외는 아니다. '하나님! 감사합니다. 죽기 전에 제게 이런 아름다운 길을 걷게 해 주셔서.' 피에라론지아 농가(Malga Pieralongia)가 나오기까지의 1시간 정도의 길은 정말 천상을 걷는 기분이다. 길은 편하고 공기는 상쾌하고 눈은 더없이 즐겁다. 기묘한 백운암 첨봉들을 배경으로 넓게 펼쳐진 푸른 초원은 한 장의 그림 같다. 푸른 초원 위에는 그네도 매여 있고 부모와 같이 온 어린아이들이 천진스럽게 뛰놀고 있다. 천국이 따로 없다. 누구나 한번은 꿈꾸어 보던 평화롭고 그림 같은 알프스의 목가적 풍경이다.

농가 주변은 사람들로 북적이는데 대부분 당일치기 하이커들 같다. 농가에는 간단한 먹거리와 음료수를 팔고 있어 피크닉을 즐기기에 더없이 멋진 장소이다. 나도 농가의 신선한 요구르트를 맛보면서 잠시 쉰 후 다시 2B 루트를 따라 걷는다. 농가를 막 지나자 두 손을 높이 펼친 듯한 커다란 2개의 바위가 장승처럼 우뚝 서서 멀리 길 떠나는 나그네를 배웅해 주고 있다. 어느새 그 많던 사람들의 모습은 온데간데없이 보이질 않고 널따란 평원 위를 나 홀로 걷고 있다.

나는 지금 푸에즈 오들레(Puez Odle) 국립 공원을 걷고 있다. 지나는 길에는 칼날같이 날카롭게 서 있는 웅대한 오들레 산군이 병풍처럼 쳐져 있어 가던 발걸음을 멈추고 자꾸 뒤돌아보게 한다. 평원이 끝나갈 무렵 맑던 하늘에 먹구름이 끼이고 비가 1~2방울씩 떨어지기 시작한다. 얼마 가지 않아 이정표는 루트 2로 바뀐다. 수목 한계선도 끝났는지 허연 색깔의 높다란 백운석 고개 하나가 내 눈앞에 떡하니 길을 막고 있다. 콧노래가 나오던 지금까지의 돌로미티가 아니다. 황량하기 그지없는 시엘레스 고개(Forces de Sielles 2,505m)이다. 천상을 걷는 행복은 너무나 빨리 끝나고 이제부터 급경사의 고갯길을 넘어야 한다.

길은 상당히 미끄러운 마사토 오르막길이다. 길은 골짜기를 따라 지그재그로 이어지는데 설상가상으로 비까지 점점 굵어지고 있다. 나는 잔뜩 긴장한 채, 얼른 배낭에 레인 커버를 씌우고 빗길 모드로 조심스럽게 스

　　　　　　　　　　　나의 세계 트레킹 이야기

틱에 의지하여 올라간다. 미끄러운 오르막길을 천천히 1시간쯤 오르니 까마득하게만 보이던 가파른 고개도 거의 다 올라온 듯하다. 트레일에는 사람이라고는 보이지 않고 나 혼자 마사토를 밟는 사각사각 소리만 들릴 뿐이다.

드디어 깔딱고개 정상에 오른 듯해 잠시 바위에 걸터앉아 숨을 고른다. 그런데 위를 쳐다보니 다 온 게 아니다. 이정표의 루트 2 화살표가 가리키는 왼편으로 거친 암능 길이 한참이나 남아 있다. 게다가 말로만 듣던 공포의 쇠줄 길(Via Ferrata)도 보이질 않는가? 난감한 표정으로 바위 위를 넋을 놓고 올려다보고 있는데 놀랍게도 어린 10대 소녀 하나가 바윗길을 쇠줄도 잡지 않고 가볍게 내려오고 있다. 잠시 후 아이의 부모로 보이는 중년 부부도 내려오고. 길이 위험하지 않냐고 물으니 별거 아닌 것처럼 씩 웃고 내가 방금 올라온 가파른 길을 내려간다. 나도 용기를 내어 쇠줄을 잡고 조심 또 조심하며 천천히 올라가는데 가슴이 두근두근 오금이 저린다. 다행히 비가 잠시 멈추고 하늘은 개지만 바윗길은 여전히 미끄럽다. 아래 천 길 낭떠러지는 눈길도 주지 않고 위만 쳐다보며 힘겹게 오르니 드디어 정상이다.

눈 아래로 저 멀리 이름 모르는 돌로미티 첨봉 군(群)이 하얀 눈을 인 설산처럼 장대한 풍광을 자랑하고 있다. 겨우 몇 시간 걸었을 뿐이라 돌로미티를 뭐라고 표현하기는 아직 이르지만 나는 지금 바흐의 〈푸가의 기법〉을 듣고 있는 기분이다. 새도 날지 않고 풀도 돋지 않고 온통 사위가 거칠고 황량한 들판이나 산 정상에 섰을 때 비로소 느낄 수 있는 그런 아름다움. 그것은 매우 낯설지만, 흔히 보는 아름다움과 비교될 수 없는 특별한 아름다움이다.

  고개 정상에서 잠시 배낭을 내려놓고 점심을 먹는다. 점심이라 해야 세체다 산장에서 사 온 파니니 1개와 물이 전부이다. 그러나 힘들게 올라온 고개 정상에서 발아래로 펼쳐진 아름다운 산군을 바라보며 먹는 점심은 꿀맛이다. 이제 힘든 고비는 넘겼겠지 하고 가벼운 마음으로 다시 걷기 시작하는데 기대와는 달리 다시 내리막길이 기다리고 있다. 내려갈수록 길은 미끄럽고 경사는 더욱 급하다. 돌로미티가 첫날부터 나의 트레킹 실력을 시험하려는 건가?

내리막을 어느 정도 내려오니 길은 차츰 평원으로 이어진다. 경사진 언덕에는 소 대신 양들의 방울 소리가 요란하게 들린다. 마을에서 멀어지고 지형이 험할수록 소들은 자취를 감추고 양들이 보인다. 걷는 길에서 만나는 양들은 살이 포동포동 찌고 덩치도 송아지만큼 크고 귀엽다.

이런 산길에서는 그들에게 내가 오히려 이방인인 듯 가던 걸음을 멈추고 나를 빤히 쳐다보고 있다. 다시 내려온 평원 길은 내겐 마치 보너스 같다. 멀리 셀라 산군을 바라보면서 초록의 초원을 다시 걷는 기분은 상큼하기만 하다. 다행히 더 이상 가파른 고개는 나타나지 않고 길은 평원을 지나고 산허리로 굽이굽이 돌며 이어진다. 저녁 6시가 다 되어서야 겨우 오늘의 목적지 푸에즈 산장(2,475m)에 도착한다.

'알타비아 1'의 루트이기도 한 푸에즈 산장에는 일찍 트레킹을 마친 사람들이 산장 야외 테이블에 모여 앉아 시끌벅적 떠들며 맥주를 마시고 있다. 모두의 시선이 후줄근한 모습으로 들어서는 동양의 한 노인에게 집중된다. 이런 시선은 늘 불편하지만 그래도 애써 웃으며 "하이!"를 외친다. 트레킹 첫날은 언제나 힘들기 마련이다. 하지만 오늘은 첫날치고는 나쁘지 않았다. 순전히 장대한 돌로미티의 풍광 덕이다.

길을 잃어서 만난 악마의 왕국

아침을 먹고 푸에즈 산장을 나오니 산장 바로 앞에 이정표가 보인다. 이정표를 자세히 들여다보니 오늘의 목적지 라빌래(La Villa)는 1번 길로 가라고 적혀 있다. 소요 시간은 겨우 2시간 50분이다. 이건 너무 싱거운 (?) 코스 아닌가? 3시간이 채 안 걸리다니. 그런데 론리플래닛은 어제 왔던 2번 길을 따라 내려가 5번 길과 11번 길을 거쳐 가르덴치아(Gardencia) 산장 쪽으로 빠지는 길을 추천하고 있다. 거리는 7.5㎞. 소요 시간은 4~5시간 정도. '그래도 이 정도는 걸어야지' 하며 나는 1번 길 대신 2번 길을 서슴없이 따라나선다. 오늘도 아침부터 날씨는 쾌청하다. 어제는 푸에즈 산장까지 서둘러 오는 바람에 산장 주위의 경치를 구경할 여유가 없었다. 그런데 오늘 아침 산장 아래를 내려다보니 엄청난 높이의 2개의 절벽 사이로 펼쳐져 있는 깊은 계곡이 절경을 이루고 있다. 약간의 경사를 따라 10분쯤 내려가니 절벽 위에 생뚱맞게 깃발 3개가 나란히 휘날리고 있다. 이탈리아와 유럽 연합기 그리고 하나는 주(州) 깃발 같다. 그들이 이 돌로미티의 주인이란 건가? 돌로미티의 진짜 주인은 오직 대자연과 그것을 창조한 신뿐이거늘.

    2번 길을 따라 내려오는 길은 그다지 어렵지 않다. 넓은 평원으로 이어
지다가 제법 힘든 깔딱고개도 나온다. 인터넷을 검색해 만든 나의 노트
에는 2번 길을 따라 1시간쯤 내려오면 5번 길이 나온다고 적혀 있다. 그
런데 1시간을 훨씬 지났는데도 5번 길은 도무지 나타나질 않는다. 비교
적 평탄한 목초지는 아침 햇살을 받으며 걷기에는 더없이 상쾌하다. 하
지만 시간이 지날수록 길을 잘못 든 것 같은 불안감으로 점점 초조해지
기 시작한다. 이 지역 트레일 지도도 없이 맵스미(Mapsme)만 의지하고
가는데, 맵스미는 내가 바로 가고 있다고 계속 안심(?)시켜 준다. 지나치
는 사람도 거의 없으니 물어볼 수도 없다. 그냥 계속 2번 길을 따라 걷는
수밖에 없다.

2시간 정도 지나자 양옆으로 깎아 세운 듯한 2개의 바위산이 높이 솟아 있고 그 사이로 넓은 계곡이 펼쳐져 있다. 맥 빠지게도 2번 길은 가운데 푸른 목초지가 아니라 왼쪽의 높은 고개(Forcella de Crespeina, 2,528m)로 이어진다. 전혀 예상하지 못한 고개이고 이름도 나중에야 알았다. 길을 잘못 든 것이 분명하다. 그렇다고 돌아갈 수도 없으니 미끄러운 백운암 경사길을 끙끙거리며 오를 수밖에 별도리가 없다. 주변은 황량한 달 표면 같기도 하고 이름 모를 행성 같기도 하다. 산허리 길은 까마득하게 길기도 해서 마지막은 숨이 턱까지 차는 엄청나게 가파른 오름길이다. 겨우 고개에 올라서니 기다란 능선을 따라 나무 울타리가 쳐져 있다. 고개 너머로는 힘들게 올라온 수고를 보상이라도 해주는 듯 엄청난 풍광이 펼쳐져 있다. 양 한 마리가 겨우 지날만한 좁은 울타리 문을 통과하자 예상 밖

나의 세계 트레킹 이야기

으로 가파른 내리막이 나타난다. 반대편에서 가벼운 차림의 주말 트레커들이 무리를 지어 끝없이 올라오고 있다. 틀림없이 멀지 않은 곳에 산장이나 마을이 있을 것 같아 한결 가벼운 기분으로 내려간다.

그런데 가파른 길을 한참을 힘겹게 내려가도 기대하던 가르덴치아 산장이나 마을은 도무지 나타나질 않는다. 나의 맵스미는 여전히 내가 지금 바로 가고 있다고 표시하고 있다. 왠지 찝찝한 채 계속 걷는데 이번에는 난데없이 또 오르막이다. 오르막도 보통 오르막이 아니다. 달에 혹시 이런 곳이 있던가? 고슴도치처럼 울퉁불퉁하고 뾰족한 바위 사이로 이어지는 길을 매우 조심스럽게 겨우 지나니 그 앞에 또 하나의 예상치 못한 가파른 고개(Forcella Cir, 2,469m)가 기다리고 있다. 와! 우라질! 이럴 때 욕이 안 나오면 사람도 아니다.

평소에 잘 보지도 않는 론리플래닛을 너무 믿은 바람에 오늘 괜히 안 해도 될 생고생을 치른다. 화를 참아가며 겨우 치르 고개에 올라서니 셀라 산군이 매우 가깝게 다가와 있다. 시꺼먼 먹구름 아래로 이어진 온통 거칠고 황량한 회색의 첨봉들은 가히 악마의 왕국이나 다름없다. 지도가 없으니 여기가 어디쯤인지 도무지 감을 잡을 수 없다. 악마의 왕국에서 "악!" 소리를 내며 고개를 두 번이나 넘었으니 이번에는 틀림없이 라빌라가 나올 거라는 확신(?)을 가지고 가파른 내리막길을 정말 힘들게 내려간다. 아니나 다를까 산 아래로 까마득하게 작은 동네 하나가 시야에 들어온다. 길을 잘못 들어 고생은 했지만, 드디어 다 왔구나!

마음속으로 쾌재를 부르며 스틱에 의지하여 조심스럽게 가파른 길을 내려온다. 급경사의 너덜길이라 정말 힘들게 내려오는데 멀지 않은 곳에서 이탈리아 말씨가 들린다. 이탈리아 땅에서 이탈리아 말을 듣는 것이 이렇게 반가울 줄이야! 올라오고 있는 한 여성에게 발아래 동네를 가리키며 "저기가 라빌라 맞지요?" 하며 확인하기 위해서 묻는다. 그런데 뜻밖으로 그녀는 라빌라는 여기서 한참 떨어진 다른 동네라고 한다. 평지로 내려가서 버스로 30분쯤 가야 한단다. 정말 맥 빠지는 순간이다.

라빌라는 푸에즈 산장의 동쪽에 위치해 있다. 그런데 나는 2번 길 표식만 보고 엉뚱하게 계속 남서쪽으로 걸어온 것이다. 오래된 론리플래닛의 철 지난 정보와 맵스미를 믿은 나의 잘못이다. 쿵스레덴 같은 외길에서는 맵스미만으로도 길 잃을 염려가 거의 없었다. 산장과 산장을 잇는 길은 하나뿐이니까. 그런데 돌로미티는 다르다. 수없이 많은 여러 갈래의 산행로가 있는데 맵스미가 어떻게 그 많은 산길을 제대로 인식할 수 있

나의 세계 트레킹 이야기

을까?

    우여곡절 끝에 콜포스코(Colfosco,1,645m)라는 마을로 겨우 내려와 460 번 버스를 타고 30여 분 만에 라빌라에 도착한다. 시계를 보니 딱 2시이다. 라빌라는 돌로미티의 배꼽으로 불리는 알타 바디아(Alta Badia)의 중심 마을이다. 고생은 했지만 다 왔다고 안도하며 우선 근처의 식당에서 느긋하게 점심을 먹고 맥주까지 한잔한다. 기분 좋게 배낭을 메고 예약한 숙소를 찾아 나서는데 맵스미를 켜보니 우째 이런 일이 또! 예약한 숙소가 라빌라에서 4km나 떨어진 산카시아노(San Cassiano)에 있지 않은가! 어쩐지 방값이 싸더라.

    도리가 없다. 숙박비는 이미 결제했으니 다시 4km를 걸을 수밖에 없다. 1시간 넘게 다시 뜨거운 오후의 햇살을 머리에 이고 터벅터벅 숙소를 찾아 걸어 올라가는데 속으로 수없이 욕이 나온다. 게다가 좀처럼 안 하는 낮술까지 한잔했으니 걸음마저 비틀비틀한다. 길가에는 그림 같은 티롤의 목가적 풍광이 펼쳐져 있지만 내 눈에는 하나도 들어오지도 않는다. 간신히 숙소에 들어서니 쓰러지기 일보 직전이다. 오늘은 정말 일진이 나쁜 날이구나. 당초 이정표에 적힌 거리보다 무려 2배가 훨씬 넘는 20km를 걸었다.

절체절명, 가장 힘들고 아찔했던 하루

아침의 산카시아노 날씨는 더없이 맑고 상쾌하다. 일기예보로는 오늘 비가 온다고 했는데 내가 혹시 잘못 들었나? 오랜만에 편안한 침대에서 자고 나니 몸도 훨씬 개운하고 아침 식사마저 꽤 푸짐하다. 이 지역에서 만든 신선한 유가공 제품들과 프로슈토, 달걀 등으로 든든하게 배를 채우고 8시 30분쯤 숙소를 나선다. 숙소 바로 앞에 버스 정거장이 있다. 어제는 버스가 다니는 줄도 모르고 바보같이 땀을 뻘뻘 흘리며 4km를 걸어왔다. 오늘은 버스를 타려고 버스 정거장에서 한참을 기다려도 버스는 오지 않는다. 알고 보니 일요일에는 안 다닌다. 아침부터 또 헛발질이다.

할 수 없어 동네 어귀를 지나 15번 차도를 따라 30~40분 정도 걸어 내려간다. 다행히도 라빌라 마을까지 가지 않고 12번 루트 들머리를 만난다. 오늘은 급경사의 고개(Forcela di Medesc, 2,584m)를 초반부터 넘어야 한다. 라빌라(1,433m)에서 단숨에 고도를 1,150m나 올려야 하는 가장 힘든 코스이다. 길 초입의 숲속 임도는 고즈넉하면서도 여유롭다. 일요일 아침이라 조용히 산책하는 사람도 보이고 자전거를 타는 사람도 더러 있다. 1시간 30분 정도 다소 여유로운 경사로를 천천히 걸어 올라간다. 수목 한계선을 지나자 드디어 공포의 고개가 거친 속살을 허옇게 드러낸

나의 세계 트레킹 이야기

채 눈앞에 우뚝 길을 가로막고 있다. 올려다보니 겁이 날 정도로 마사토 급경사 오르막이다. 배낭을 내려놓고 잠시 쉬면서 물도 마시며 호흡을 가다듬어 본다. 그리고 한 발씩 한 발씩 천천히 오르기 시작한다.

　주위에 오르는 사람은 한 사람도 보이지 않는다. 1시간 정도 고개의 3분의 2지점까지는 겁먹을 정도는 아니다. 좁긴 하지만 길은 비교적 잘 닦여 있어 걸을 만하다. 하지만 고개의 3분의 2 정도를 오르자 역시나 길은 엄청나게 미끄러운 급사면으로 이어진다. 60도는 되는 듯한 마사토 사면을 바로 올라가기는 정말 힘든지 길은 지그재그로 짧게 반복되면서 이어진다. 지그재그로 한참을 걸어도 제자리에서 왔다 갔다 하는 것만 같고 고도는 좀처럼 줄어들지 않는다. 20번도 넘는 듯한 지루한 지그재그가 끝나자 길은 다시 직선으로 바뀐다. 고개 정상이 가까워질수록 숨은 턱밑까지 차고 발걸음은 더욱 무겁다. 20~30m를 못 가서 멈춰 쉬기를 반복하는데 급경사 때문만은 아닌 것 같다. 갑자기 고도를 1,000m 이상 올려 2,500m까지 올라오니 고산병이 오는 건가?

고개 정상 20~30m가량을 남겨 놓은 지점까지 겨우 올라오는데 거기서부터 길은 다시 꺾어진다. 길이 꺾인 지점 주변이 온통 울퉁불퉁한 작은 돌로 뒤섞여 있어 어디가 길인지 제대로 분간할 수가 없다. 길이 분간이 안 되니 어쩌다가 발을 잘못 들여 돌투성이 경사면을 오르고 있다. 길은 보이질 않고 도로 내려올 수도 없는 상황이다. 다행히 사면(斜面)에는 돌부리들이 박혀 있어 눈앞에 보이는 돌부리를 잡고 기다시피 오르는데 스틱은 완전 무용지물이다. 오직 의지할 것은 손에 잡히는 돌부리와 발을 바쳐주는 돌부리들. 마치 암벽을 타는 기분이다.

가슴은 새 가슴처럼 쪼그려 들고 엄청난 두려움 속에 한 발씩 기어오른다. 하지만 어느 순간 조금씩 미끄러지기 시작하면서 손이고 발이고 받쳐 줄 돌부리가 전혀 안 보인다. 잡히는 것은 그냥 돌덩이들뿐이라 잡으면 더욱 미끄러진다. 머리 바로 위로 1~2m만 더 올라가면 길이 보이는데 도무지 더 움직일 수가 없다. 겨우 스틱을 길 위로 올려놓고 그대로 꼼짝 못 하고 매달려 있다. 미끄러지면 몇십 미터 아래로 굴러 내릴 상황이다. 절체절명(絕體絕命)의 순간이다. 머릿속이 하얘지고 어떻게 해야 할지 아무런 생각도 나지 않는다.

시간이 얼마나 흘렀을까? 고작 2~3분 동안 꼼짝도 못 한 채 매미처럼 붙어 있는 내 눈앞에 갑자기 스틱 하나가 불쑥 내려온다. 얼른 올려다보니 웬 남자가 내 스틱을 내밀고 잡으라고 하고 있지 않은가? 나는 그 순간 그 남자의 얼굴이 천사로 보였다. 하나님이 나를 위해 내려보낸 천사.

나는 있는 힘을 다하여 스틱을 붙잡았고 그 남자는 있는 힘을 다하여 나를 끌어올린다. 겨우 길 위로 간신히 올라섰을 때 내 두 다리는 후들후들 떨리고 온몸은 식은땀으로 흥건하다. 무릎과 허벅지는 여기저기 긁혀 피가 나고. 나는 그 남자의 손부터 굳게 잡는다. 그리고 "Thank you!"를 연발한다. 안경을 쓰고 야구 모자를 쓴 중년의 이 남자는 나와 반대 방향에서 일행과 함께 올라와 고개 정상에서 아래를 내려다보며 잠시 쉬고 있었다. 그러는 중 바로 10여 미터 아래에서 꼼짝 못 하고 매달려 있는 나를 보고 직감적으로 위험하다는 생각이 들어 뛰어 내려온 것이다. 그는 영어가 거의 통하지 않는 독일 사람이다. 내가 그에게 할 수 있는 말은 내가 알고 있는 독일어 감사 인사 "Danke schön(당케 쉔)!"뿐이다.

놀란 가슴을 쓸어내리며 고개 정상에 오르니 내가 올라온 고개 아래로 라빌라 마을이 개미처럼 작게 보이고 사방이 탁 트이며 전망이 끝내준다. 하지만 내 눈에는 하나도 들어오지 않는다. 나를 구해준 독일 천사(?) 일행은 손을 흔들며 왔던 길로 다시 내려가고 있다. 텅 빈 고개 정상에서 나는 신발이고 양말이고 다 벗어 던진 채 바위 위에 걸터앉아 한참 동안 가쁜 숨을 몰아쉬며 혼미한 정신을 가다듬는다. 그동안 이곳저곳을 걷는 동안 크고 작은 위험이 없지 않았지만, 오늘 같은 아찔했던 순간은 처음이다. 20~30여 분을 맥을 놓고 앉아 쉬다가 정신을 가다듬고 다시 걷기 시작한다.

고개에 올라선 것으로 끝이 아니다. 약간의 내리막을 거쳐 이어지는 평원은 우리가 흔히 보던 그런 풍경이 아니다. 골짜기 사이 언덕에는 마치 회칠을 한 듯한 허연 백운암 바위들이 널브러져 있다. 다른 쪽에는 푸른 산비탈에 하얀 바둑알을 점점이 박아 놓은 듯한 형상이 하얀 뭉게구름 아래 묘하게 펼쳐져 있기도 하다. 어떤 SF 영화에서도 본 적이 없는 미지의 행성을 걷는 기분이다. 백운암이 만드는 독특한 풍광을 따라 12번 길을 오르고 내리기를 여러 차례 반복한다. 2시간을 계속 걸어도 사람은 차치하고 그 흔하던 양 한 마리도 보이질 않는다. 주위는 너무나 조용하다. 나무도, 새도, 물도 없고 바람마저 조용하니 자연의 소리조차 들리지 않는다. 모든 것이 정지된 듯한 적막의 시간 속에 이 외로운 행성에서 나 홀로 걷고 있다는 사실에 오히려 가슴이 벅차고 행복하다.

나의 세계 트레킹 이야기

　누가 이런 길을 일생 중 한 번이라도 걸어 볼 수 있을까? 잘 다듬어진 녹색의 필드(골프장)나 아름답게 가꾸어진 정원과는 차원이 다른 세계이다. 아무나 쉽게 접근할 수 없는, 신이 손수 조각한 이 장대한 대자연의 정원을 나 홀로 독차지하고 걷고 있다. 중간에 배낭을 잠시 내려놓고 간식 몇 조각으로 점심을 대신하고 다시 걷는다. 시계를 보니 3시이다. 한가롭게 여유를 부릴 때가 아닌 것 같다. 발걸음을 재촉하는데 어디서 밀려 내려왔는지 크고 작은 백운석 조각들로 12번 길은 너덜길로 변해 있다. 한참이나 애를 먹으며 조심스럽게 너덜길을 걷는데 비까지 내리기 시작한다.

　산에서의 날씨란 언제나 변화무쌍하다. 하늘이 쾌청하다가도 갑자기 구름이 몰려오고 또 비를 뿌린다. 그래서 일기예보는 틀릴 수가 없다. 하루 중 한 번은 맞기 마련이니까. 부슬부슬 비를 맞으며 안간힘을 다해 너덜길 오르막을 오르니 저 멀리 뿌연 운무 속에 농가인지 산장인지 건물 몇 채가 보이기 시작한다. '와! 다 왔구나!' 하는 기쁨도 잠시일 뿐이고 다시 무지막지한 내리막이 시작된다. 지옥의 내리막을 걷는 기분이다. 점차 빗줄기는 강해지고 시야마저 흐린데 크고 작은 바위들로 연속된 내리막길은 정말 미끄럽고 위험하기 그지없다. 조금이라도 방심하면 그대로 미끄러질 것만 같다. 어떨 때는 너무 미끄러워 길옆의 나뭇가지를 붙잡고 간신히 내려오기도 한다. 빗속에서 나 홀로 악전고투하며 다시는 이런 바보 같은 트레킹은 그만해야지 하고 속으로 수없이 다짐한다. 산장을 눈앞에 두고 1시간도 더 넘게 사투(?)를 벌이다가 겨우 라바렐라(Lavarella) 산장에 도착한다. 세찬 비에 속옷까지 다 젖고 배낭까지 다 젖었다. 비에 젖은 생쥐 꼴이 이런 것인가?

세네스 산장에서 비 오는 오후의 여유

아침부터 주위는 먹구름으로 가득하고 산들은 운무 뒤에 숨어 버린다. 7번 길은 다행스럽게도 임도로 시작된다. 잘 닦여진 완만한 내리막길을 따라 천천히 내려가니 파네스(Fanes) 산장이 먼저 나온다. 산장 아래에서는 산장을 오고 가는 듯한 차량이 물품을 가득 싣고 힘겹게 올라오고 있다. 오늘의 목적지 비엘라(Biella) 산장까지 가려면 페데루(Federu) 산장과 세네스(Sennes) 산장을 거쳐야 한다. 일단 페데루 산장 이정표를 보고 따라 걷는다. 차도와 임도로 번갈아 가며 걷는 내리막길은 편하고 좋다. 짙은 아침 안개로 전경이 잘 보이지 않지만 걷기에는 나쁘지 않다. 모처럼 1시간가량의 편한 길이 끝나자 언덕의 오름과 내림이 반복된다. 페데루 산장이 보이기 시작하는 지점에서부터는 오늘도 역시 비가 내리기 시작한다.

페데루 산장으로 내려가는 내리막길은 경사가 심하다. 미끄럽고 위험한 경사길이라 바깥쪽으로 나무 펜스가 처져 있다. 많은 사람이 펜스를 붙잡고 오르내리고 있다. 11시경 페데루 산장(1,980m)에 도착해 보니 산행객이 많은 이유를 알겠다. 페데루 산장까지는 차로 올라올 수 있고 노선버스도 다니고 있다. 페데루 산장은 이 주변 트레킹의 출발점인 것 같다.

페데루 산장에서 잠시 쉰 다음 세네스 산장을 향해 다시 출발한다.

　7번 길은 시작부터 엄청 오르막이다. 차가 다닐 수 있도록 잘 닦인 임도는 지그재그로 계속 이어진다. 한참을 임도를 따라 올라가니 나무로 만든 예수상이 서 있는 갈림길이 나온다. 이정표가 없어 잠시 주춤하다가 왼쪽 길을 따라 오른다. 길은 여전히 넓고 걷기에도 편하다. 임도가 끝나는 무렵 7번 길은 다시 산속으로 연결된다. 그다지 가파르지도 어렵지도 않아 편한 마음으로 계속 오른다. 비는 계속 내리고 갑자기 천둥 번개까지 쳐 산중에서 홀로 걷는 사람을 겁먹게 한다.

　　　　　　　　　　　　　　나의 세계 트레킹 이야기

길은 다시 넓은 임도로 바뀐다. 페데루 산장에서 폰으로 찍어둔 지도를 확인해 가며 힘을 내서 나지막한 언덕바지를 돌아서니 발아래 멀지 않은 곳에 산장 하나가 나타난다. 빗속이라 이렇다 할 풍광을 그려내고 있지는 않지만, 돌로미티에서 가장 아름답다는 세네스 산장(2,126m)이다. 세네스 산장을 지나면서 갑자기 꾀가 생긴다. 비도 계속 오고 천둥 번개도 치는데 1시간을 더 걸어 오늘의 목적지 비엘라 산장까지 꼭 가야 하나? 일단 빈 침상이 있는지 물어나 보자며 세네스 산장으로 들어가 본다. 뜻밖에 빈 침상도 남아 있고 무료로 샤워도 할 수 있다고 한다. 갈등이 생기기 시작한다. 어렵게 예약까지 했으니 비엘라 산장까지 가야 하는 게 맞다. 하지만 내 몸과 간사한 마음이 비도 오는데 그냥 이 아름다운 산장에서 쉬자며 유혹한다. 겨우 오후 1시 30분이라 더 걸을 수도 있는데 결국 나는 유혹을 이기지 못하고 오늘의 트레킹을 여기서 마무리하고 만다.

젖은 옷부터 걸어 놓고 샤워를 한 후 식당으로 내려간다. 세네스 산장은 시설도 좋고 무엇보다 직원들이 아주 친절하다. 늦은 점심으로 보리수프와 파니니, 맥주 한 잔으로 배를 채우고 나니 비에 젖은 몸도 훈훈해지고 피로도 한결 풀린다. 점심 식사를 마치고 방으로 돌아오니 반갑게도(?) 젊은 동양 여성 하나가 짐을 풀고 있다. 혹시 한국인 아닐까 기대하며 먼저 말을 건네니 일본 사람이다. 40살 정도의 요꼬라는 이름의 이 일본 여성은 일본 사람답지 않게(?) 영어가 유창하고 붙임성도 좋고 활달하다. 그녀는 스위스 제네바의 한 국제기구에서 일하고 있다는 대단한 '커리어 우먼'이다. 그녀는 샤워하러 가고 나는 간단한 손빨래를 한 후 방에다 걸어 놓는다. 모처럼 즐기는 느긋한 오후이다. '이제부터는 너무 무리하게 걷지만 말고 여유를 부리는 날도 있어야겠다. 오늘같이 비가 추적추적 오는 날이면 더 더구나 그렇지' 하고 혼자서 중얼거린다. 문득 창밖을 내다보니 산은 구름 뒤로 다 숨었지만, 산장 앞의 널따란 목초지에는 여기저기 소 떼가 한가로이 풀을 뜯고 있다. 며칠 만에 들어보는 워낭소리인가? 빗소리도 워낭소리도 오늘은 모든 게 다 정겹기만 하다.

맥주도 한잔했겠다, 방에만 계속 있으면 낮잠의 유혹을 피할 수 없을 것 같아 식당으로 다시 내려오니 요꼬도 내려와 있다. 비 내리는 창밖을 가끔 훔쳐보며 요꼬와 나는 저녁 먹을 때까지 꽤 긴 시간 동안 이런저런 이야기를 나눈다. 요꼬는 내가 지난주에 스웨덴의 쿵스레덴을 걷고 와서 이번 주에 다시 돌로미티를 걷고 있다고 하니 깜짝 놀라는 표정이다. "지

　　　　　　　　　　　　　　나의 세계 트레킹 이야기

난해가 아니고 정말 지난주나?" 하고 되묻는다. 마침 옆자리에 스웨덴에서 온 부부가 앉아 있다. 우리 4명은 쿵스레덴과 여러 여행담을 신나게 나눈다. 요꼬는 나의 쿵스레덴 이야기를 듣고 내년에 꼭 가보겠다고 여러 가지를 구체적으로 물어본다. 우리는 그 자리에 계속 앉아 와인도 한 잔씩 마시고 저녁까지 먹는다. 문득 창밖을 내다보니 어느새 비도 그치고 구름에 가려져 있던 바위산이 석양에 물들고 있다. 쌀쌀한 저녁 공기를 맞으며 산장 밖으로 나가보니 비 갠 후의 너무나 상큼한 티롤 알프스의 목가적 풍경이 펼쳐진다. 사람들이 왜 세네스 산장이 돌로미티에서 가장 아름다운 산장이라고 하는지 그 이유를 알 것 같다.

발아래 펼쳐져 있는 트레치메의 환상적 경관

아침에 눈을 뜨니 어제 내린 비를 보상이라도 하려는 듯 구름 한 점 없는 화창한 하늘이 창밖으로 펼쳐져 있다. 서둘러 아침을 먹고 요꼬와 작별 인사를 한 후 출발한다. 오늘의 목적지는 프라토 피아자(Prato Piazza) 평원의 발란드로(Vallandro) 산장까지이다. 세네스 산장을 나서자 눈앞의 산 아래 걸린 저 하얀 띠는 구름인가 안개인가? 한가롭게 풀을 뜯고 있는 소들의 모습이 마냥 평화롭기만 한 알프스의 아침이다. 6A 길을 따라 먼저 비엘라 산장으로 향한다. 길은 대체로 무난한 편이다. 그다지 험하지 않고 높지 않은 고개를 1~2개 넘어 1시간 만에 도착한다.

실은 어제 예약한 비엘라 산장에 못 온 것이 내내 미안하고 마음에 걸린다. 산중이라 인터넷도 안 되고 전화 통화도 할 수 없어 취소 요청을 하지 못했다. 사과도 할 겸 예약 취소 수수료라도 내려고 비엘라 산장 안으로 들어간다. 투숙객이 다 떠난 듯한 식당 안에 한 젊은 여인이 청소를 하고 있다. 그 뒤로 주인장인 듯한 할머니가 보인다. 내가 계면쩍은 얼굴로 인사를 하자 내가 온 이유를 금세 알아차린 듯 밝은 얼굴로 맞아 준다. 내가 어제 못 온 것을 정중히 사과하고 예약 위약금이 있으면 내겠다고 하니 손사래를 치며 괜찮다고 한다. 한결 마음이 가벼워져 할머니에게 다시 한번 인사를 하고 마당으로 나와 잠시 주위를 둘러본다. 비엘라 산장(2,327m)은 '알타비아 1'과 교차하는 지점이라 알타비아를 걷는 듯한 트레커들이 꽤 많이 지나가고 있다. 산장 입구에는 스탬프도 비치되어 있다. 산티아고 순례길처럼 알타비아를 걷는 사람들도 산장마다 스탬프를 찍어 완주 사실을 자랑하려나 보다.

비엘라 산장을 조금 지나니 길은 알타비아 루트를 완전히 벗어나는 듯 지나가는 사람도 없고 또다시 나 홀로이다. 길은 점점 너덜길로 변하고 별로 높지도 않은 고개를 몇 개나 오르내린다. 겁보처럼 조심해서 걷다 보니 영 속도가 나지 않는다. 너덜길 고개를 지나니 이번에는 칼날 같은 바위 능선길(Cocodain 고개 2,301m)이 나온다. 능선에 올라서니 시원한 바람이 불어와 너무나 상쾌하다. 청명한 하늘과 발아래로 펼쳐지는 시원한 풍광은 눈마저 시리게 한다. 저 멀리 보이는 호수는 웅장한 산군에 가려 웅덩이만큼이나 작아 보인다. 날씨가 좋아 바위 능선은 미끄럽지는 않지만, 조심스럽기는 마찬가지이다. 바위 능선을 지나자 다시 크고 작은 백운암 바위가 산을 온통 하얗게 뒤덮고 있다. 이정표가 서 있는 지점서부터 무지막지한 내리막길이 시작된다. 1시간 정도 조심하면서 내리막을 겨우 내려오자 다시 오르막이다.

돌로미티 트레일에는 갈림길이 수없이 많다. 예상했던 지점쯤에 이정표가 제때 나타나지 않으면 조금씩 불안해지기 마련이다. 혹시 길을 잘못 들지 않았나 하고. 오늘도 길 표식이 나타나지 않아 조바심이 날 무렵 드디어 3번 길 이정표가 보인다. 이정표를 따라 프라토 피아자 평원을 향하여 한참을 걷는다. 어디에선가 소의 워낭소리가 들리더니 깊은 계곡 사이로 로싸름 농가(Malga Rossalm, 2,142m)가 나온다. 농가 뒤편 계곡 위로는 크로다로싸 산(Croda Rossa, 3,146m)이 반쯤 잘린 듯 붉은 속살을 드러내고 있다. 농가는 얼룩덜룩 등산복 차림의 나들이객으로 가득하다.

　마침 점심시간 때이다. 배낭을 내려놓고 탁자 한자리를 차지하고 앉으니 알프스의 따사한 햇살과 공기가 마냥 상큼하다. 사람들 틈에 섞여 푸른 계곡과 머리 위의 적벽을 바라보며 농가의 수프와 요구르트로 점심을 먹는다. 오랜만에 누려보는 호사이자 달콤한 휴식이다. 1시간 정도 푹 쉰 후 다시 배낭을 메고 출발한다. 농가를 조금 지난 갈림길에서 3번 길은 크로다로싸 산 아래 계곡으로 이어진다. 계곡 산비탈에는 커다란 붉은색 바위가 겹겹이 쌓여 있어 금방이라도 무너져 내릴 듯 험상스럽다. 계곡 바닥의 너덜길을 지나니 길은 다시 황량한 산허리를 거의 일직선으로 가로지른다.

　나의 세계 트레킹 이야기

끝없이 이어지는 듯한 마사토 길은 사람이 하나 겨우 지날 만큼이나 좁고 미끄럽기까지 하다. 발아래로는 내려다보기가 아찔할 정도의 낭떠러지이다. 길 중간 위험한 구간에는 쇠줄이 연결되어 있다. 스릴을 즐기기에는 너무 많은 나이 아닌가? 이런 길을 홀로 걸을 때는 정말 겁난다. 긴장한 채 오로지 앞만 보고 걷지만 어쩌다 아래를 내려다보면 오금이 저리고 발이 얼어붙는 기분이다. 저 모퉁이만 돌면, 이 고개만 넘으면 곧 평지가 나올 거라고 간절한 마음으로 기대하건만 평원은 나타날 기미조차 없다. 모퉁이를 돌아도 계속 험한 길은 이어지고 고개를 넘어도 또 다른 고개가 기다리고 있다. 희망이 고문이 되어 가고 있다. 나의 샹그릴라는 언제쯤 나타나려나?

로싸름 농가를 떠난 지 2시간이 지날 무렵, 4시쯤 드디어 고개 정상에 오르니 와! 하는 탄성이 마구 나오기 시작한다. 저 멀리 발아래로 트레치메가 너무나 선명히 자리하고 있다. 혹시 신기루처럼 사라질까 봐 서둘러 허접한 나의 폰카로 최대한 당겨 사진에 담아 본다. 기다리고 기다리던 나의 샹그릴라! 그것은 단순한 아름다움이 아니다. 누군가의 말대로 악마가 사랑한 천국이다! 그렇다. 돌로미티는 그 어떤 감탄사로도 형용할 수 없는 악마의 왕국 같다. 신약성서 마태복음에 나오는 광야의 유혹 이야기가 문득 생각난다. 사탄(악마)이 광야에서 예수를 유혹할 때 예수를 아주 높은 산으로 데리고 가서 '당신이 내게 절하면 발아래 이 화려한 천하만국을 다 당신에게 주겠소' 하며 보여준 곳이 바로 이런 곳 아닐까?

고개 정상에서 시원한 바람을 맞으며 우리 시대 최고의 등반가 라인홀트 메쓰너(Reinhold Messner)의 말을 떠올려 본다. "자유가 무엇인지 누가 알겠는가마는 나는 우리 등산가들이 그 자유에 가장 가까이 다가갈 수 있다고 생각한다. 그 자유는 바로 지상 천국 돌로미티이다."

돌로미티가 과연 악마의 왕국인지 지상의 천국인지 가늠할 수는 없지만 너무나 비현실적인 세계인 것만은 분명하다. 이 순간만은 나는 잠시 발아래 펼쳐진 비현실적인 세계를 바라보며 무한한 자유를 누리며 천국에 서 있는 기분이다. 고개 정상에는 비바람에 바랜 야외 탁자 하나가 놓여 있다. 그 탁자 위에 배낭을 잠시 내려놓고 땀을 식히며 트레치메를 보고 또 본다. "산과 고원을 그리고자 하는 사람은 평원으로 내려와 산과 고원을 올려보고, 평원을 그리고자 하면 산 정상으로 올라와 평원을 내려다봐야 한다."라는 말이 있다 이 고개 정상에서 내려다보는 트레치메만큼 감동적이고 완벽한 그림은 더 이상 없을 것만 같다.

나의 세계 트레킹 이야기

한참을 넋을 놓고 그 자리에 서 있다가 프라토 피아자 평원을 향해 내려가기 시작한다. 처음에는 신이 나서 내려간다. 트레치메가 보이니 거의 다 온 듯한 기분으로 설렁설렁 내려오는데 길은 생각보다도 만만치 않다. 하기야 내게 하산길이 언제 만만한 적이 있었던가? 산 주변에 간혹 보이던 산행객들도 다 사라지고 보이지 않는다. 나의 발걸음은 더디기만 한데 경사진 하산길은 가도 가도 끝이 없다. 시간은 오후 5시를 어느덧 지나고 있다. 저 멀리 발아래로 프라토 피아자 평원이 오후 햇살을 받아 푸르름을 더하며 시원스럽게 펼쳐져 있다. 푸른 초원 위로 프라토 피아자 산장과 커다란 목조 건물 하나가 시야에 들어온다. 나는 산장을 목표로 열심히 걷고 또 걸어도 좀처럼 평원에 도달하지 못한다. 몸은 지치고 다리도 후들거린다. 겨우 평원에 내려오니 이정표에는 프라토 피아짜 산장까지 20분을 더 가야 한다고 적혀 있다.

　평원은 골프장처럼 잘 다듬어져 있다. 평소에 이렇게 아름다운 푸른 초원을 걷는다면 콧노래가 절로 나올 경치이다. 거의 탈진한 상태의 지금은 20분이 2시간만큼이나 길게 느껴진다. 시계를 보니 6시 20분이다. 예약한 발란드로 산장까지는 1시간을 더 가야 한다. 발란드로 산장을 포함하여 돌로미티의 산장들은 대부분 6시까지 도착할 것을 요구하고 있다. 더 이상 걸을 힘도 남아 있지 않고 설사 발란드로 산장까지 가도 내 침상이 비어 있다는 보장도 없다. 지친 몸을 이끌고 일단 프라토 피아자 산장으로 들어가 혹시 빈자리가 있는지 물어본다. 카운터의 젊은 여직원은 나를 쳐다보지도 않고 없다고 잘라 말한다. 배낭은 천근만근 무겁고 몸도 지쳐 금방이라도 쓰러질 듯하다. 하지만 별도리가 없다. 일단 발란드로 산장까지 가보는 수밖에. 프라토 피아자 산장을 힘없이 나와 몇 걸음을 걷기 시작하자마자 바로 큰 길가에 크고 근사한 호텔 하나가 자리하고 있지 않은가!

하산하면서 내내 보이던 바로 그 건물인데 입구에 별 4개가 새겨져 있는 호 헤 가이슬 (Ho he Gaisl) 호텔이다. 꽤 비싸 보이지만 일단 들어가 혹시 빈방 있느냐고 물어보니 있다고 한다. 게다가 방값까지 너무 싸서 나를 놀라게 한다. 욕조가 딸린 2인용 침실이 조식과 저녁 식사 포함해서 75유로라고? 이건 말도 안 되는 가격이다. 산장의 다인실 침상도 60유로씩 하는데. 산장에 비하면 궁전이나 다름없는 호텔 방에서 샤워부터 하고 식당으로 내려가니 미리 주문해 둔 풀코스의 저녁 요리가 기다리고 있다.

가까이서 보는 석양의 트레치메

별 4개짜리 근사한 호텔에서의 하룻밤은 정말 편하고 좋았다. 풀코스의 우아한 저녁 식사와 푸짐한 뷔페식 아침 식사까지, 평소에도 누려보지 못한 호사이다. 든든하게 배를 채우고 나니 어제의 피로도 다 풀리는 듯하고 몸과 마음도 가뿐해진다. 오늘은 드디어 RCT 트레킹의 마지막 날이다. 원래는 발란드로 산장에서 자고 34번 길과 102번 길로 로카텔리(Locatelli) 산장까지 걸을 예정이었다. 하지만 나는 5일 동안 계속해서 힘든 코스를 걸었고 지금은 체력이 거의 바닥난 상태이다. 굳이 무리해서 로카텔리 산장까지 힘들게 걸어야 할 이유가 없다. 더구나 이곳 프라토 피아자 평원에서는 대중교통도 쉽게 이용할 수 있지 않은가?

프라토 피아자 광장의 임시 등산안내소 직원이 트레치메까지 가는 가장 빠르게 갈 수 있는 대중교통편을 상세하게 알려준다. 일단 나는 그녀의 조언대로 카르보닌(Carbonin) 마을까지 2시간 정도 걸어 내려간다. 그곳에서 버스 편으로 어렵지 않게 트레치메의 입구 아우론조(Auronzo) 산장에 도착한다. 아우론조 산장에서 점심을 먹고 101번 길로 들어선다. 길은 오고 가는 인파로 미어터질 정도이다. 산속이 아니라 로마의 유명 관광지를 걷는 기분이다. 역시 소문대로 주위는 눈이 둥그레질 정도로 온갖 절경이 펼쳐져 있다. 단연 압권은 역시 트레치메(3개의 봉우리)이다. 트레치메를 가장 잘 보려면 라바라도(Lavarado) 산장을 지나 로카텔리 산장(2,405m)까지 1시간 정도 더 걸어야 한다.

　로카텔리 산장 바로 맞은편에 높다란 첨봉 3개가 그 위용을 자랑하며 하늘을 향해 솟아 있다. 바로 트레치메(Tre Cime)이다. 돌로미티의 상징이자 롤러코스터 트레일(RCT)의 최종 목적지 앞에 마침내 선 것이다. 그런데 웬일인지 기대만큼 감동스럽지 않다. 아마도 어제 고개 정상 최고의 전망대에서 더할 수 없는 감동과 온갖 찬사를 이미 다 쏟은 탓인가? 한국에서 예약 전화를 몇 차례나 해도 받지도 않던 콧대 높은 로카텔리 산장인데 웬일인지 오늘은 빈 침상이 남아 있다. 시설도 낡고 샤워도 할 수 없지만 돌로미티의 마지막 밤을 로카텔리에서 잘 수 있는 것만도 운이 좋은 셈이다. 맥주잔을 들고 석양에 물들어가는 트레치메를 바라보는 즐거움, 이 또한 걷기 여행자만이 누릴 수 있는 행복 아니겠는가?

　　　　　　　　　　　　　나의 세계 트레킹 이야기

조지아

스바네티(Svaneti) 트레킹
- 때 묻지 않은 대자연을 품은 트레킹 천국

도보로 이동 ————————
비행기 이동 ··················

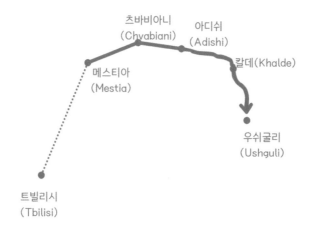

예정에 없던 뜻밖의 여행지

　조지아(Georgia)로 가게 된 것은 정말 뜻밖이었다. 어쩌면 순전히 코로나 덕분인지도 모르겠다. 코로나 펜데믹 3년 동안 나는 계획하던 트레킹도 못 가고 속절없이 세월만 보내고 있었다. 코로나가 거의 끝나고 각국의 여행 규제가 대부분 풀려갈 무렵 우연히 트레킹 천국 조지아를 알게 되었다. 여러 트레일 중에서 나의 눈길을 확 끈 곳은 캅카스(코카사스) 산군 자락 60km를 걷는 3박 4일간의 스바네티(Svaneti) 트레일이었다. 여행 규제는 풀렸지만 이미 여름이 다 지나서 계획하던 나라에는 갈 수가 없었다. 9월 중순에 그나마 걸을 수 있는 나라는 조지아뿐이었다.

비행기에서 내려다본 캅카스 산군

조지아의 대중교통 시스템은 매우 열악하다. 대도시 간에는 기차도 운행하고 국내선 항공편도 없진 않다. 그러나 중소 도시나 산간마을로 가려면 정기 노선버스는 기대해서는 안 된다. 거의 유일한 대중교통 수단은 마슈르카(합승 승합차)뿐이다. 스바네티 트레일의 들머리 메스티아(Mestia)로 가는 교통편도 매우 불편하기는 마찬가지이다. 보통은 트빌리시(Tbilisi)에서 주그디디(Zugdidi)까지 기차로 가서 마슈르카로 환승하거나, 아니면 마슈르카를 타고 곧장 가는 방법이 가장 일반적이다. 최소한 10시간 정도 소요된다. 그런데 눈을 키고 찾아보니 하루에 단 한 번 운행하는 소형 항공편이 있다. 바로 바닐라 항공(Vanilla Sky)이다. 당연히 예약하기가 무척 어렵다. 게다가 날씨가 나쁘면 수시로 취소된다. 나는 운 좋게도 17인승 경비행기를 타고 캅카스 산군 위를 날아 메스티아에 도착한다. 메스티아와 우쉬굴리 일대는 캅카스 산군 아래 중세 시대부터 오랫동안 고립된 채 독자적인 언어와 문화를 유지해 온 오지 산간마을이다.

보통 스바네티(Svaneti) 지역으로 불린다. 교통이 불편하고 오지인 만큼 이 지역은 때 묻지 않은 순수 그대로의 자연 상태를 잘 보존하고 있다. 또한 중세 시대부터 지어진 코쉬키(Svan Tower)는 이 지역의 독특한 주거 형태로서 스반(Svan) 지역의 상징이기도 하다. 나는 메스티아의 한 게스트하우스에 짐을 풀고 내일부터 시작하는 스바네티 트레킹을 준비하고 있다.

나의 세계 트레킹 이야기

색다른 풍광 속으로 걸어 들어가다

  메스티아에서 우쉬굴리까지 3박 4일간의 스바네티 트레일(약 60km)은 조지아의 대표적 장거리 트레킹 코스이다. 트레킹 천국 조지아에는 카츠베기, 메스티아, 보르조미 등지에 인기 있는 트레일이 여러 군데 있다. 하지만 대부분 짧은 당일 코스이다. 잘 알려진 해외 트레일들은 주로 산장에서 산장(Hut to Hut)으로 이어지는 데 반해, 스바네티 트레일은 주민들이 살고 있는 마을에서 마을(Village to Village)로 이어진다. 그만큼 코스도 다양하고 숙식이 쉬워 배낭의 무게를 줄일 수 있는 이점이 있다. 게다가 물가마저 싸니 금상첨화이다.

  트레킹 첫날 메스티아에서 자베쉬(Zhabeshi)까지의 거리는 16km 정도이다. 코스도 몇 개나 있지만 나는 트레커들이 주로 택하는 통상 코스를 걷기로 한다. 게스트하우스 할머니가 정성껏 차려주는 아침을 든든히 먹고 점심 도시락과 물도 넉넉히 챙겨 9시경 숙소를 나선다. 마땅한 지도를 구하지 못해 트레일 들머리 찾기가 쉽지 않다. 하지만 인터넷으로 수집한 정보를 믿고 메스티아 마을을 벗어나 걷기 시작한다. 일단 마을 포장도로가 끝나는 지점의 스위스풍 호텔(Hotel Banguriani)까지 맵스미에 의존하여 걷는다. 거기서부터 비포장도로를 따라 완만한 경사를 타고 산을 향하여 올라간다. 걸어 올라갈수록 9월 중순의 메스티아 날씨는 한국의 9월만큼이나 늦여름 햇살이 따갑다. 눈앞으로 우쉬바(Ushba) 설산을 바라보며 한참을 걸어 올라가니 탑 모양의 폐가 근처에 자베쉬로 향하는 이정표가 나타난다.

산으로 접어들어도 길은 여전히 평탄하다. 약간의 오름이 이어지나 걷기에는 문제가 없다. 가끔 울퉁불퉁 너덜길이 나오다가 곧 평탄한 길로 이어지고 따가운 가을 햇살을 가려주는 숲길도 나온다. 얕은 숲길이 끝나자 마치 죽창을 엮어 세워둔 듯한 나무 울타리가 초원을 가르며 우쉬바 산을 배경으로 아름답고 목가적인 풍경을 연출하고 있다. 우쉬바 산 위로는 조용히 흘러가는 구름 몇 점이 캅카스 산군 태초의 고요와 평화를 말해 주는 듯하다. 기온도 점차 올라가 겉옷을 하나씩 벗기 시작한다.

조금 더 올라가니 가을 잔디처럼 누렇게 변해가고 있는 초원 언덕바지에 나무 한 그루가 덩그러니 서 있다. 그 옆에는 이정표도 보인다. 먼저 올라가던 트레커들이 지쳤는지 나무 그늘에 퍼져 앉아 쉬고들 있다. 나도 이정표 옆에서 잠시 숨을 돌리며 뒤를 돌아보니 발아래로 보이는 메스티아 마을은 마냥 평화스럽기만 하다. 길은 잠시 자갈길로 이어지더니 짙은 숲속의 급경사 길이 나온다.

　어두컴컴한 숲길을 지나자 금세 임도가 다시 나오고 얼마 안 가서 왼쪽으로 탁 트인 넓은 평원이 나를 반겨준다. 저 멀리 눈 덮인 테트눌디 산(Tetnuldi 4,858m) 정상이 구름을 휘감고 서 있다. 눈 아래 테트눌디 전망대에는 울긋불긋 원색 복장의 트레커들이 옹기종기 모여 쉬고 있는 모습이 멀리서도 잡힌다. 아! 얼마 만인가? 3년 만에 그리던 대자연의 품속으로 들어와 있음을 실감하니 가슴이 벅차다.

　전망대에서부터는 완만한 하강길이 시작된다. 10여 분을 천천히 내려오면 좁다란 갈림길이 나온다. 트레커들 대부분은 자르드라쉬(Zardlash) 마을 쪽으로 내려가지만 나는 리퀴리(Likhiri) 마을을 경유하는 윗길로 걷기로 한다. 윗길은 2km가량 더 돌아가지만 한적하면서도 전망이 더 좋다. 예상대로 사람이라곤 찾아보기 힘든 좁고 호젓한 길에는 소와 염소가 주인이다. 그들을 마주치면 당연히 사람이 먼저 길을 양보해야 한다. 길 여기저기 뿌려 놓은 배설물 냄새는 그들의 영토를 지나는 통과세이다. 고맙게도 흙길로 된 윗길은 산허리를 따라 완만한 오르막과 내리막이 반복되고 숲길도 초원도 지난다. 길은 계속 테트눌디 설산을 마주하고 이어져 심심하거나 지루할 틈이 없다. 윗길은 외길이라 지도도 필요 없다. 푹신한 산길을 즐겁게 걷다 보니 드디어 리퀴리 마을이 보이기 시작한다.

스바네티 산간마을 대부분은 최근 늘어나는 여행객들의 발길로 오염(?)되어 관광지처럼 변해가고 있다. 다행히도(?) 리퀴리 마을은 메인 트레일에서 약간 벗어나 있어 그나마 여행객의 발길이 조금 덜한 편이다. 멀리서 보니 테트눌디 설산과 코쉬키가 절묘하게 어우러져 사람의 손이 닿

나의 세계 트레킹 이야기

지 않은 듯한 청정 그대로의 풍광을 연출하고 있다. 왜 사람들이 이곳을 작은 스위스라고 부르는지 비로소 알 것 같다.

황금빛으로 변해가는 초원 위의 구불구불한 산길을 돌아 리퀴리 마을 어귀에 들어선다. 나지막한 나무 울타리 출입문에 6~7살 나이의 예쁜 소녀가 문고리를 붙잡고 지나가는 나를 애처로운 눈길로 바라보고 있다. 그냥 지나가지 말고 제발 안으로 들어와 주기를 바라는 간절한 눈이다. 문 앞엔 "AMO Cafe"라고 쓰인 동그란 철판 표시판이 세워져 있다. 나는 목도 마르고 마침 쉬어가려는 참에 소녀의 눈빛에 홀린 듯 울타리 문을 밀고 집 안으로 들어선다. 집 안에는 통나무로 만든 정자와 평상이 놓여 있고 검은색 옷차림의 할머니 한 분이 카페(?)를 지키고 있다. 카페의 창문형 냉장고에는 맥주와 생수, 콜라가 반쯤 차 있고 커피와 티도 판다. 나는 배낭을 내려놓고 콜라 한 병을 마시다가 손녀뻘의 어린 소녀를 보니 갑자기 한국 할아버지 버릇이 나온다. 행동식으로 가지고 온 견과류와 양갱을 하나씩 주니 소녀는 수줍은 듯 안 보이는 곳으로 내려가 맛있게 먹는다.

카페를 나와 다시 걷기 시작하는데 10~20여 채 규모의 오래된 마을들이 연이어 나온다. 오랫동안 방치된 듯한 코쉬키와 낡은 집들이 설산을 배경으로 지나온 수백 년 세월을 말해 주고 있다. 지금도 여기 사람들은 가축을 키우고 농사를 지으며 옛 방식 그대로 살고 있는 것일까? 어쩌다 보이는 길모퉁이의 차만 없다면 지금 내가 중세 시대를 걷고 있다고 해도 믿겠다.

마을과 마을로 이어지는 길은 대부분 평지라 걷기에 큰 어려움도 없고 길 잃을 염려도 없다. 그러나 오후 시간 촐라쉬(Cholashi) 마을을 지나서부터는 다리의 힘도 점차 빠지고 겨우 10킬로 정도 무게의 배낭도 천근만근 어깨를 짓누르기 시작한다. 오후의 해는 벌써 서서히 서쪽으로 기울어지고 시계를 보니 어느새 3시를 넘고 있다. 서둘러야 한다. 길은 막힘 없이 잘도 뻗어 있지만 오늘의 목적지 자베쉬 마을은 언제쯤 나타날지 감이 잡히지 않는다. 가끔 젊은 단체팀들이 우르르 나타났다가도 어느새 멀리 사라져 버리고 여전히 홀로 뚜벅뚜벅 걷고 있다.

나의 세계 트레킹 이야기

그렇게 홀로 1시간 정도를 더 걸으니 저 멀리 넓고 기다란 강바닥이 시야에 들어온다. 강둑 너머 푸른 산기슭엔 듬성듬성 흩어져 있는 집들도 보인다. 자베쉬 마을인가보다 하고 좋아하면서 힘을 다해 강가에 다다른다. 그러나 건널 만한 다리는 전혀 보이질 않고 길은 다시 탁류가 흐르는 강을 따라 왼쪽으로 끝없이 이어진다. 벌써 시계는 4시 30분을 가리키고 있다. 메스티아에서 자베쉬까지 보통 6~7시간이면 간다고 하는데 나는 벌써 7시간을 넘게 걷고 있다. 게다가 목적지 자베쉬 마을은 어디쯤 있는지 아직도 가늠할 수조차 없다. 마음이 초조해져 걸음을 재촉해 보지만, 강변 좁은 길은 울퉁불퉁 너덜길에 진창길도 나와 좀처럼 속도가 나질 않는다.

몸도 마음도 점점 더 지쳐 갈 무렵, 갑자기 등 뒤에서 "하이!" 하는 반가운 목소리가 들린다. 리퀴리 마을 카페에서 잠시 쉬는 동안 만났던 젊은 미국인 커플이다. 카페에서 "우리 또 만나겠지요?" 하며 헤어졌는데 정말 또 만난다. 그들과 같이 걸으니 적지에서 우군을 만난 듯 힘이 난다. 드디어 강 위에 놓인 철제 다리를 건너 가파른 언덕을 올라가니 마침내 동네가 나온다. 아직 자베쉬 마을이 아니고 통과하는 길에 있는 츠바비아니 (Chvabiani) 마을이다. 젊은 미국인 커플은 쏜살같이 가버리고 몹시 지친 나는 자베쉬 마을까지 가기를 포기하고 그냥 이 마을에서 묵기로 한다.

마을 어귀를 지나 동네로 들어서자 '이레나(Irena)'라는 간판의 게스트하우스가 보인다. 문을 열고 들어가니 널찍한 집 마당에는 5~6살짜리 남자아이 둘이 신나게 장난치며 놀고 있다. 마당 뒤편에는 낡고 오래된 코쉬키 하나가 자리하고 그 앞엔 커다란 개 한 마리가 마당을 지키고 있다.

영어를 할 줄 아는 젊은 주인아주머니가 2층 방으로 나를 안내한다. 웬만한 호텔 방보다 넓고 깨끗한 방안에는 킹사이즈 침대가 놓여 있고 침대는 푸른색 시트로 깔끔하게 덮여 있다. 방값은 아침 식사와 저녁 식사에 점심 도시락까지 포함해서 70라리(35,000원)이다. 트레일에서 이런 호화로운(?) 독방에서 자기는 처음이다. 게다가 푸짐한 현지 식사 세끼까지 포함된 가격이라니 믿어지지 않는다. 조지아가 왜 트레킹 천국인지 알고도 남겠다. 트레킹 첫날은 늘 힘들기 마련인데 오늘도 예외는 아니다. 긴 비행과 시차, 긴장 등으로 몸이 미처 장거리 걷기에 적응되지 못해서이다. 그래도 샤워도 하고 푸짐한 저녁을 먹으니 한결 낫다. 오늘 하루 쾌청한 날씨 아래 아름다운 캅카스 풍광 속을 한껏 걸을 수 있었음에 더없이 행복하고 감사하다.

황금색으로 물드는 가을 산의 정취

영국서 온 청년 4명과 함께 한 아침 식사는 정갈하고 푸짐하다. 내가 어제 굳이 자베쉬 마을까지 무리해서 가지 않은 이유는 이곳 츠바비아니 마을에서도 오늘의 목적지 아디쉬 마을로 바로 갈 수 있기 때문이다. 9시쯤 점심 도시락을 챙겨 숙소를 나오니 동네 아주머니 한 분이 친절하게 들머리 입구를 알려준다. 들머리에서 어제 만났던 10여 명의 단체팀을 다시 만나 나는 그들 뒤를 따라 올라간다. 오늘은 고도를 약 850m 정도 올려야 하는 만만치 않은 코스다. 초반에는 완만한 경사로 시작된다. 하지만 숲길로 접어들면서 상당히 가파른 경사로 이어지면서 점점 힘들어진다. 길은 비교적 단순하고 사방은 조금씩 단풍으로 물들고 있다. 하늘엔 구름이 잔뜩 덮여 있지만 오히려 걷기에는 덥지 않아 좋다.

2시간 넘게 계속 경사를 오르니 2,000m가 넘는 고도 탓인지 숨도 차고 헉헉대기 시작한다. 바로 그 무렵 머리 위로 스키 리프트 기둥이 보이더니 넓은 차도가 불쑥 나온다. 차도 한쪽에는 조그마한 간이매점과 야외 테이블이 몇 개 놓여 있다. 간이매점은 여름철에만 여는지 굳게 닫혀 있다. 나는 빈 테이블에 앉아 땀을 식히며 이른 점심을 먹는다.

테트뇔디 스키장으로 연결되는 듯한 차도는 제법 경사가 있어 지그재그로 이어진다. 차도를 따라 20분쯤 더 걸어 올라가니 해발고도 약 2,500m 지점에 이정표가 서 있다. 여기에서 길은 다시 윗길과 아랫길로 갈린다. 윗길은 오던 차도를 따라 250m 정도 더 올라가야 하고 아랫길은 이정표대로 오른쪽으로 꺾으면 된다. 윗길로 가면 테트뇔디 산허리를 가로질러 멋진 조망을 기대할 수 있지만 아디쉬 마을로 내려올 때는 경사가 매우 급하다. 나는 잠시 망설이다가 결국 트레커들이 주로 다니는 아랫길로 방향을 잡는다. 나 같이 무릎이 시원찮은 노인에게는 조망도 좋지만, 급경사 내리막길이 더 두렵기 때문이다.

들판은 점점 가을 색으로 변해가고 있다. 전망이 좋은 곳에는 잠시 쉬어갈 만한 쉼터도 마련되어 있다. 길은 숲과 들판으로 번갈아 이어지면서 걷기에 참 좋다. 길섶에는 시들기 시작하는 야생화가 호젓한 산길의 가을 풍치를 더해 준다. 길은 산허리를 감돌며 계속 이어진다. 널따란 초원에는 한여름 푸르름을 자랑하던 기다란 풀밭이 황금색으로 물들고 있다. 어제처럼 눈부신 설산의 전망은 없다. 하지만 구름이 뭉게뭉게 흘러가는 산마루를 마주 보며 구불구불 이어지는 호젓한 오솔길은 더없이 넉넉하고 편안하다.

동행이 없어도 이런 멋진 길이라면 하루 종일 혼자 걸어도 좋겠다는 생각이 든다. 벌판 모퉁이를 돌아 쉬엄쉬엄 걷고 있는데 아침에 만난 단체팀 가이드가 황급히 되돌아오고 있다. 조금 전 개울가에서 중요한 물건을 빠뜨리고 왔다고 한다. 그럴 수도 있지 하면서 1시간 정도 완만한 내리막 숲길을 기분 좋게 걷는다. 그런데 길가 한 모퉁이에서 단체팀 10

나의 세계 트레킹 이야기

여 명이 가이드를 목 빠지게 기다리고 있지 않은가? 무슨 일이 있나 걱정하면서. 나는 그들과 함께 잠시 앉아 쉬다가 가던 길을 재촉한다. 한참을 내려오니 얕은 개울과 진창길이 나온다. 거의 다 온 것 같아 콧노래가 나오려는데 아직도 마을은 보이지 않고 다시 완만한 오름이 시작된다. 벌써 시계는 2시를 가리키고 있다. 트레일을 걷다 보면 대체로 3~4시간이 지나면 점차 발걸음도 무거워지고 배낭을 멘 어깨가 처지기 시작한다. 서서히 체력이 떨어지기 시작하는 시점이다. 이때부터 더 정신을 차리고 긴장하지 않으면 자칫 사고로 이어질 수 있다. 갑자기 뒤에서 인기척이 나서 돌아보니 단체팀 일행과 가이드가 같이 오고 있다. 하지만 앞장서야 할 가이드가 뒤에 따라오고 있지 않은가? 무슨 일이 있었는가 하고 물으니 조금 다쳤다고만 말한다. 큰 부상은 아닌 것 같아 다행이지만 트레일에서는 서두르거나 조금만 방심하면 베테랑 가이드도 다칠 수 있구나!

오르막이 끝나자 산 아래로 시원한 전망이 펼쳐져 있다. 누렇게 물든 황금빛 들판 너머로 높다란 산이 자리하고 산자락 계곡 사이로 외줄기 강이 굽이굽이 돌며 흐르고 있다. 누런 들판을 가로질러 걷는데 들판 한 모퉁이에 생뚱맞게 빨간색 편지통 하나가 외로이 서 있다. 주위에 인가라곤 전혀 보이지 않는다. 도대체 저 편지통의 주인은 누구일까? 여름철 산속의 목동일까? 아니면 멀리 떨어진 숲속 어느 농부일까? 괜히 오지랖을 떨면서 가벼운 발걸음으로 계속 걷는데 갑자기 발아래 동네 하나가 불쑥 나타난다. 아디쉬 마을이다. 오늘 처음으로 만나는 마을이자 오늘의 목적지이다. 아디쉬 마을은 계곡 깊은 곳에 자리하고 있어 멀리서는 보이지 않는다. 아주 가까이 와서야 보인다. 계곡의 깊이만큼 마을로 내려가는 길 또한 매우 가팔라 조심해서 내려가야 한다. 마을로 들어서니 마을 뒤편으로는 기다란 폭포 하나가 시원스럽게 흘러내리고 마을 어귀에는 소와 돼지 몇 마리가 마치 제집 마당인 양 어슬렁거리며 다니고 있다. 심산유곡에 깊이 숨겨진 산골 오지마을의 모습이다.

가슴 뛰게 하는 눈부신 설산과 빙하들

    오늘은 스바네티 트레일의 하이라이트로 캅카스 산군의 최고 경관을 조망하는 코스이다. 기대가 큰 만큼 고도도 높아 꽤 힘든 날이 될 것 같다. 늦은 아침을 먹고 9시에 아디쉬 마을을 나온다. 길은 깊은 계곡을 흐르는 빙하 강(Adishchala)을 내려다보며 왼편 산허리를 따라 완만하게 이어진다. 오늘은 산을 오르기 전에 강부터 건너야 한다. 강 건널목까지(약 5.6km) 이어지는 길은 곧지도 평평하지도 않지만 걷기엔 더없이 상쾌하다. 발아래 계곡에서는 빙하가 녹아 만든 회색 탁류가 요란한 소리를 내며 아침의 적막을 깨운다. 노랗게 물들어가는 풀섶 어느 곳에서는 보이지 않게 몸을 숨긴 벌레들의 요란한 울음소리가 앙상블을 이루기도 한다. 가끔 너덜길도 나오지만 길은 대체로 편안하고 하늘은 더없이 쾌청하다. 어디에서 불어오는지 어머니의 손길처럼 따뜻하고 부드러운 미풍이 얼굴을 스치곤 한다. 그 바람 속에는 온갖 자연의 향기가 실려 있다. 꽃 향과 풀냄새와 동물의 배설물 냄새까지.

나의 세계 트레킹 이야기

드디어 설산이 그 모습을 드러내기 시작한다. 산허리를 감돌던 길은 강변으로 방향을 돌린다. 아침 햇살에 눈부신 설산을 배경으로 한가로이 풀을 뜯고 있는 소와 말의 모습은 한 폭의 그림이자 대자연의 속살이다. 여기는 분명 문명 세계가 아니다. 내가 지금 시간 여행을 하고 있는 걸까? 강 건널목에 가까워지자 아디쉬 빙하가 거대한 자태를 드러내기 시작하고 나의 가슴도 덩달아 뛰기 시작한다. 워드워즈는 "무지개를 보면 내 가슴이 뛰노라" 하고 노래했지만 나는 이런 거대한 설산이나 빙하를 보면 나도 모르게 가슴이 뛴다. 잠시 숨을 돌리고 강 아래로 내려오니 건널목 주변에는 먼저 온 트레커들이 여기저기서 강 건널 준비를 하고 있다. 예상했던 대로 말 두 필이 건널목을 지키고 있다. 그중에는 아침에 지나친 총각 마부의 모습도 보인다. 강폭은 10m도 채 안 되어 보이지만 깊이를 가늠할 수 없고 물살이 급해 쉽게 건널 수 있는 강은 아니다. 동네 마부들이 이 건널목을 굳게(?) 지키고 있는 것은 그만한 이유가 있을 거다.

말을 타고 강을 건너는 비용은 1인당 20라리(10,000원). 산골 오지마을에 이만한 부업거리가 또 있을까?

말을 타보기는 난생처음이다. 그것도 1분도 채 안 되는 짧은 시간이다. 오던 길에서 만난 총각 마부의 도움을 받아 말잔등에 어렵사리 올라타 강을 건너기 시작한다. 배낭을 메고 스틱을 손에 쥔 채 말이 한 걸음씩 내디딜 때마다 혹시 강바닥으로 떨어지지 않을까 싶어 안장 고리를 안간힘을 다해 붙잡는다. 다른 사람들은 다들 신나 하는 표정인데 나만 얼었나? 강을 무사히 건넌 후 잠시 다른 사람들이 강 건너는 모습을 지켜보다가 오늘도 어느 단체팀의 뒤를 따라 본격적인 산행을 시작한다. 강을 건너서부터 급경사의 오르막이 시작된다. 다음 목적지는 츠쿤데리

(Chkhunderi) 고개이다. 처음부터 길은 오늘 하루가 만만치 않을 것임을 예고하는 듯하다.

각오를 단단히 한 탓인지 단체팀을 따라 아디쉬 빙하를 마주 보는 1차 전망대까지는 비교적 가볍게 올라간다. 가장 가까운 거리에서 마주하는 아디쉬 빙하는 정말 웅장하다. 새파란 하늘, 눈부신 설산과 거대한 빙하, 초록의 숲들이 절묘한 대자연의 조화를 빚어낸다. 모두 입을 다물지 못한다. 빙하를 타고 흘러내리는 폭포의 우렁찬 물소리가 태초의 적막을 깨우듯 요란스럽게 들려온다. 다시 배낭을 메고 출발한다. 길은 나지막한 나무숲을 통과하기도 하고 초지를 따라 오르기도 한다. 시간이 지날수록 가을답지 않은 강렬한 햇살로 온몸이 땀 범벅이 되고 배낭의 무

나의 세계 트레킹 이야기

게가 더욱 어깨를 짓누른다. 발걸음은 점점 느려지고 호흡마저 거칠어진다. 단체팀 일행은 벌써 보이질 않고 가끔 1~2명의 트레커들이 인사를 하면서 지나쳐간다. 나는 걷다가 아주 힘들 때에는 가급적 선 채 몇 분가량 쉬는 편이지만 오늘은 창피하게도 벌써 몇 번째 퍼져 앉아 쉬곤 한다. 2,000m가 넘는 고도 때문인가? 아니면 나이 때문인가?

그동안 주위를 즐기며 걷던 기운은 온데간데없이 사라져 버리고 고개가 빨리 나오기만을 고대하며 거북이처럼 걷다가 쉬기를 반복한다. 다행히 나만 힘든 건 아닌가 보다. 젊은 친구들도 더러 퍼져 있어 조금은 안심이다. 그나마 내게는 오르막이 내리막보다 좀 더 나은 편이라 결국은 시간이 해결한다. 어쨌든 안간힘을 다해 오르다 보니 마침내 츠쿤데리 고개(2,650m)가 나타난다. 고개라고 해야 아무런 전망도 없는 능선에 불과하다. 고개 아래로 구불구불한 하산길이 보이고 위로는 산등성이로 향하는 길이 뻗어 있다. 앞서 도착한 20여 명의 트레커들은 배낭을 내려놓고 한가로이 쉬거나 점심을 먹고 있다.

나는 배낭부터 던져놓고 등산화와 양말도 모두 벗고 한동안 소똥이 마구 널려 있는 풀밭에 퍼져버린다. 잠시 후 편하게 앉아 점심 도시락을 꺼내지만, 너무 힘든 탓인지 반도 먹지 못한다. 한참 후 정신을 가다듬어 배낭은 그대로 두고 스틱만 가지고 산등성이로 향한다. 왕복 30분 정도의 거리이다. 사방이 탁 트인 츠쿤데리 고개 능선을 따라 산등성이(2,750m)에 서니, '와!' 하는 감탄이 절로 나온다. 빙하를 여러 번 봤지만 이런 압도적인 빙하를 바로 코앞에서 보다니 놀랍기만 하다. 빙하는 아디쉬 빙하 하나가 아니다. 오른쪽으로도 2개의 거대한 빙하가 골짜기로 흘러내리고 있다. 한마디로 스펙타클하다. 그리고 360도 온통 설산으로 둘러싸인 파노라마 같은 풍광이 펼쳐진다. 사람들이 왜 생고생을 하며 이 높은 산에 올라오는지 그 이유를 알 것 같다. 캅카스 산군엔 이런 빙하가 무려 200개나 있다고 한다.

해가 중천인데도 백두산 높이의 산등성에는 사방에서 시원한 바람이 불어온다. 바람은 그동안 흘린 땀을 말끔히 식혀 준다. 게다가 캅카스 산군의 상큼한 공기는 코로나로 쌓인 가슴 속의 온갖 답답함을 일거에 날려버린다. 한없는 해방감과 가슴 뛰는 감동이 밀려온다. 낙원이 있다면 바로 이런 곳이겠지! 피로와 세상 걱정 모두가 이 순간만은 깨끗이 지워지고 태고의 고요와 평화만이 자리한다. 영원히 이 자리에 그냥 머물고 싶다. 산에 올라와 내려가고 싶지 않다는 생각이 들기는 이번이 처음이다. 하지만 발아래로 고개를 넘어 하산하는 트레커들의 모습이 보이자 어쩔 수 없이 나도 하산을 서두른다. 하산길은 누렇게 변해가는 산허리를 가로질러 끝없이 이어진다. 처음 1시간 정도는 경사가 꽤 있어 조심스럽다. 다행히 길은 곧 지그재그를 그리며 평탄한 코스로 이어져 나의 발걸음을 한결 가볍게 해준다.

가벼운 발걸음으로 평지에 다다른 곳에 서 있는 이정표에 이프라리(Iprari) 2시간, 칼데(Khalde) 1시간이라고 적혀 있다. 시계를 보니 벌써 4시다. 이프라리까지 가려면 서둘러야 한다. 지금부터는 줄곧 평지를 걷는 것이나 다름없다. 비교적 잘 닦인 신작로 위로 오후의 햇살을 마주 보고 걷는다. 몸은 많이 지쳐 있지만 마음은 여유롭다. 발아래 계곡으로 잿빛 빙하수가 무섭게 급류를 이루며 돌아 흐르고 있다. 길가의 노랗게 물든 기다란 풀은 마치 내가 지금 한국의 가을 황금 들판을 가로질러 걷는 기분을 자아낸다. 가끔 산에서 도로 위로 흘러내리는 개울물이 물꼬를 찾지 못해 군데군데 도로를 덮어버려 첨벙첨벙 소리를 내며 걷기도 한다. 길 위로 얕게 퍼져 흐르는 물은 석양을 받아 은빛으로 반짝거리며 찰랑찰랑 가벼운 춤을 추고 있다.

어쨌든 평지를 1시간씩이나 걷는 것은 지루하다. 오후 5시가 다 돼 갈 무렵. 칼데 마을이 보이기 시작한다. 이프라리 마을까지 갈 것인가? 여기서 묵을 것인가? 숙소가 이프라리 마을에 모여 있어 대부분의 트레커들은 이프라리 마을까지 간다. 나는 다른 사람들보다 늦게 하산한 데다 몹시 지쳐 있어 숙소가 몇 개밖에 없는 칼데 마을에 그냥 묵기로 한다.

관광지답지 않은 관광지는 없다

    오늘은 스바네티 트레킹의 마지막 날이다. 코스도 쉽고 거리도 짧아 느긋하게 움직여도 되는 날이지만 나는 아침 일찍 일어나 출발을 서두른다. 늦어도 오후 1시까지 우쉬굴리(Ushguli)에 도착해야 해서 아침도 못 먹고 7시 30분쯤 칼데 게스트하우스를 나온다. 오늘 중으로 메스티아로 돌아가야 내일 오전 트빌리시행 비행기를 탈 수 있기 때문이다.

나의 세계 트레킹 이야기

먼저 이프라리까지 2.5km를 걸어 내려간다. 어제 내려왔던 길을 따라 계속 내려가면 된다. 스바네티 트레킹의 마지막 코스인 이프라리에서 우쉬굴리 사이 구간은 거리도 짧고 자동차 도로로도 연결되어 있다. 트레커들은 아예 차를 타고 마무리하기도 하고 편하게 차도를 걷기도 한다. 하지만 나는 차도 위를 걷는 것은 질색이라 다브베리(Davberi) 마을을 경유하는 산길을 걷기로 한다.

다브베리 마을까지는 산길을 편안하게 걸어 내려가 차도를 따라 20여분 걸으면 된다. 오늘도 날씨는 더없이 좋다. 아스팔트 차도를 20여분 걸으니 왼편 강 너머 언덕에 중세 시대 고성같이 우뚝 솟아 있는 코쉬키 마을 하나가 나타난다. 다브베리 마을이다. 급류 위에 놓인 좁은 다리를 지나 마을로 올라서지만, 막상 트레일 입구를 찾지 못해 머뭇거린다. 바로 그때 반갑게도 리투아니아에서 온 단체팀이 올라오고 있다. 나는 이번에도 그들을 따라간다. 가파른 동네 뒷길을 오르니 숨겨진 듯한 멋진 트레일이 나온다. 트레일은 탁 트인 초원도 지나고 좁은 외길도 지나면서 전혀 지루하지 않게 다채로운 풍광을 보여준다. 이런 멋진 트레일을 모르고 차도를 걷는 사람은 얼마나 억울할까(?) 하는 생각까지 든다.

　길이 좋다고 너무 느긋하게 걸었나 보다. 다브베리 마을을 출발한 지 어느새 3시간이 지나고 시계를 보니 12시가 다 됐다. 1시까지 우쉬굴리에 도착하려면 좀 더 서둘러야 한다. 다행히 얼마 가지 않아 발아래로 비포장 차도가 나타난다. 한동안 따가운 해를 이고 짜증을 내며 차도를 걷는데 먼지를 피우며 차 1대가 지나가고 있다. 차를 향하여 나도 모르게 무심코 손을 올렸더니 나를 우쉬굴리 마을 입구까지 태워주지 않는가! 내 생애 처음으로 해 보는 히치하이킹이다.

　나의 세계 트레킹 이야기

우쉬굴리는 유럽의 땅끝 가장 높은 곳에 위치한 마을(2,100m)이다. 이 첩첩 산골 오지마을이 유명해지고 관광객들이 몰려오는 것에는 이유가 있다. 순전히 오랜 세월 동안 잘 보존된 코쉬키(중세 시대에 전쟁을 대비해 만들어진 탑형 주택)와 마을을 병풍처럼 둘러싸고 있는 캅카스 산군의 최고봉 쉬카라 설산(5,201m)과 빙하 때문이다. 기대가 너무 컸는지 막상 마을 안으로 들어서니 너무 관광지다워 약간 실망스럽다. 관광객들이 좁은 골목길을 가득 메우고 있고, 식당, 카페 등 온갖 관광지 시설들이 즐비하다. 가끔 요란한 음악 소리도 들리곤 한다. 산에서 내려온 나는 잠시 짜증스럽다. 하지만 관광지가 관광지답지 않기를 바라는 것은 지나친 욕심 아닐까? 이곳 사람들에게는 중요한 생업의 터일 뿐인데. 야외 테이블이 놓여 있는 길가 한 식당에서 우선 맥주 한 잔으로 목을 축이니 비로소 4일간의 트레킹을 무사히 마친 안도감과 행복감으로 온몸이 짜릿하다. 4일 동안 날씨를 비롯해 모든 것이 순조롭고 만족스러운 트레킹이었다. 때 묻지 않은 순수한 자연과 순박한 사람들, 그리고 최고의 가성비. 누구에게나 적극 추천하고 싶은 그런 트레일이다. 단지 불편한 교통편만 감내할 수 있다면.

뢰이가베귀르(Laugavegur)&
핌뵈르두할스(Fimmvörðuháls) 트레킹

- 3대가 덕을 쌓아야 걸을 수 있는 길

도보로 이동 ─────
버스 이동 ────────

레이캬비크 ──────────────── Landmannalaugar
(Reykjavík)

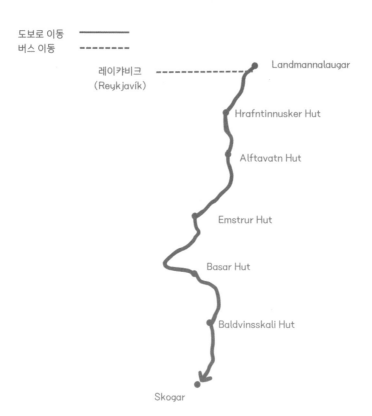

Hrafntinnusker Hut

Alftavatn Hut

Emstrur Hut

Basar Hut

Baldvinsskali Hut

Skogar

아이슬란드를 걷다니, 상상이 현실이 되다

　이른 아침이지만 여름철이라 바깥은 벌써 훤하고 버스는 만석이다. 7시 30분에 레이캬비크 BSI 버스터미널을 출발한 버스는 중간에 헬라(Hella) 휴게소에 잠시 들린 후 11시경 목적지 란드만날뢰이가르(Landmannalaugar)에 도착한다. 헬라까지는 어디에서나 볼 수 있는 아이슬란드의 평범한 풍경이 펼쳐진다. 헬라를 지나자 비포장도로로 바뀌면서 인랜드가 어떤 곳인지 보여주기라도 하려는 듯 울퉁불퉁한 비포장도로 위를 달리며 버스가 춤을 추기 시작한다. 차창 밖으로 보이는 풍경도 확연히 바뀐다. 여기저기 흩어져 있는 돌무더기 위로 노인의 머리 색 같은 허연 이끼가 덮여 있다. 그 너머로는 우악스러운 기암괴석 산들이 모습을 드러낸다. 버스는 사륜구동의 위력을 보여주려고 하려는 듯이, 제법 깊은 강을 수륙양용차처럼 가뿐히 도강하더니 마침내 우리를 란드만날뢰이가르 주차장에 내려준다.

　F.I 사무실 근방에서 간단히 준비해 온 점심을 먹는다. 호흡을 가다듬고 12시경 드디어 출발하는데 내가 아이슬란드를 걷다니 도무지 믿어지질 않는다. 언제 변할지 모르지만, 다행스럽게도 날씨가 좋다. 구름도 적당히 걸려 있고 바람도 잠잠하다. 공기는 차면서도 달콤하다. 5박 6일간

의 먹거리와 침낭, 옷가지 등 배낭의 무게(12kg)가 만만치 않지만, 발걸음은 가볍고 기분도 상쾌하다. 과연 뢰이가베귀르(Laugavegur)는 내 눈앞에 어떤 모습으로 전개될까? 설렘 못지않은 긴장감으로 점점 높아지는 맥박수가 가슴으로 전해진다.

출발점에서부터 산행객들이 무척 많다. 란드만날뢰이가르는 수도 레이캬비크에서 가까워 차량으로 쉽게 접근할 수 있다. 게다가 주변에 쉽게 걸을 수 있는 트레일도 많고 노천온천까지 품고 있어 아이슬란드를 여행하는 사람이라면 한 번쯤 들리는 관광 명소이다. 뢰이가베귀르 트레일 들머리도 한동안 다른 트레일과 겹쳐 있다. 1시간 정도는 수많은 당일 트레커들 틈에 섞여 같이 걸어야 한다. 초입에 들어서서 먼저 약간의 오름과 돌계단을 오르니 검은 용암 밭이 나온다. 뒤로는 다채로운 색깔의 유문암 산군이 화려하게 배경을 이루고 있다. 용암 밭을 지나자 여기저기서 수증기가 피어오르고 유황 냄새가 코를 찌른다. 초반부터 사람들의 기를 꺾으려는 듯 여느 트레일과는 확연히 다른 모습이다.

나의 세계 트레킹 이야기

"아이슬란드는 신이 세상을 창조하기 전 연습한 곳"이라는 우스갯소리가 있다. 또 다른 글귀도 있는데, "아이슬란드에 오면 모두가 벙어리나 바보가 된다. 이 불가사의한 땅을 마주 보고 걷는 것 자체가 기적이자 행운이다."라는 글귀이다. 그런데 이런 글귀가 과장이 아닐 것이라는 생각이 벌써 들기 시작한다. 초반부터 시시각각으로 바뀌는 풍경에 홀린 채 걷는다. 약간의 오르막과 평지를 더 지나자 칼로 잘라놓은 듯한 오색의 브레니스테인살다산(Brennisteinsalda, 851m)의 비탈면이 나타난다. 노란색 유황과 검은색 용암, 잿빛 이끼, 붉은 철 성분 등 화산 활동에서 생긴 다양한 성분으로 인해 묘한 무지개 색깔을 빚어내고 있다.

여기서부터 길은 서로 갈라지고 본격적인 뢰이가베귀르 트레일이 시작된다. 뢰이가베귀르 트레일로 접어들자 시장통을 벗어난 듯 갑자기 조용해진다. 앞서 걷는 몇 명의 트레커들 뒤를 따라 다시 한번 배낭을 추려 메고 자세를 가다듬는다. 길은 조금씩 고도를 높여가며 얼룩덜룩 기이하게만 보이던 유문암 산등성이로 올라선다. 구름은 하늘과 숨바꼭질을 하면서 적당히 그늘을 만들고 시야는 탁 트여 시원하기 이를 데 없다. 군데군데 유문암 육산(肉山)의 음지에는 아직도 잔설이 쌓여 있다. 이어지는 능선 사이로 모자를 날릴 정도로 세찬 바람이 불기도 하지만, 너무도 낯설고 묘한 색깔의 풍경에 취한 걷기 여행자는 피로한 줄을 모른다.

　가끔씩 경사가 심한 얕은 골짜기가 자주 나타난다. 하지만 골짜기의 경사길은 대체로 지그재그로 이어져 있어 조심하기만 하면 큰 어려움은 없다. 군데군데 얕은 물가에는 형광펜을 풀어놓은 듯이 선명한 연두색 이끼가 눈의 피로를 풀어주기도 한다. 곧 이어지는 맹렬한 스토리흐베르 (Storihver) 지열 지대에서는 거무튀튀한 육산 기슭에서 수증기가 마구 뿜어져 나온다. 저 멀리 발아래로 10여 명의 트레커들이 줄을 지어 수증기를 뚫고 개울을 건너가고 있다. 자연과 인간이 어우러진 환상적인 장면이다. 얼른 내려가 보니 크게 입을 벌린 분기공에서 엄청난 세기의 수증기가 뿜어져 나오고 있다.

뢰이가베귀르는 초장부터 내게 시각적 충격을 가하기 시작한다. 지열 지대를 지나자 이어지는 또 다른 시꺼먼 용암 지대가 나온다. 시시각각 쉴 새 없이 변하는 풍광은 걷는 이를 계속 혼미하게 한다. '이건 또 뭐지?' 하며. 용암 지대는 꽤 길게 이어지는데 군데군데 제법 높게 쌓은 돌무덤 이정표 위에 2m가 넘는 형광색 말뚝이 세워져 있다. 화이트아웃이나 악천후 시, 길을 잃지 않게 하려는 비상 표식 같다. 용암 지대에는 흑요석이 곳곳에 널려 있다.

　흑요석이 많다는 것은 이 지역이 화산 지대임을 말해준다. 또 흑요석 봉우리라는 뜻의 흐라픈틴뉘스케르(Hrafntinnusker) 산장이 가깝다는 표시이기도 하다. 용암 지대를 지나니 눈밭이 나온다. 한여름에 눈밭을 걷기는 처음이다. 긴장한 채 조심하며 스틱을 굳게 잡고 걷는다. 그런데 눈밭이 끝나는 지점에서 이어진 온통 시커먼 오르막길에서 갑자기 눈앞이 캄캄하고 아무것도 보이지 않는다. 흰 눈밭을 아래만 내려다보며 걸어서 설맹이 온 것 같다. 오르막길이 잘 보이지 않아 엉덩방아를 찧기도 한다. 낮은 언덕을 겨우 오르니 발아래로 붉은색 지붕의 흐라픈틴뉘스케르 산장이 드디어 나타난다. 오늘의 목적지 흐라픈틴뉘스케르 산장에 도착하니 4시다. 12km를 4시간 만에 걸었으니 내 걸음걸이 기준으로는 매우 준수하다.

레이다에도 잡히지 않는 믿을 수 없는 풍광 속으로

    산장에서의 아침은 늘 바쁘다. 화장실서부터 세수, 아침밥 짓기, 배낭 꾸리기 등등. 오늘도 서둘러 나서기로 한다. 산장을 떠나기 전 항상 체크하는 것은 오늘의 날씨. 산장 관리실 앞에 오늘의 일기예보가 이렇게 적혀 있다. "오늘 대체로 맑음. 일기예보를 믿지 마세요. 맞은 확률은 50% 정도임.", "아이슬란드에서 나쁜 날씨는 없다. 나쁜 장구(裝具)가 있을 뿐이다."라는 말이나, "아이슬란드 날씨가 불만이라고? 그럼 15분만 기다려라. 하루에도 4계절을 만날 수 있을 것이다."라는 말들은 아이슬란드의 날씨가 그만큼 예측 불가하다는 뜻이다.

어쨌든 오늘도 날씨가 좋다니 발걸음이 가볍다. 흐라픈틴뉘스케르 산장은 1,000m가 넘는 고원 지대 높은 곳에 자리해 있다. 하지만 지열 지대이기도 해 주위에 수증기가 여기저기서 뿜어져 나오고 있다. 출발점에서의 트레일은 비탈을 따라 완만한 내리막이다. 아직도 잔설을 품고 있는 주름 잡힌 검붉은 육산들은 범고래를 연상시킨다. 그 너머 아주 멀리 빙하로 덮인 산들이 맑은 하늘 아래 선명하게 선을 그리고 있다. 시작부터 눈앞의 겹겹이 주름진 육산들을 넘고 또 넘어야 한다. 어느 얕은 골짜기에는 흐라픈틴뉘스케르 지열 지대에서 흘러 내려온 온천수 덕분에 잔설을 인 개울가에 형광 색깔의 이끼가 곱게도 펼쳐져 있다. 하늘은 구름한 점 없이 청명하고 아침 햇살에 반짝이며 흐르는 개울물은 투명하기그지없다. 오직 청량한 물소리만이 이 초현실적인 대자연의 적막을 깨고 있다.

8월도 하순을 지나고 있어 사진에서나 보던 커다란 얼음 동굴은 좀처럼 나타나지 않는다. 다 녹아버렸는지 엉성한 모습의 무너진 얼음 터널 사이로 맑은 개울물이 졸졸 흐른다. 그사이에 놓인 징검다리를 어린애처럼 껑충껑충 뛰어 건너기도 한다. 늦은 출발 때문인지 1시간이 지났는데도 여전히 나 홀로이다. 잠시 시선을 돌리니 저 멀리 시커멓고 둥그런 능선 위로 트레커 2명이 가마득히 걷고 있는 모습이 보인다. 웬일인지 얼마가지 않아 젊은 미국인 커플 맷과 누리온을 만난다. 내 걸음이 빨라서가아니라 그들의 걸음이 너무 느렸나 보다. 이미 어제 산장에서 얼굴을 튼우리는 길동무가 되어 서로 사진도 찍어주고 앞서거니 뒤서거니 하며 한동안 같이 걷는다.

나의 세계 트레킹 이야기

골짜기와 언덕 오르내리기를 반복하며 조금씩 지쳐 갈 무렵 한 무리의 떠들썩한 단체팀이 지나간다. 어제부터 산장에서 유달리 시끌벅적하던 10여 명의 포르투갈 남녀 트레커들이다. 그들은 50이 넘은 중늙은이 팀이라 서두르지 않고 천천히 즐기면서 걷고 있어 모처럼 나도 그들 틈에 어렵지 않게 섞일 수가 있다. 그들과 함께 제법 높은 언덕을 힘겹게 올라간다. 언덕에 올라서자 시꺼먼 화산토 평원이 나오고 건너편으로 다채로운 색깔의 유문암 육산들이 장대하게 펼쳐져 있다. 길은 한동안 편안한 화산토 평지로 계속 이어진다. 검은 화산토 길이 조금 지루해지려는 무렵, 멀리 시선이 가닿는 곳에 놀라운 풍광이 불쑥 나타난다. 아득히 먼 2개의 빙하 평원을 배경으로 눈부신 초록의 뾰족 산들이 갑자기 바뀐 영화의 새 장면처럼 넓게 펼쳐진다. 하늘에는 예쁜 신부의 면사포 같은 옅은 구름이 살짝 드리워 있고 발 앞의 검고 깊숙한 골짜기에는 하얀 증기가 퍼져 올라온다. 이 모든 것이 합쳐 숨이 턱 막힐 정도로 너무나 황홀한 풍광을 연출하고 있다. 오, 하나님! 감사합니다. 죽기 전에 제게 이런 길을 걷게 해 주셔서. 이것은 우리가 알고 있는 현실이 아니다. 너무나 비현실 같은 세계이다. 그동안 여러 트레일을 걸어 봤지만 사진으로도 말로도 도저히 표현할 수 없다. 오직 이 자리에 선 자만이 누릴 수 있는 감동이다.

"완전히 다른 세계의 풍경", "레이다에도 잡히지 않는 숨은 보석". 어디에서 읽은 이런 글귀가 갑자기 생각난다. 나는 한동안 한자리에 얼어붙은 듯 서 있다. 이것은 우리가 상상 속에 그리던 무릉도원도, 샹그릴라도 아니고 차원이 다른 신세계이다. 가슴은 벅차고 정신은 몽롱하다. 마치 환상 속을 걷는 것처럼 이 놀라운 풍광을 마주하며 다시 골짜기 몇 개를 오르내린다. 이제 트레일은 본격적으로 아울프타바튼(Alftavatn) 호수를 향해 내려가기 시작한다. 지그재그로 이어지는 미끄러운 경사길을 따라 한참을 더 걸어 내려오니 작은 강이 가로막고 있다. 신발을 벗고 건너야 하는 첫 번째 강이다. 다행히도 넓지 않은 강폭 언저리 한 곳에 밧줄이 매여져 있다. 그래도 혼자 건너기는 위험해 보여 사람들이 나타낼 때까지 기다린다. 몇 사람이 건너는 것을 유심히 살펴본 다음 나도 밧줄을 잡고 조심스레 건넌다. 예상외로 유속이 빠르고 물도 깊다. 밧줄이 있는 것은 다 이유가 있구나!

　강을 건너자 거의 다 왔나 했는데 아직도 미끄러운 내리막 자갈길이 기다리고 있다. 그렇지만 신세계 같은 천하의 절경을 보고 걸으니 전혀 불평할 일이 아니다. 마침내 평지에 이르고 먼지 나는 차도를 따라 산장에 도착하니 겨우 2시이다. 아울프타바튼 호숫가에 자리한 아울프타바튼 산장은 규모도 크고 시설도 훌륭해 보인다. 샤워 시설도 있고 간편 음식을 파는 간이매장도 있다. 호숫가에 자리한 만큼 경치는 말할 필요도 없다. 그런데 짐을 풀고 5분짜리 번개 샤워를 하고 나오는데 갑자기 왼쪽 다리가 이상하다. 스틱 없이는 걸을 수 없을 정도로 절뚝거린다. 내리막에서 엉덩방아를 한 번 찧기는 했지만 여기까지 아무 탈 없이 걸어왔는데. 보는 사람마다 다들 "Are you OK?" 하면서 걱정스러운 눈으로 나를 쳐다보고 있다. 정말 난감해진다. 이러다가 내일 못 걷게 되면 어쩌지? 아무리 생각해도 이유를 알 수 없다.

오르막 내리막길에서 잔뜩 긴장했던 다리 근육이 산장에 도착하자 긴장이 풀리면서 경련이라도 일어난 걸까? 나는 오래 서 있기조차도 불편해 전투 식량으로 간단히 저녁을 해 먹고 일찍 침상으로 들어간다. 비상약통을 뒤져보니 몇 가지 약이 있지만 진통제 외에는 특별히 먹을 만한 약도 없다. 얼른 진통제를 복용하고 자리에 드러눕는다. 그다음은 간절히 기도하는 수밖에. 제발 내일 아침 아무 탈 없이 잘 걷게 해주시기를.

나의 세계 트레킹 이야기

원초적 지구로의 시간 여행

새벽에 눈을 뜨자마자 누운 채 다리부터 움직여 본다. 구부렸다 폈다를 반복해 보기도 하고 어둠 속에 살짝 일어나 침상 사이를 소리 안 나게 걸어도 본다. 그런데, 어제 쩔뚝거리던 다리가 거짓말처럼 멀쩡하다. 와! 소리라도 지르고 싶은 기분이다. 하나님 감사합니다! 오늘 길은 주로 평지이지만 2~3번 강을 건너야 한다. 뢰이가베귀르 트레일에서는 도강이 가장 힘들고 신경 쓰인다.

트레일의 초반은 연두색 이끼로 곱게 덮인 나지막한 평원을 기분 좋게 가로지른다. 얇은 구름이 살짝 하늘을 가리고 있지만 날씨는 오늘도 여전히 좋다. 시야도 답답함이 없다. 걱정했던 다리가 큰 이상이 없으니 아침부터 발걸음은 한결 가볍고 트레일도 마냥 아름답기만 하다. 얼마 가지 않아 첫 번째 도강 지점이 나온다. 다행히 도강 지점의 물도 얕고 강폭도 넓지 않아 큰 어려움 없이 무사히 건넌다. 강을 건너 조금 더 걸어 내려가자 멀게만 보이던 빙하 평원이 더욱 가깝게 다가온다. 저 멀리 푸른 초원 위로 스토라술라(Storasula) 산이 고깔모자처럼 우뚝 솟아 있고 주변은 온통 검은 용암 밭이다. 그 위를 짙은 구름 막이 짓누르는 듯이 덮고 있다. 이 모두가 함께 어우러져 한 번도 본 적이 없는 신비하면서도 기이한 풍광을 연출하고 있다. 어느 SF 영화에서나 보던 장면처럼. 나의 작은 눈을 다시 닦고 봐도 이곳이 외계인지 인간계인지 구분이 잘 안 된다.

풍경에 취한 채 작은 강 위의 나무다리를 건너 평원으로 들어서니 바로 크반길(Hvanngil) 산장이 나온다. 산장을 지나자 세상은 갑자기 초록 평원에서 시커먼 용암 지대로 변한다. 용암은 형형색색의 조각 작품을 만들어 놓고 있다. 일부러 쌓은 듯한 용암 성벽도 보이고 성난 파도처럼 흘러가다가 굳어버린 듯한 용암 바닥도 만들어져 있다.

　용암 밭이 끝없이 이어지는 듯 온통 용암 세상이다. 한동안 이어지던 크고 작은 돌들로 가득한 용암 밭이 끝나갈 무렵, 커다란 굉음이 들려온다. 좁고 깊은 계곡 사이로 회백색 빙하 녹은 물이 급류를 이루며 흘러가는 소리이다. 다행히 깊은 계곡 위로 다리가 놓여 있다. 다리를 건너도 나무 한 그루 없는 횅한 검은 들판이다. 가끔 몸이 휘청할 정도로 강한 바람이 순간적으로 불기도 하지만 오늘 이 정도의 날씨라면 걷기에는 정말 최고이다.

　용암 지대를 거의 벗어나자 이번에는 진짜 강다운 강(Blafjallakvisl)이 기다리고 있다. 강폭과 유속이 지금까지 건넜던 강과는 확연히 달라 나를 바싹 긴장시킨다. 다행히 강가에 사람들이 여럿 모여 도강 준비를 하고 있고 건너가는 사람들도 보인다. 이미 여러 번 익힌 도강 요령을 다시 한번 속으로 되뇌며 사람들이 건너는 지점을 잘 확인한 다음 무사히 건넌다.

강을 건너자 이번에는 넓고 검은 모래 평원이다. 시간이 지날수록 길은 편하게 이어진다. 그런데 왠지 나의 몸과 마음은 마냥 편하지만은 않다. 산과 골짜기를 힘겹게 오르내릴 때는 한발 한발 걷기에 집중하느라 힘들다고 느낄 겨를이 없다. 하지만 쭉 뻗은 편한 길을 몇 시간씩 계속 걷다 보면 긴장과 집중력이 떨어지나 보다. 배낭이 자꾸 무겁게만 느껴지고 조금씩 지루해지기까지 한다. 별다른 변화도, 만나는 사람도 거의 없다.

나의 세계 트레킹 이야기

모래 평원을 좀 더 깊숙이 걸어 들어가자 트레일 양쪽으로 두 개의 푸른 이끼 산이 나타난다. 두 개의 산 사이로 트레일은 계속 이어진다. 이어지는 트레일 한쪽에 마치 스핑크스처럼 웅크리고 앉아 있는 커다란 바위 하나가 시선을 끈다. 사자를 닮은 것도 같고 호랑이를 닮은 것 같기도 하고. 커다란 화산탄이 아직도 여기저기 널려 있고 화산재가 쌓인 검은 평원은 원초적 지구의 모습 바로 그대로이다.

이끼로 덮인 두 산 사이를 지나자 세상은 한층 더 검은색 일색이다. 점점 가까워 보이는 뮈르달스요쿨(Mýrdalsjökull) 빙하와 구름으로 반쯤 가린 푸른 하늘이 없다면 영락없이 외계의 어느 행성이나 달 표면을 걷는 것만 같다. 문득 "우리는 모두 별의 자식"이라고 한 칼 세이건(『코스모스』의 저자)의 말이 생각난다. 지금 걷고 있는 이 원초적 지구도 우주의 작은 먼지 하나에서 우연히 탄생한 별 중 하나이고, 우리 생명도 작은 먼지 하나에서 우연히 탄생한 것이라는 그의 말이 더욱 분명해 보인다. TV에서 본 어느 천문학자의 말도 기억난다. "우리는 우주의 한 티끌에서 우연히 태어났다가 다시 티끌로 돌아간다. 그러니 이왕이면 행복한 티끌이 되자." 여전히 길은 단조롭고 지루하다. 피로도 점점 파도처럼 밀려온다. 간신히 견디며 1시간쯤 더 걸으니 오늘의 목적지 엠스트뤼르(Emstrur) 산장이 발아래로 불쑥 나타난다. 오늘따라 지쳐서 그런지 더없이 반갑다. 줄달음쳐 내려가 시계를 보니 2시 20분이다. 6시간을 쉬지 않고 걸었다.

산장은 전망이 좋은 곳에 자리해 있다. 사방이 탁 트이고 앞으로는 거대한 뮈르달스요쿨 빙하를 마주하고 있다. 막상 숙소에 들어서니 휑하게 냉기가 돌고 시설도 매우 부실하다. 밖에 있는 세면장으로 나가 손을 씻으려니 물이 얼음장처럼 차다. 후드득 빗방울이 떨어지며 바람마저 세게 불어 갑자기 한기가 밀려온다. 세수도 다 못하고 숙소로 급히 돌아와 패딩을 꺼내 입는다. 서둘러 햇반과 따뜻한 미역국으로 점심을 먹고 나니 노곤해져 눈이 슬슬 감긴다. 아무도 없는 침상에 잠깐 누웠더니 어느새 잠이 들고 만다.

저녁 무렵 갑자기 실내가 소란스럽다. 낮잠에서 깨어보니 가이드와 함께 10여 명의 단체 트레커들이 우르르 몰려 들어오고 있다. 그들은 마치 숙소를 전세라도 낸 듯 웃고 떠들며 시끄럽다. 나는 전투 식량과 북엇국으로 소박한(?) 저녁을 차리는데 그들은 차로 실어 온 신선한 재료로 호

나의 세계 트레킹 이야기

화판 만찬을 차려놓고 있다. 슬쩍 보기만 해도 입에 군침이 도는 연어 구이, 야채 샐러드, 파스타에 와인까지 곁들여 파티처럼 저녁을 즐기고 있다. 다른 사람의 존재는 전혀 안중에도 없는 듯하다. 나는 약간 심술(?)이 나서 그들 가운데 자리를 떡 차지하고 일부러 천천히 나의 소박한 저녁을 오랫동안 즐긴다. 왠지 이런 안락한 방식은 진정한 트레킹 정신과는 맞지 않다는 생각이 드는 것은 단지 나의 심술 탓인가?

천둥의 신 토르의 숲

이른 아침 눈을 뜨니 창밖에 작은 새 한 마리가 창공을 가르고 있다. 뮈르달스요쿨 빙하에 걸린 구름 뒤로 아침 해도 삐죽이 인사를 한다. 간밤에 바람이 심술을 부리고 상당히 추웠다. 보온 옷을 단단히 챙겨 입고 산장을 나선다. 맑은 날씨 덕분인지 기분은 상쾌하고 몸도 한결 가뿐하다. 트레일에서의 아침은 일상에서와는 다를 때가 많다. 전날 너무 힘들어 쓰러지기 일보 직전이었더라도 아침에 자고 일어나면 거짓말처럼 몸과 마음이 생생해지는 것도 그중의 하나이다.

산장을 나서자마자 조세와 포르투갈팀 일행을 다시 만난다. 그들은 늘 유쾌해 보인다. 나를 만날 때마다 이웃집 아저씨 대하듯 살갑게 대해준다. 오늘도 한동안 그들과 동행한다. 대화 중에 그동안 살짝 엿들은 '본디아, 따봉, 아브리가도' 등 포르투갈어 몇 마디를 써먹으니 다들 좋아하며 웃음꽃이 핀다. "언어가 끼이면 여행이 달라진다."라는 말이 실감 난다. 그들 중 아줌마 한 명이 다가와 갑자기 한국말 인사를 가르쳐 달라고 한다. 나는 졸지에 "안녕하세요?, 감사합니다."라는 말을 가르치는 한국어 선생이 된다.

길은 오늘도 검은 화산토 모랫길로 시작된다. 매우 미끄러운 내리막길을 내려오자 급류 계곡 위에 든든한 다리가 놓여 있다. 포르투갈팀 일행은 계곡 주변에서 여느 때처럼 사진 찍느라 늦장을 부린다. 나는 그들과 헤어져 내 페이스대로 홀로 걷기 시작한다. 계곡을 지나자 트레일은 다시 황량한 검은 사막 지대를 지나더니 곧 심한 오르막 경사로 이어진다. 어제부터 멀리서 모습을 보이곤 하던 코뿔소 모양의 산이 점점 더 모습을 드러낸다. 가파른 오르막을 힘겹게 올라 고개에 서자 또다시 검은 평원이 시원하게 펼쳐져 있다.

고갯마루에는 많은 트레커가 배낭을 내려놓고 쉬고 있다. 나도 그들과 함께 숨을 돌리며 잠시 쉬었다가 다시 걷기 시작한다. 이어지는 길은 수시로 색깔을 달리하며 낮은 언덕을 오르고 내리기를 반복한다. 보라색 야생화가 납작 드러누워 있는 들판도 지나고 별로 볼품없는 주상절리가 펼쳐진 골짜기와 언덕을 오르내리기도 한다. 길은 이제 본격적으로 내리막으로 이어진다. 내려갈수록 나지막한 관목이 깊은 계곡 주변에 조금씩 모습을 드러내고 있다. 고도가 점점 낮아지고 있음을 눈으로도 알 수 있다.

길은 다시 넓은 용암 밭을 지나 숲으로 덮인 낮은 언덕을 향해 가고 있다. 얕은 숲으로 덮인 언덕 너머 구름과 맞닿은 듯한 기다란 능선 위로 사람의 움직임이 보인다. 천천히 지그재그 경사를 따라 능선에 올라선다. 어디서인지 시원한 바람이 불어오고 사방이 탁 트인 전망이 360도 파노라마처럼 펼쳐진다. 서 있기만 해도 상쾌하다. 낯익은 중년의 미국인 3명이 능선 위 낮은 바위에 걸터앉아 쉬고 있다가 나를 보고 아는 척하며 일어나 자리를 양보한다. 그들과는 이미 여러 번 만난 사이이다. 그러나 그들은 산속에서도 늘 반팔 반바지 차림에 문신까지 한 터프가이(?) 모습이라 한 번도 말을 건네 본 적이 없다. 그들은 나와 처음으로 몇 마디 인사말만 나누다가 주섬주섬 배낭을 챙겨 내려가기 시작한다. 바위에 앉아 쉬고 있던 나도 황급히 배낭을 다시 메고 그들 뒤를 따른다. 얼마 남지 않은 곳에 있는 마지막 강을 건너려면 반드시 동행이 있어야 한다.

나는 미국인 3인방을 시야에서 놓치지 않으려고 부리나케 내려간다. 하지만 도저히 그들을 따라갈 수가 없다. 그들은 점점 더 멀어져 가고 드디어 오늘 건너야 할 강줄기가 발아래로 보이기 시작한다. 주변 경치 따위는 감상할 겨를도 없다. 오로지 미국인 3인방을 뒤쫓아 뛰듯이 강가에 다다른다. 강 건너에는 이미 강을 건넌 에스토니아 청년들이 떠나고 있

　　　　　　　　나의 세계 트레킹 이야기

다. 미국인 3인방도 어느새 스틱도 없이 반바지 차림 그대로 한 명씩 성 큼성큼 강을 건너고 있다. 그들 외에는 주위에 아무도 없다.

나는 허둥지둥 등산화부터 벗고 바지를 최대한 접어 허벅지까지 걷어 올린다. 그런 다음 건너편에 벌써 닿은 미국인 3인방에게 큰소리로 외친 다. "가지 말고 나 좀 지켜봐 줘요." 하며. 그들이 지켜보는 것을 확인하 자 나는 호흡을 가다듬고 스틱에 힘을 실어 한발 한발 물길을 가른다. 하 지만 한 발짝 두 발짝 걸음을 옮길 때마다 스틱은 물살에 휙 떠밀리고 강 바닥도 돌투성이라 간이 콩알만 해진다. 강물이 무릎 높이까지 차올라 걷어 올린 바지를 다 적시지만 그런 것쯤은 신경 쓸 상황이 아니다. 불과 10~20초지만 내겐 10분은 더 된 것 같다. 간신히 강가에 닿으니 지켜보던 미국인 3인방이 박수를 치고 엄지를 추켜올린다.

미국인 3인방은 떠나고 나는 그대로 강변 바닥에 주저앉아 뛰는 가슴을 진정시킨다. 잠시 후 다시 신발을 신고 강둑 위로 올라서니, 와! 전혀 딴 세상이 눈앞에 불쑥 나타난다. 선명한 초록색 자작나무 숲과 풀섶 사이로 비단길처럼 부드러운 오솔길이 뻗어 있다. 흑백영화만 보다가 갑자기 칼라 영화를 보는 기분이다.

나의 세계 트레킹 이야기

소르스뫼르크(Thórsmörk), 여기서부터는 토르(Thor)의 숲(Mork)이다. 토르는 바이킹 신화에 나오는 신들 중에서 가장 힘이 세고 용감무쌍한 천둥과 번개를 다스리는 신이다. 자작나무 숲을 지나자 제법 너른 임도 위에 3곳의 산장 안내판도 세워져 있다. 벌써 속세로 다 온 기분이다.

길가에 세워진 이정표를 따라 나지막한 야산 하나를 오르니 란지되일르(Langidalur) 산장이 발아래로 나타난다. 산기슭, 넓은 퇴적 평원 언저리에 자리한 란지되일르 산장에 도착하니 3시 20분이다. 산장 주위는 전혀 딴 세상이다. 온화한 날씨에 따뜻한 햇살, 여기저기 벤치에는 사람들이 늦은 여름을 즐기고 있고 가볍게 산책하는 사람들도 보인다. 산골 사람이 갑자기 유명한 휴양지에 온 느낌이다.

소르스뫼르크는 토르가 특별히 그의 망치 '묠니르'로 산을 나누고 협곡을 만들었다는 전설이 말해주듯이 주변에 뛰어난 경관을 자랑한다. 온화한 날씨와 아름다운 숲 외에도 뮈르달스요쿨 등 유명한 빙하와 깊은 계곡, 그리고 널따란 퇴적 평원 등등. 아이슬란드 내륙 깊숙한 곳에 자리한 소르스뫼르크는 란드만날뢰이가르 못지않은 트레킹 천국이기도 하다. 뢰이가베귀르 트레일은 여기가 바로 날머리이다. 대부분의 트레커들은 이곳에서 트레킹을 마무리하고 레이캬비크행 버스를 탄다.

3박 4일간의 뢰이가베귀르 트레킹을 무사히 끝낸 것만 해도 내겐 더없이 뿌듯한 일이다. 게다가 3대가 덕을 쌓아도 힘들다는 4일간의 연속된 좋은 날씨는 나에겐 더 없는 행운이었고 그저 감사할 따름이다. 하지만 나는 계속해서 핌뵈르두할스(Fimmvörðuháls) 트레일을 2일간 더 걸을 예정이라 크로싸(Krossa) 강을 건너 바사르(Basar) 산장까지 2km를 더 걷는다. 바사르 산장에 도착하니 4시 30분이다.

신들의 땅을 지나 화산 지대로

트레일에선 언제나 날씨가 가장 중요하다. 특히 핌뵈르두할스(Fim-mvörðuháls) 트레일에서는 더욱 그렇다. 아이슬란드 관광협회(Ferdafelag islands)는 핌뵈르두할스 트레일에 대해 이렇게 소개하고 있다.

"아이슬란드에서 가장 인기 있는 트레일 중 하나. 그러나 또한 계절과 무관하게 일어나는 급격한 일기 변화로 가장 위험한 트레일 중 하나. 사나운 바람, 비, 안개, 심지어 눈 폭풍 등으로 시야가 전혀 보이질 않는 경우도 다반사이다."

결국 날씨가 최대변수라는 말이다. 나는 이른 아침 눈을 뜨자마자 바깥으로 나가 하늘부터 올려다본다. 구름은 끼었지만 바람은 거의 없다. 오늘만큼 더 좋은 날씨가 또 있을까? 산장 관리인과도 오늘 날씨를 다시 한번 확인한다.

바사르 산장에서 핌뵈르두할스 트레일 들머리는 아주 가깝다. 푸른 표지목 길 표시도 쉽게 찾을 수 있다. 트레일의 초입은 자작나무 숲을 지나 편안한 흙길로 시작된다. 호흡을 가다듬으며 천천히 발을 옮기지만 내심 긴장감을 숨길 수가 없다. 계단도 오르며 길은 산허리를 휘감고 점차 고도를 올린다. 겨우 한 사람이 지나갈 만한 좁은 길이 연속되기도 한다. 뢰이베귀르 트레일과는 확연히 달라서 이곳에는 지나치는 사람도 거의 없다. 핌뵈르두할스 트레일은 불과 25km의 짧은 트레일이다. 하지만 오름도 심하고 눈밭과 용암 지대 등 위험한 곳이 꽤 많다. 다양한 지형과 풍광도 품고 있어서 고다랜드(신들의 땅), 화산 지구, 폭포 지구, 3구역으로 나누기도 한다. 소르스뫼르크에서 출발하면 고다랜드를 먼저 걸어야 한다. 아이슬란드에서 숲은 그냥 숲이 아니고 Thor(천둥의 신)의 mörk(숲)이고 지금 오르고 있는 곳은 고다(신들)랜드(땅)이다. 날씨가 온화하고 숲이 있고 푸르름이 있는 곳은 모두 신들의 차지이다. 신들의 땅(고다랜드)답게 트레일은 한동안 자작나무로 덮인 산으로 이어진다. 양치식물과 이끼로 덮인 깊은 협곡과 어울려 아이슬란드답지 않은 '한' 풍경을 만들고 있다. 바이킹 신화 속에 나오는 신들의 땅은 아스가르드(Asgard)이다. 인간과 거인족이 사는 중간계에서 멀리 떨어져 산속 깊숙한 곳에 궁전을 짓고 무지개다리를 건너야만 들어갈 수 있는 곳이다. 나는 점점 고다랜드가 궁금해지기 시작한다. 핌뵈르두할스 트레일 어느 곳에 신들이 거주하는 땅이 혹시 있지 않을까?

나의 세계 트레킹 이야기

소르스뫼르크에서 시작되는 핌뵈르두할스 트레일은 1,000m 가까운 오르막을 계속 올라야 한다. 1시간 정도 그다지 급하지 않은 경사를 천천히 오르니 평지가 나온다. 하늘엔 구름이 잔뜩 드리어져 있지만 바람도 거의 없고 시야도 좋아 걷기엔 더없이 좋다. 어느새 땀이 나기 시작해 재킷부터 벗는다. 점입가경은 이럴 때 쓰는 말인가? 걸으면 걸을수록 숨 막히는 절경이 전개된다. 눈앞으로 두꺼운 구름층 아래 뮈르달스요쿨 빙하가 괴물의 이빨 같은 모습으로 버티고 있다. 계곡 바닥에는 수시로 수위와 방향을 바꾸는 빙하 강이 흐르고, 그 사이로는 높고 낮은 산들이 여러 층 겹을 이룬다. 인간이 감히 범접할 수 없는 땅, 바로 신들의 땅이다. 산들 위로 무지개다리만 하나 걸린다면 저곳은 틀림없는 아스가르드일 것만 같다. 이런 신들의 땅에서는 빨리 걷는 건 예의가 아니다. 가급적 천천히, 즐겁게 감상하면서 걸어야 한다. 이런 풍광을 만들어낸 억겁의 시간을 헤아려 보기도 하고, 순도 100% 맑은 공기를 한껏 들이켜도 보고, 태초의 고요도 즐기며 천천히 걸어야 한다.

고다랜드는 푸르름을 잃지 않은 채 계속 여러 가지 모습으로 다가온다. 멀게만 보이던 뮈르달스요쿨 빙하도 어느새 아주 가깝게 다가와 있다. 평지가 끝나고 높은 산이 나타난다. 앞에 보이는 높은 산을 오르려면 협곡 사이를 이어주는 좁은 산등성을 지나야 한다. 악명 높은 공포(?)의 고양이 척추길(Kattarhryggur), 이름 그대로 고양이 척추처럼 생긴 좁고 가파른 능선길이다. 양옆으로는 수십 길 낭떠러지인데 자칫 잘못하여 미끄러지기도 하면 정말 끝장이다. 호흡을 가다듬은 후 스틱을 꽉 잡고 앞만 보고 조심조심 걷는다. 절대 아래를 내려다보면 안 된다. 오금은 저리지만 생각보다는 어렵지 않게 무사히 통과한다. 그렇지만 눈이 오거나 거센 바람이라도 부는 날이면 정말 위험할 것 같다.

고양이 척추 능선을 지나자 주위의 색깔이 점차 변해간다. 푸른색은 점차 줄어들고 검은색이 늘어난다. 처음의 평지는 끝나고 다시 가파른 오름이 시작된다. 산은 풀 한 포기 없는 검은 민둥산인데 미끄럽기까지 하다. 위험한 구간에는 쇠줄이 설치되어 있다. 30분 정도 가파른 오르막을 힘겹게 걸어 산등성에 오르니 시야가 탁 트인 넓은 평원이 다시 펼쳐진다. 오던 길을 돌아보니 깊게 파인 협곡 사이로 소르스뫼르크 계곡이 가마득하기만 하다. 다른 한쪽에는 깊고 검은 골짜기가 우악한 모습으로 사람을 겁주고 있다. 어느덧 나는 2번째 평원인 모린스헤이디(Morinsheidi) 고원을 걷고 있다. 시선 가는 곳마다 펼쳐져 있는 풍광 모두가 놀랍고 장

나의 세계 트레킹 이야기

쾌하다. 모린스헤이디 고원은 한동안 평탄한 평지로 이어진다. 걸으면서도 시선은 도무지 한 곳에만 멈출 수가 없다. 깎아 세운 듯한 절벽 아래로 빙하수 폭포가 시원하게 흘러내리고 있기도 하고 푸른 이끼로 덮인 어느 뾰쪽하게 생긴 산 정상에는 오래된 분화구의 모습도 보인다. 고원에서 눈 아래로 보는 또 다른 평원의 모습도 예사롭지 않다.

 깊은 협곡을 사이에 두고 마치 칼로 자른 듯한 두 개의 넓은 평원이 바둑판처럼 펼쳐져 있다. 어느 하나도 특별하지 않은 풍광이 없다. 좀처럼 마주치는 사람도 없다. 홀로 풍광에 취해 걷고 있는데 멀리서 봐도 딱 쉬어가고 싶은 명당자리가 보인다. 가까이 가서 보니 50대 아줌마 둘이 바위에 걸터앉아 쉬고 있지 않은가! 뜻밖에도 뢰이가베귀르에서 만났던 스위스 아줌마들이다. 반가워서 몇 마디 인사를 나누고 그녀들은 먼저 떠난다. 나는 잠시 더 앉아 땀을 식히며 멍하니 발아래 풍광을 내려다본다. 너무나 비현실적인 풍광 속에 내가 지금 들어와 있다는 '현실'이 도저히 믿어지지 않는다.

다시 배낭을 메고 걷는다. 길은 점점 화산 지대를 향해 가고 있는 것이 분명한 듯 주위가 온통 검은색으로 변해가고 있다. 뮈르달스요쿨 빙하도 더욱 가까이 다가오더니 이제는 발아래로 보이기 시작한다. 뮈르달스요쿨 빙하는 가까이서 보니 정말 장대하다. 끝이 보이질 않아 눈으로는 도저히 크기를 가늠할 수 없다. 검은 화산재가 마구 섞인 탓인지 뮈르달스요쿨 빙하의 분위기는 내가 경험한 여느 빙하와는 사뭇 다르다. 보통 순백의 빙하 앞에 서면 우리의 영혼마저 깨끗이 씻기어지는 듯한 정결한 기분이 들곤 한다. 하지만 뮈르달스요쿨 빙하는 기괴한 색깔과 위압적인 양감 때문인지 자연이 한없이 무서울 수도 있다는 불편감을 자아낸다.

마침내 화산 지대가 모습을 드러내기 시작한다. 빙하로 뒤덮인 맞은편 언덕 아래로 시커멓게 흘러내린 용암 밭이 벌써 나를 위압한다. 2010년 에이야프얄라요쿨(Eyjafjallajökull) 빙하 아래에서 화산이 폭발하면서 흘러 내린 용암의 흔적이다. 화산재로 인해 전 유럽의 항공편을 6일 동안이나 마비시켰던 뉴스를 나는 아직도 기억하고 있다. 이 대형 화산은 폭발력 이 얼마나 컸던지 폭발 당시의 분화구는 어딘지도 모르게 사라지고 새로 운 분화구가 2개나 새로 생겼다. 모디(Modi)와 마그니(Magni), 천둥과 번개 의 신 토르의 두 아들 이름이다.

나는 용암 밭으로 향해 내려가다가 또 다른 스위스 젊은 커플을 만난 다. 나보다 먼저 용암 밭 입구에 도착한 그들은 입구의 두 갈래길 앞에서 지도를 펴들고 한참을 들여다보고 있다. 잠시 후 그들은 메인 트레일로 가야 한다며 주저 없이 왼쪽 길을 택해 용암 밭쪽으로 내려가 버린다. 그 런데 나의 맵스미는 직진하여 모디와 마그니 분화구 쪽으로 가라고 지시 (?)하고 있지 않은가? 나는 잠시 망설이다가 일단 직진해서 모디와 마그 니 분화구까지 가 보기로 한다.

용암 밭을 내려다보며 산허리를 지나는 외길을 혼자 10분쯤 걷는데 저 멀리 붉은 분화구 언저리에 사람의 움직임이 보인다. 나는 그들을 시야 에서 놓치지 않으려고 발걸음을 재촉하여 화산 가까이 다가간다. 그런데 반대로 분화구에서 내려온 듯한 두 사람이 나를 향해 걸어오고 있다. 조 금 전 만났던 바로 그 스위스 아줌마들이다. 왜 돌아오냐고 물으니, "메 인 트레일로 다시 돌아가는 중."이라고 말한다. 순간 머리가 복잡해진다. 나 혼자 모디 화산 분화구까지 올랐다가 내려올 것이냐? 아니면 지금 그 녀들을 따라 메인 트레일로 돌아갈 것이냐? 나는 쉽게 결정한다. 아쉽지만 안전이 우선이다. 이런 인적이 드문 트레일에서 메인 트레일을 벗어나는 것은 매우 위험하기 때문이다.

메인 트레일로 이어지는 용암 밭은 시작서부터 마치 지옥을 걷는 기분이다. 길은 도무지 식별하기조차 어렵다. 울퉁불퉁한 용암 덩어리들은 식은 지 얼마 되지 않는 듯해 밟으면 푸스스 깨어진다. 게다가 뾰쪽하고 날카롭기까지 해 미끄러져 넘어지기라도 하면 사정없이 피부를 갈라놓을 것만 같다. 바싹 긴장한 채 앞서가는 스위스 아줌마들 뒤만 보고 조심또 조심하며 걸을 뿐이다. 멀지 않은 곳에 오르고 싶었던 모디 분화구가 붉은 입을 크게 벌리고 있지만 제대로 바라볼 경황이 없다. 30여 분을 고군분투한 끝에 간신히 용암 밭에서 벗어난다.

나의 세계 트레킹 이야기

용암 밭을 겨우 벗어나자 이번에는 시커먼 눈밭이다. 다행히 눈밭은 길지도 않고 화산재가 섞인 탓에 덜 미끄러워 아이젠을 꺼내 신을 필요까지는 없다. 눈밭을 지나 이어지는 화산 지대는 온통 무채색 세상이다. 돌밭 길을 걷기도 하고 검은 화산토 길을 걷기도 하며 황량한 평원 지대를 가로지른다. 검은 화산재 평원은 거의 1km나 길게 이어져 있다. 용암 밭에서 힘을 온통 소진한 탓인지 발걸음도 무겁고 조금씩 지쳐간다. 다행히 나지막한 언덕을 하나 더 넘자 삼거리에 2개의 산장 이정표가 보인다. 픔뵈르두할스 산장과 발드빈쓰칼리 산장. 내가 예약한 픔뵈르두할스 산장은 메인 트레일에서 상당히 벗어나 있다. 막상 가까이 가서 보니 산장 기슭에 좁고 급류가 거세게 흐르는 작은 강이 가로막고 있다. 전혀 예상하지 못한 복병이다. 아무리 주위를 살펴보아도 도저히 혼자서 건널 만한 포인트가 없다. 이미 숙박비도 선불했는데 어떻게 해야 할지 그저 난감해진다. 하지만 아무도 없는 깊은 골짜기에서 혼자서 급류 강을 건너는 것은 너무나 위험해 보인다. 한참을 망설이며 고민하다가 결국 건너기를 포기하고 발길을 되돌린다. 일단 메인 트레일에 자리한 발드빈쓰칼리 산장으로 가서 혹시 빈 침상이 있기를 기대해 보는 것 외에 별도리가 없다.

맥이 빠진 채 축 처진 어깨로 메인 트레일로 다시 접어들어 고개 하나를 넘으니 이번에는 엄청난 빙하 계곡이 기다리고 있다. 그런데 내려가는 길이 정말 위험해 보인다. 70도는 족히 될 듯한 급경사에 엄청 미끄럽기까지 해 도저히 내려갈 엄두가 나지 않는다. 전혀 예상하지 못했던 또다른 비상 상황이다.

나는 20여 분을 내려가지 못하고 꼼짝없이 서 있을 뿐이다. 그때 마침 슈퍼맨처럼 자전거를 메고 급경사를 너무나 쉽게 올라오는 건장한 자전거 대원 4명을 만난다. 나는 할 수 없이 그들의 도움을 받아 간신히 계곡 밑으로 내려온다(나중에 알았지만 조금 우회하면 안전한 길이 있다). 고맙기도 하지만 자존심이 상하기도 한다. 올라가는 검은 빙하 언덕도 얼음판이라 미끄럽기는 마찬가지이지만 다행히 오르막이라 아이젠을 착용하고 어렵

나의 세계 트레킹 이야기

사리 올라온다. 문득 "퓜뵈르두할스를 걷지 않고서는 아이슬란드 트레킹을 말하지 말라"고 하던 말이 생각난다. 퓜뵈르두할스의 놀라운 풍광을 보려면 이 정도의 위험과 고생은 감수하라는 뜻인가?

발드빈쓰칼리(Baldvinsskali) 산장에 다다르니 거의 기진맥진 상태이다. 산장 예약을 안 했으니 빈 침상이 있을 리 만무하다. 그러면 어쩔 수 없이 스코가르 폭포까지 4시간을 더 걸어 내려가야 한다. 정말 절박한 상황이다. 산장 앞에 60쯤 되어 보이는 몸집 좋은 여성 산장 관리인을 다른 사람과 담소를 나누고 있다. 나는 그녀에게 나의 곤궁스러운 사정을 있는 그대로 이야기하고 '혹시' 빈 침상이 있는지 큰 기대 없이 물어본다. 그런데 뜻밖에 그녀는 흔쾌한 표정으로 들어오라고 손짓하지 않는가? 잠시 어리둥절하면서 그녀를 따라 들어가니 매우 비좁은 식당에는 겨우 나무 식탁 몇 개가 놓여 있다. 부엌이라고 할 수도 없는 싱크대에는 낡고 닳아빠진 프로판 가스판 하나, 시꺼멓게 탄 찌그러진 주전자와 냄비 1~2개가 걸려 있다. 산장이 아니라 문자 그대로 대피소이다. 그렇지만 내게는 별 5개짜리 호텔이나 다름없다.

따뜻한 난롯가에서 라면으로 늦은 점심을 해 먹는다. 몸이 나른해져 식탁에 앉아 꾸벅꾸벅 졸고 있는데 갑자기 왁자지껄 시끄러운 소리가 들린다. 얼른 깨어서 보니 10여 명의 트레커들이 우르르 식당 안으로 몰려들어온다. 그런데 놀랍게도 포르투갈 팀원들 아닌가? 뢰이가베귀르에서 헤어진 후 그들이 여기까지 올 줄이야! 정말 뜻밖이다. 대장 조세를 비롯해 다들 십년지기라도 만난 듯이 반갑다고 호들갑을 떤다. 그들을 만나 한결 기분이 좋아지고 덩달아 축 처져 있던 어깨도 올라간다. 이래서 우리 걷기 여행자들은 또다시 내일을 걸을 힘을 얻게 되나 보다.

폭포의 향연으로 피날레를 장식하다

    4~5평 공간에 16명이 다닥다닥 붙어 자는 대피소 침상은 내겐 이미 익숙하다. 전기도 물도, 화장실도 제대로 없다. 위생과 청결과는 거리가 먼 숙소이지만 아무도 투덜거리지 않는다. 오늘도 역시 더없이 좋은 날씨이다. 발아래 북대서양 푸른 바다 위로 비행접시 같은 구름 몇 점이 맑은 창공을 장식하고 있다. 바람은 잠잠한데 아침 공기는 여전히 차갑다. 아침을 간단히 먹고 출발 채비를 하고 나오는데 바깥에서 포르투갈 팀이 아침부터 시끌벅적하다. 포르투갈 국기를 꺼내 들고 단체 사진을 찍느라고 부산한데 같이 찍자고 멀리 있는 나를 불러 그들 곁에 앉힌다. 대장 조세는 나와 어깨동무까지 하며 아침부터 호들갑이지만 전혀 싫지가 않다. 6일간 계속 같이 걸었으니 서로 정이 들 만도 하다.

　어제 아주 혼이 난 나는 오늘은 가급적 이들과 같이 움직이려고 한다. 오늘 트레일은 스코가르 폭포까지 11km이다. 어렵지 않은 내리막길이라 서두를 필요도 없다. 9시에 출발하여 다들 산천경개 구경하듯 북대서양 바다를 바라보며 삼삼오오 천천히 하산을 시작한다. 나도 그들 틈에 섞여 이야기도 나누며 쉬엄쉬엄 걷는다. 모처럼 여유로운 발걸음이다.

　얼마 내려가지 않아 탄탄한 나무다리가 나온다. 여기서부터 화산 지구는 끝나고 폭포 지구가 시작된다. 다리를 건너자 곧 멀리서 작은 폭포들이 하나씩 둘씩 보이기 시작한다. 포르투갈 일행은 새 폭포가 나타날 때마다 소풍 나온 어린아이들처럼 우르르 몰려다니며 사진 찍기에 여념이 없다. 점차 일행들의 걸음이 느려지며 대오도 이곳저곳으로 흐트러지면서 늑장을 부린다. 버스를 타기 위해 서둘러야 하는 나는 조세와 일행들에게 제대로 작별 인사도 못 하고 그들과 헤어지고 만다.

폭포 소리를 들으며 계곡을 따라 혼자 걸어도 오늘은 마냥 행복하다. 하늘은 더없이 맑고 멀리 북대서양 바다가 그림처럼 펼쳐져 있는 하산길은 천국을 걷는 기분이다. 그리고 오늘은 아이슬란드 트레킹의 마지막 날 아닌가? 나도 모르게 콧노래가 흘러나온다. 사실 행복은 별것 아니지 않은가? 베트남의 틱낫한 스님은 "우리가 행복할 이유는 수없이 많다. 그런 것들로 지구별은 꽉 차 있다."라고 했다. 덴마크 속담에는 "행복은 멀리 있는 것이 아니다. 지금 이 순간 발아래 있다."라는 말도 있다. 나는 지금 폭포 소리를 들으며 걷는 이 순간이 너무 행복하다. 물소리에 바람 소리,

새소리까지 더해지니 이보다 더 좋은 자연의 오케스트라가 또 있을까?

　무려 26개의 폭포가 있다는 폭포 지구는 처음에는 작고 볼품없는 폭포로 시작된다. 내려갈수록 점점 모양과 크기도 달라지고 소리도 점점 커져 폭포다워지기 시작한다. 폭포 주위는 푸르름으로 가득하고 밑에서부터 올라오는 사람들의 숫자도 늘어난다. 날씨도 점차 따뜻해져 겉옷을 하나씩 벗어야 할 판이다. 산천경개 구경하듯 느긋하게 폭포가 뿜어내는 물거품과 우레같은 소리를 들으며 가벼운 발걸음으로 내려오니 어느새 스코가르 폭포에 도착한다. 폭포 위로 이어지는 철제 계단은 인파로 가득하고 주차장은 차들로 가득하다. 갑자기 외계에서 속세로, 겨울 왕국에서 여름철 피서지로 바뀐 느낌이라 정신이 없다.

　드디어 스코가르(Skogar) 폭포 앞에 선다. 폭포에서 울려 퍼지는 굉음은 나의 무사 귀환을 환영해 주는 우렁찬 박수 소리처럼 들린다. 게다가 폭포에 걸린 무지개는 나를 위한 열렬한 환영 현수막으로 보인다. 나만의 착각인가? 갑자기 벅찬 감격이 몰려온다. 5박 6일간의 결코 쉽지 않았던 나 홀로 트레킹이었다. 무엇보다도 3대가 덕을 쌓아도 쉽지 않다는 6일간의 더없이 좋았던 날씨에 무한 감사한다. 나는 지금 불과 얼음과 바람이 만들어낸 아이슬란드 내륙의 깊은 속살, 레이가베귀르와 핌뵈르두할스 트레일 80km를 무사히 마치고 마침내 최종 목적지에 선 것이다. 트레일에서 마주친 숨 막히는 풍광과 뜻밖의 위험한 순간들, 그리고 길에서 만난 따뜻한 길동무들, 그 모든 것들은 내 인생에서 결코 잊을 수 없는 일생일대의 모험이자 소중한 추억으로 두고두고 내 마음속 깊이 간직될 것이다.

몽블랑 둘레길(TMB) 트레킹
- 가장 고전적인 알프스 산행길

도보로 이동 ───────
버스로 이동 ─ ─ ─ ─ ─
케이블카 이동 ·············

비 오는 날의 샤모니

늦은 오후 샤모니에 도착하니 비가 추적추적 내리고 있다. 비 때문인지 주위의 산들도 안개 속으로 숨어 버리고, 거리는 텅 빈 듯 휑하고 우중충하기조차 하다. 내가 기대하던 알프스를 배경으로 한 햇빛 찬란한 샤모니(Chamonix)가 아니다.

실은 내가 TMB 트레킹을 계획한 지는 3년이 넘는다. 비행편과 산장 예약 등 모든 준비를 완료한 해에 코로나19 팬데믹이 터져 부득이 모든 예약을 취소했다. 작년에도 팬데믹이 끝나지 않아 또다시 취소한 끝에 3년 만인 오늘에야 비로소 샤모니에 온 것이다. TMB(몽블랑 둘레길)는 몽블랑을 가운데 두고 프랑스, 이탈리아 그리고 스위스 3개국을 넘나들며 장장 170km를 걷는 가장 고전적인 장거리 산행길이다. 누구나 걸어보고 싶은 길이지만 나 같은 풋내기 걷기 여행자에게는 로망이자 꼭 한 번은 걸어야 할 필수(?) 트레일이다. 둘레길을 한 바퀴를 다 돌려면 보통 10일 정도 걸리는데 나는 이탈리아까지 5일만 걸을 예정이다. 대신 나는 걷기 여행자의 발길이 뜸한 이탈리아 아오스타(Aosta) 계곡의 몬테체르비노(Monte Cervino, 이탈리아 쪽의 마터호른)와 몬테로사(Monte Rosa) 트레일을 걸어볼 예정이다.

3년을 애태우며 기다리던 TMB 트레킹이다. TMB는 과연 어떤 얼굴로 나를 맞아 줄까? 숙소에 돌아와 잠을 청하지만 유난히 창밖의 빗소리에 신경이 쓰여 쉽게 잠이 들지 못한다. 내일은 제발 날씨가 좋아야 할 텐데.

나의 세계 트레킹 이야기

첫날부터 빗속에서 고군분투하다

    나의 희망과는 달리 오늘도 여전히 추적추적 비가 내린다. 무거운 캐리어는 숙소에 맡겨둔 다음 우의를 챙겨 입고 어제 숙소에서 만난 김 양과 함께 레우쉬(Les Houches)행 1번 버스를 탄다. 숙소에서 레우쉬 벨뷔(Les Houches Bellvue) 케이블카 승강장까지는 10분도 채 안 되는 거리이다. 우리 둘만 탄 케이블카는 한 치 앞도 보이지 않는 빗속을 뚫고 벨뷔(Bellvue) 언덕(1,801m)에 우리를 내려준다. 김 양과 둘이 철길을 지나 본격적으로 트레일로 접어든다. 얼마 가지 않아 걸음이 빠른 김 양을 먼저 보내고 혼자 걷기 시작한다. 출렁다리가 나올 때까지의 트레일 초반은 약간의 오르막 내리막이 반복되지만, 한국의 산길과 크게 다를 바 없다.

    드디어 출렁다리가 나타난다. 며칠간 계속 내린 비로 계곡의 물살과 소리가 보기만 해도 아찔해질 정도다. 다리를 건너서부터는 트리코(Tricot) 고개를 향하여 오름이 시작된다. 짧은 구간의 숲을 지나자 좁은 길 위의 작은 바위들 사이로 얕은 개울처럼 빗물이 흘러 내린다. 한 시간 이상을 이리저리 흘러내리는 물길을 피하며 힘겹게 오르니 시야가 탁 트인 초지가 나온다. 조금 더 올라가자 바로 트리코 고개이다. 막상 트리코 고개(2,120m)에 올라서니 휑하니 사람이라곤 한 명도 보이지 않고 빗속에 이정표만 덩그렇게 서 있다. 사위는 안개에 싸여 있고 매서운 비바람이 사람을 날릴 것만 같다. 겨우 한쪽에 서서 잠시 바람을 피하며 서 있으니 몇 명의 트레커들이 바람을 뚫고 올라오고 있다. 스페인에서 온 단체팀이다. 2~3분쯤 트리코 고개에 서 있다가 그들 틈에 섞여 반대쪽으로 하산하기 시작한다.

 하산길은 한동안 지그재그로 이어지며 비교적 순탄한 듯하더니 얼마 내려가지 않아 갑자기 진창으로 변한다. 신발이 푹푹 빠지면서 미끄럽기까지 한데, 산 아래로는 안개마저 자욱해 아무것도 보이질 않는다. 미끄러지지 않으려고 안간힘을 쓰면서 곡예하듯 내려온다. 오늘따라 비와 안개 때문인지 평소보다 몇 배로 힘든 것 같다. 안개를 뚫고 평지로 겨우 내려온다. 집들이 몇 채 모여 있는 작은 동네에 미아지(Miage, 1,560m) 산장 안내판이 가장 먼저 눈에 들어온다. 긴장했던 탓에 배고픔도 못 느끼지만, 시계를 보니 벌써 12시 30분을 지나고 있다. 점심도 먹고 잠시 쉬어가기 위해 산장 안으로 들어가니 산장 식당은 사람들로 가득해 앉을 자리조차 거의 없다. 겨우 빈자리 하나를 찾아 오므라이스와 샐러드로 점심을 먹는다.

 점심을 먹은 후 긴장이 풀렸는지 안개 속에 트뤽(Truc) 산장 가는 이정표를 미처 보지 못하고 편안한 임도를 따라 걷는다. 한참을 가다가 뭔가 이상해 맵스미로 확인해 보니 메인 트레일이 아니다. 황급히 되돌아가 안개 속의 이정표를 겨우 찾아 트뤽 산장 고개를 오른다. 완만할 거라고 기대했던 트뤽 산장 가는 길은 예상외로 가파르고 힘들다. 고개를 가까스로 올라와 평원에 들어서서도 안개 때문인지 주위를 분간하기 어렵다. 그냥 발밑에 보이는 길만 따라 걷는 수밖에 없다. 다행히 안개를 뚫고 트뤽산장 250m라는 이정표가 희미하게나마 보이는 지점까지 도달한다. 그런데 금방 나올 것 같은 산장은 계속 걸어도 도무지 나타나지 않는다. 또 한번 알바(예정했던 길에서 벗어나 다른 길로 간다는 뜻의 트레킹 용어)를 할까 겁이 나 더 이상 나아가지 못하고 잠시 서서 머뭇거린다. 그때 어디에선가 발자국 소리가 들리는가 하더니 안개 속에서 사람 하나가 갑자기 나타난다. 마치 영화에나 나오는 장면처럼. 50은 넘어 보이는 건장한 체격의 남자다. 이 남자는 나보다 2배나 되는 커다란 배낭을 메고 있다.

나는 짙은 안개로 지척을 분간할 수 없는 산속에서 영국인 폴(Paul)을 만난다. 폴은 고맙게도 이후에도 나의 든든한 길동무가 되어 준다. 그와 함께 1분도 채 걷지 않았는데 갑자기 트뤽 산장(1,750m)이 불쑥 나타난다. 궂은 날씨 때문인지 바깥의 벤치는 텅텅 비어 있다. 산장 안에도 사람이 있는지 없는지 조용하기만 하다. 산장 바로 앞에서 길은 두 갈래로 나눠진다. 내가 주춤하고 서 있는데 폴은 아래 길로 망설임 없이 내려간다. 그는 TMB 길을 꿰찬 듯이 잘 알고 있는 듯하다. 안개 속의 길 찾기에 자신이 없는 나는 그의 뒤를 따라 걷기만 한다. 폴은 큰 키에 성큼성큼 얼마나 빨리 걸어 내려가는지 내가 아무리 따라붙으려고 애를 써도 어느새 시야에서 사라지고 만다. 다시 혼자다. 길은 숲속으로 들어갔다가 편안한 임도로 나오기도 하더니 드디어 마을이 희미하게 보이기 시작한다.

나의 세계 트레킹 이야기

레콩타민(Les Contamines)이다. 비는 계속 축축이 내리고 몸도 지쳤지만, 마을이 보이니 한결 기운이 난다. 20여 분을 더 걸어 내려와 레콩타민 시내에 도착한다. 도로변에는 관광 안내소도 보이고 근처엔 공중화장실도 있다. 관광 안내소 유리창에는 온통 UTMB(Ultra Tour de Mont Blanc) 홍보 포스터가 도배한 듯이 붙어 있고 도로 곳곳에는 오색 깃발과 환영 현수막이 걸려 있다. 무슨 큰 축제 분위기다.

내가 오늘 밤 예약한 숙소는 낭보랑(Nant Borant) 산장이다. 레콩타민 시내를 지나 내일 오를 본옴므(Bon Homme) 고개 자락에 자리해 있다. 내일은 TMB 트레일 중에서도 가장 힘든 코스라 좀 더 일찍 출발하려고 시내 숙소가 아닌 산속의 낭보랑 산장을 예약했다. 낭보랑 산장까지 걸어서 가려면 레콩타민 시내를 가로질러 포장도로로 1시간 이상 걸어야 한다. 하지만 여름철에는 고맙게도 이곳에서 노트르담 드 고르즈 성당까지 무료 셔틀버스가 운행한다. 나에겐 비를 맞으며 아스팔트 도로를 4km나 걸을 이유가 없다.

무료 셔틀버스에는 하산길에 만난 단체팀 일행도 함께 탄다. 셔틀버스는 10여 분 만에 우리 모두를 노트르담 드 고르즈 성당 근방에 내려준다. 비도 계속 내리고 갈 길이 바빠 교회 내부를 둘러볼 마음의 여유가 없다. 서둘러 로마 다리를 지나 낭보랑 산장을 향해 발길을 재촉한다. 로마 도로로 알려진 길은 대체로 완만한 오르막 경사이다. 일부 구간은 시멘트로 포장되어 있고 울퉁불퉁한 큰 바위 위를 지나기도 하는데 가끔 차도 지나다닌다. 지도상으로 불과 2km 거리라서 만만하게 봤는데 지친 탓인지 거의 1시간이나 걸려 도착한다.

젖은 우의와 엉망진창인 신발, 배낭 등을 지하 보관실에 따로 벗어 두고 친절한 산장 안주인의 안내를 받아 배정된 방에 들어간다. 그런데 놀랍게도 내 침상 바로 위에, 아침에 같이 출발했던 김 양이 이미 와 쉬고 있지 않은가? 그녀는 발걸음이 얼마나 빠른지 3시경에 이미 도착했다고 한다. 게다가 그녀는 간도 큰지(?) 한 곳도 산장 예약을 하지 않은 채 TMB에 그냥 왔다고 한다. 나는 산장 예약 없이는 올 생각조차 해본 적이 없는데! 정말 용감하고 대단한 한국 여성이다.

화이트아웃 속에서 길을 잃고 헤매다

　오늘은 난이도 '상'인 2,443m 높이의 크로와 드 본옴므(Croix de Bon-homme) 산장까지 약 1,000m 정도 고도를 올라야 하는 날이다. 게다가 날씨마저 좋지 않아 서둘러 8시 20분경에 낭보랑 산장(1,460m)을 나선다. 처음 한동안 트레일은 편안한 임도를 따라 올라간다. 새벽까지 세차게 내리던 비는 다행히 거의 그친 듯한데 산은 여전히 안개로 가득하다. 내가 일찍 나선 탓인지 사람들의 모습도 뜸하다. 겨우 20여 분 올랐는데 벌써 땀이 나기 시작한다. 잠시 배낭을 내리고 첩첩이 껴입었던 옷을 벗고 있는 사이, 폴이 "굿모닝!" 하면서 지나간다. 폴과 나는 어제 산장 저녁 식사 때 한자리에 앉아 맥주도 함께 마시며 제법 친해진 사이이다.

　라발므 산장(La Balme, 1,700m)을 지나자 트레일은 좌측으로 꺾이면서 산을 향하여 방향을 바꾼다. 길은 여전히 편안하게 평원을 가로지르는데 갑자기 뒤에서 인기척이 난다. 돌아보니 김 양이 어느새 따라와 있다. 김 양은 오늘 세뉴(Seigne) 고개를 넘어 이탈리아의 엘리자베타 산장까지 갈 예정이란다. 그녀는 빠른 걸음으로 앞서가더니 어느새 멀리 사라져 버린다. 국내에서 산행 경험이 많다는 이야기는 들었지만 대단한 체력이고 용기다. 보통 사람들은 이틀이 걸리는 거리인데.

산자락으로 들어서니 간밤에 눈이 왔는지 나지막한 관목 위로 눈꽃이 피어 있다. 산허리에 펼쳐진 하얀 눈밭이 아름답지만 흔한 풍경이라 특별히 걱정할 정도는 아닐 것만 같다. 올라갈수록 점점 눈은 제법 수북이 쌓여 있지만 트레일은 뚜렷하게 잘 보이고 시야도 나쁘지 않다. 산의 풍광은 딱 겨울이지만 날씨는 그다지 춥지도 않고 걷기에 적당하다. 그런데 조금씩 고도가 높아지자 점차 길도 험해지고 눈도 깊이 쌓여 있다. 시야도 점차 흐려지기 시작한다. 오늘의 1차 목표지는 본옴므(Col de la Bonhomme) 고개. 보통날에는 산장에서 3시간이면 오를 수 있다. 마침 20~30m 전방에 나를 앞질러 가던 폴과 다른 젊은 청년 1명이 올라가고 있다. 나는 그들의 뒤를 바짝 쫓아 10여 m까지 따라붙는다. 길은 오를수록 점점 험해지기 시작한다. 전형적인 너덜길이다. 작은 바위들 사이로 눈이 쌓여 길을 분간하기 어렵고 시야마저 점점 나빠져 그들의 뒷모습을 찾기에 바쁘다. 나는 그들을 놓치지 않고 계속 뒤를 따라 올라간다. 그런데 갑자기 젊은 청년이 올라가던 길을 도로 내려와 잠깐 주춤하더니 좌측으로 방향을 트는 게 아닌가. 폴도 그의 뒤를 따르고.

나의 세계 트레킹 이야기

길을 잘못 든 것임이 분명하다. 눈 때문에 전혀 길이 없는 곳까지 올라온 것이다. 그들은 다시 한번 방향을 틀어 작은 계곡을 타고 내려가기 시작한다. 나는 허둥지둥 그들을 놓치지 않으려고 안간힘을 쓰지만, 그들은 안개 속으로 사라져 버리고 만다. 내 느린 발걸음으론 도저히 그들을 따라잡을 수가 없다. 더구나 길은 좁은 계곡 사이의 너덜길이다. 바위와 눈이 뒤섞여 올라올 때보다 훨씬 더 미끄럽고 위험하다. 아! 정말 난감해진다. 이제 보이는 것이라고는 아무것도 없다. 발아래 미끄러운 눈밭과 계곡의 작은 바위들 외에는. 길은 전혀 안 보이고 시야는 지척을 분간하기 어렵고 사위는 정적뿐이다. 들리는 것은 오로지 나의 스틱 소리와 사각사각 눈 밟는 소리뿐이다. 어둠 속의 오랜 정적은 불안감과 두려움에서 점차 공포로 변해간다. 이러다가 정말 길을 잃어버리면? 미끄러져 크게 다치기라도 하면?

두려움과 공포 속에서도 발은 계속 어딘가로 움직인다. 물론 방향은 전혀 알 수 없다. 나는 GPS도 사용할 줄 모른다. 맵스미는 이런 곳에서는 별 도움이 안 된다. 내가 오로지 믿을 수 있는 것은 나의 밝은(?) 귀 하나뿐이다. 귀를 곤두세우고 조심스럽게 내려오는데 어디선가 멀리서 사람들의 말소리가 가느다랗게 들리는 듯하다. 사람의 모습은 전혀 보이질 않지만, 말소리가 들리는 쪽을 향한다. 얕은 개울을 넘고 낮은 비탈로 올라서니 짙은 안개 속에 걸어 올라가고 있는 두 사람의 모습이 희미하게 보이지 않는가! 와! 살았다.

겨우 안도하며 그들의 뒤를 따라 올라가는데 눈이 쌓여 길이 미끄럽기 그지없다. 그래도 다행스럽게 길은 오르막이고 산 중턱이다. 사람들이 많이 지나다녀 얼지는 않고 질퍽질퍽한 정도이다. 지척이 안 보이지만 한 발짝 한 발짝 집중하면서 스틱을 굳게 잡고 천천히 오르고 또 오른다. 그때 어디에서인가 갑자기 차갑고 센 바람이 사정없이 불어온다. 세찬 바람이 부는 언덕바지에 조그마한 오두막 대피소가 짙은 안개 속에 희미하게 모습을 드러낸다. 본옴므 고개(2,329m)이다. 시계를 보니 12시이다. 잠시 서 있기도 힘들 만큼 바람은 세차고 춥다. 얼른 오두막 뒤로 몸을 피하고 배낭을 열고 보온 옷을 재빨리 꺼내 입는다. 두툼한 털모자로 바꿔 쓰고 아이젠을 착용하는 불과 2~3분의 시간에 강풍 탓인지 벌써 온몸이 얼어 버리는 것만 같다. 원래는 이 고개에서 쉬면서 느긋이 점심을 먹을 예정으로 낭보랑 산장에서 주문 도시락도 싸 왔다. 하지만 도저히 그럴 상황이 아니다.

지금까지는 오르막이라 춥지는 않았는데 이제 칼바람까지 부니 더 걱정이다. 잠시도 더 머물 수가 없어 서둘러 다시 출발하는데 이번에는 장갑이 문제다. 두툼한 장갑은 어제 비에 온통 젖어버려 얇은 장갑을 끼는데 손이 시려 떨어져 나갈 것 같다. 다음 목적지는 크로와 드 본옴므 산장(2,443m). 겨우 100여 m 더 올라가지만, 평소에도 쉬운 길이 아니어서 1시간 30분쯤 걸린다고 한다. 오늘은 시간이 문제가 아니라 이런 악천후 속에서 어떻게 무사히 갈 수 있느냐가 문제다. 예상대로 2,000m가 넘는 고산지대라 오를수록 길은 온통 빙판이다. 게다가 제대로 길을 분간할 수 없을 정도로 사방이 화이트아웃이다. 머리 위로 산이 얼마나 높은지, 발아래로 얼마나 깊은 낭떠러지가 있는지 볼 수 없어 오히려 다행이다. 발아래가 보인다면 오금이 저려 제대로 걷지도 못할 것 같다.

나의 세계 트레킹 이야기

산속에서 이런 화이트아웃을 경험하기는 난생처음이다. 그것도 8월의 알프스에서라니 도저히 상상해 보지도 못한 일이 벌어지고 있다. 나는 돌 지난 아이처럼 조심스럽게 한발씩 전진한다. 한동안 아무도 지나가는 사람조차 없는 안개 속을 나 홀로 걷고 있다. 다행인 것은 길을 잃지 않은 채로 밑바닥만 쳐다보면서 메인 트레일 위를 걷고 있다는 것이다. 그렇게 혼자 전전긍긍하며 가는데 반갑게도 가시거리 전방에 빨간색 배낭을 멘 사람 둘이 보인다. 그들은 나만큼 천천히 조심스럽게 가고 있다. 나는 이들마저 놓치면 큰일이다 싶어 부리나케 그들 뒤만 보고 따라간다.

그들은 좁은 개울을 건너다가 미끄러지기도 하며 나만큼 엉금엉금 걷는다. 겨우 어쩌다 한 번 따라잡아 가까이서 보니 나이가 꽤 든 노부부이다. 그들은 이 와중에도 수시로 멈춰 사진도 찍고 여유롭게(?) 걷고 있다. 그래서 다행히 그들을 시야에서 놓치지 않고 겨우 따라갈 수 있다. 그들 뒤에서 일정한 간격을 두고, 여전히 바짝 긴장한 채 빙판길을 한 발짝씩 전진한다. 그때 갑자기 반대 방향에서 안개를 뚫고 가이드를 앞세운 한 무리의 동양인 트레커들이 올라오고 있다. 마치 혹한 훈련이라도 하는 군인들처럼 일사불란하게 대오를 짓고 있다. 직감적으로 한국인일 거라는 생각이 든다. 추측대로 다들 한국 아웃도어 브랜드 옷을 입고 있다. 반가워서 "안녕하세요?" 하며 한두 사람에게 인사를 건네지만 별 대답도 없이 순식간에 지나가 버린다. 이런 날은 다들 여유가 없어지나 보다. 그들도 나만큼 표정이 굳어 있는 걸 보니.

다시 앞서가는 빨간 배낭만 주시하며 걷는다. 여전히 5~6미터 가시거리를 벗어나지 않으려고 애를 쓰며, 얼마를 더 가야 하는지, 얼마를 걸어왔는지, 도무지 가늠할 수 없을 정도로 사위는 온통 화이트아웃 세상이다. 그나마 지금은 얼마나 다행인가! 길잡이(?)가 있으니. 그러다가 빨간 배낭이 갑자기 멈춰 서는데 그 앞에 커다란 물체 하나가 희미하게 자리하고 있다. 드디어 크로와 드 본옴므 산장에 도착한 것이다. 시계를 보니 2시 20분이다. 무려 2시간 20분 동안 화이트아웃 속에서 악전고투 끝에 마침내 산장에 도착한 것이다.

산장은 사람들로 발 디딜 틈이 없다. 말 그대로 재난 대피소 같다. 나는 앉을 자리도 없는 2층 발코니에 올라가 배낭만 내려놓고 선 채로 점심을 먹는다. 그런데 아직도 긴장이 안 풀린 탓인지 차가운 도시락(빵과 치즈 조각)이 잘 넘어가지 않는다. 점심을 끝내고 잠시 쉬는 동안 빨강 배낭 노부부를 다시 만나 정식으로 인사를 나눈다. 그들은 호주 시드니에서 온 매시와 조지 부부인데 나이는 70세 전후로 보인다. 그들은 알프스도 처음이지만 이렇게 많은 눈도 처음이라고 한다. 너무 신기해 수시로 멈춰 사진도 찍으면서 즐기고 있다. 산장 바로 아래에서는 젊은 남녀 두 사람이 키만큼이나 커다란 눈사람을 만들며 즐거워하고 있는데 그들 역시 호주에서 온 사람들이다. 나에게는 한여름의 눈이 원수처럼 무서운데 그들에게는 더 없는 추억이 되나 보다.

내려갈 때도 호주 부부와 함께 천천히 레샤피외(Les Chapieux)로 향하는 하산길로 접어든다. 하산길 역시 앞을 잘 볼 수 없고 미끄럽기는 마찬가지이다. 마침 어제 낭보랑 산장에서 만난 단체팀 일행이 지나간다. 서로 인사도 나누며 그들 틈에 잠시 섞이어 내려간다. 가는 도중 낯익은 가이드가 쩔쩔매는 나한테 눈길에서 안전하게 걷는 요령을 애써 가르쳐준다. 그런데 얼마 가지 않아 가이드가 눈길에 그대로 미끄러지고 만다. 눈길에는 장사가 따로 없나 보다. 그냥 조심하며 천천히 걷는 수밖에. 가이드 팀 일행은 어느 사이 멀리 사라지고 호주 부부의 뒤를 따라 30분쯤 더 내려오니 길이 분명하게 보이기 시작한다. 하얀 눈밭 사이로 뚜렷이 뻗어 있는 검은 흙길이 너무 반갑고 고맙다. 길은 질퍽질퍽하고 신발이 푹푹 빠지기도 하지만 시야가 잡히고 일단 눈밭에서 벗어난 것만 해도 감지덕지이다. 이젠 아이젠도 벗고 걸을 정도로 길은 편하지만, 구불구불 진창길이 계속 이어지니 다소 지루해지기 시작한다.

1시간 전만 해도 화이트아웃에서 벗어나기만 간절히 바라던 마음이 벌써 길 타령을 하고 있다. 사람 마음이 간사하기 그지없네. 멀게만 보이던 라자 목장(1,780m)까지 힘들게 내려오지만, 아직도 한참을 더 내려가야 한다. 레샤피외(1,550m)의 노바(Nova) 산장에 도착한 시간은 오후 5시 20분, 무려 9시간이 걸렸다. 낭보랑 산장(1,460m)에서 크로와 드 본옴므 산장(2,443m)까지 고도 1,000m를 올랐다가 다시 레샤피외까지 900m를 내려오는 오늘의 코스는 날씨가 좋은 날에도 매우 힘든 코스이다. 그런데 오늘과 같은 최악의 화이트아웃 속에서 이 길을 걷다니 그것은 식겁한 정도가 아니라 공포(Horror) 그 자체이다. 모두 고개를 절레절레 흔들며 한마디씩 한다. "Horrible! (끔찍하다)" 자연이 마냥 아름답지만도, 호의적이지만도 않다는 사실, 때로는 사납고 무섭다는 사실을 비로소 실감한다. 구사일생이라고나 할까! 하나님께 정말 감사하지 않을 수 없는 날이다.

세뉴 고개를 넘어 이탈리아로

    나는 아스팔트 길 걷는 것을 아주 싫어하는 편이다. 다행히도 노바 산장에서 세뉴 고개의 들머리 글라씨에 마을(Glaciers, 1,789m)까지 여름철에는 셔틀버스가 다닌다. 공짜는 아니고 요금은 6유로이다. 미니버스는 모양만큼이나 이름도 귀엽다. 〈La Vache Rose(분홍색 암소)〉. 나는 아침 식사를 끝내는 대로 바로 나와 8시 20분 버스를 타려고 줄을 선다. 그런데 줄 선 보람(?)도 없이 분홍색 암소는 타려는 사람은 꾹꾹 눌러(?) 다 태워준다. 등산로 입구까지 15분이면 가는데 서서 간들 어떠리.

다시 TMB로 들어서는 들머리는 잘 닦여진 임도라 30분 정도 워밍업 하듯이 걷는다. 근방에 모테(Mottets) 산장이 보인다. 오늘 날씨는 어제보다는 훨씬 좋아 보인다. 다행히 비는 안 오지만 산이 운무로 가득한 것은 어제와 비슷하다. 평탄한 임도가 끝나는 지점에서 트레일은 급경사를 타고 올라가야 한다. 위를 올려다보니 까마득하게 트레커들의 모습이 점으로 보이지만 어제에 비할 바가 못 된다. 오르막길은 지그재그로 이어져 그다지 힘들지 않다. 가시거리도 상당히 좋고 트레커들도 줄줄이 올라와 심심치도 않다. 오늘은 또 다른 호주 커플이 들머리에서부터 길동무가 되어 준다. 어제는 호주의 노부부가, 오늘은 20대 젊은 커플이다. 오늘도 역시 안개인지 구름인지가 산 전체를 가리고 있어 조망은 기대조차 안 한다. 벌써 TMB를 사흘째 걷고 있지만 아직 한 번도 해를 본 적이 없고 이렇다 할 알프스의 조망도 보지 못했다. 오늘은 구름 속에 산 모습이 잠시 비치곤 하다가 어느새 구름 속으로 숨어 버리고 만다. 어제와는 달리 아직은 눈 온 흔적이 보이지 않는다.

시간이 지날수록 길은 더욱 가팔라지고 사위는 농무로 자욱하다. 조금씩 배낭도 무겁게 느껴지기 시작한다. 그런데 너무나 다행스럽게도 2,000m 넘는 고지까지 올라왔는데도 눈이 온 흔적은 전혀 없다. 비록 시야는 흐리지만 트레일은 선명하다. 어제와는 너무 다르다. 비슷한 높이에 서로 마주 볼 수 있는 알프스의 두 산이다. 그런데 저쪽 산에서는 엄청난 눈으로 빙판길을 이루고, 이쪽 산은 푸르기만 하고. 나는 2시간 넘게 쉬지 않고 오르지만 힘들다는 소리는 입 밖에도 나오질 않는다. 다른 트레커들도 오늘은 다들 여유롭다. 안개는 여전히 자욱하나 오늘 트레일은 길 잃을 염려도, 알바를 할 일도 거의 없다.

나의 세계 트레킹 이야기

마침내 프랑스와 이탈리아 국경을 가르는 세뉴 고개(2,516m)에 오른다. 도착 시간은 11시 30분. 당연히 주위에 보이는 것이라고는 아무것도 없다. 겨우 가까이 가야 볼 수 있는 돌탑에 부착된 이정표와 국경 표시판이 전부다. 별다른 감흥도 없고 거저 덤덤하다. 비로소 배낭을 내려놓고 잠시 숨을 돌리는데 갑자기 사람들의 와! 하는 탄성 소리가 들려온다. 돌아보니 산 아래 구름이 살짝 걷힌 사이로 하얀 눈을 인 알프스가 빼꼼 모습을 드러내고 있지 않은가! 사흘간의 고생 끝에 알프스에서 처음 보는 설산이다. 모두 사진 찍느라고 야단이다. 오늘 일기예보로는 오후부터 날씨가 좋아진다고 하는데 오늘은 알프스를 제대로 볼 수 있을까?

　한동안 반쯤 드러난 알프스를 신기한 듯 바라보다가 슬슬 하산을 시작한다. 이제부터는 이탈리아 땅이다. 이번에도 호주 젊은 커플과 같이 내려간다. 그런데 올라올 때와는 달리 그들은 하산길에는 어찌나 빨리 내려가는지 어느새 모습을 감추고 만다. 계곡을 따라 내려가는 하산길은 지그재그로 이어져 어렵진 않다. 그러나 진창길도 수시로 나오고 다소 지루하다. 그나마 날씨가 점점 개어져 사진도 찍고 여유를 부릴 수 있어 다행이다. 김 양이 어제 눈길을 뚫고 간다고 하던 엘레자베타 산장(2,195m)도 지나고 평지로 내려오니 평탄한 차도가 나타난다.

　편안한 길은 콤발(Combal) 호수를 지나고 베니(Veny) 계곡으로 이어진

　　　　　　　　　　　나의 세계 트레킹 이야기

다. 날씨도 차츰 개이고 푸근해지니 길섶에는 웃통을 벗고 일광욕하는 사람도 보인다. 얼마 가지 않아 다시 산으로 올라가는 TMB 메인 트레일의 이정표가 서 있다. 원래 나는 이 길을 걸을 예정이었지만 어제 너무 고생한 탓에 체력이 거의 바닥난 상태라 버스를 타기로 한다. 버스 정거장이 있는 라비사이유(La Visaille) 가는 길은 계곡을 따라 넓은 비포장도로로 1시간 정도 계속 이어진다. 사람도 별로 보이지 않고 길은 무척 단조롭고 지루하다. 게다가 산속을 걸을 때는 그토록 그립던 햇살이 오후가 되자 도로 위로 인정사정없이 쨍쨍 내리쬐어 짜증스럽기까지 하다. 역시 트레커는 힘들더라도 트레일을 걸어야 하나 보다. 버스를 타려고 꾀를 부린 것이 후회막심해진다.

멀리서 보니 라비사이유 주차장 한 모퉁이에 대형 버스 1대가 정차해 있다. 달리다시피 내려와 급히 버스에 오른다. 버스 기사에게 버스비부터 내미니 기사는 "프리! 프리!" 하며 돈을 받지 않는다. 둘러보니 승객은 나 혼자뿐이다. 버스는 단 한 명의 승객이라도 태운 것이 다행스러운지 좁고 구불구불한 산길을 곡예하듯 내달린다. 얼마 후, 오후의 맑게 갠 하늘 아래 차창 밖으로 쿠르마외르(Courmayeur) 시내가 반갑게 다가온다. 터미널에 내리니 쿠르마외르 마을은 오후의 밝은 햇살 아래 보석같이 반짝반짝 빛난다. 알프스를 등에 진 거리는 더없이 산뜻하다. 큰 길가에는 UTMB 아치가 세워져 있고 거리 곳곳에는 깃발이 나부끼며 축제 분위기 일색이다. 이탈리아의 쿠르마외르는 프랑스의 샤모니와 더불어 알프스 등산의 베이스캠프로 유명하다. 몽블랑을 가장 가까이서 볼 수 있는 곳이기도 한데 나는 아직 몽블랑의 위치조차도 가늠하지 못한다. 나는 한 번이라도 몽블랑을 볼 수 있을까?

TMB 최고의 조망길을 걸으며

푹신한 침대에서 늦잠을 자고 정장 차림의 노(老) 웨이터가 정중히 서비스하는 호텔 조식까지 배불리 먹으니 호사가 따로 없다. 내가 걷기 여행을 하는 중인지 관광여행 온 것인지 도무지 헷갈린다. 오늘의 목적지 보나티(Bonatti) 산장까지는 13km, 4~5시간이면 갈 수 있는 거리이니 굳이 아침 일찍부터 서두를 이유도 없다. 어제 호텔 직원이 상세히 가르쳐준 TMB 진입로 지도를 들고 9시가 넘어 호텔 문을 나선다. 그런데 막상 TMB 진입로를 찾기가 쉽지 않다. 호텔 직원이 알려준 대로 성당 뒤편 언덕진 산동네 차도를 한참이나 걸어 올라가지만 아무런 이정표도, 배낭을 멘 트레커도 보이질 않아 차츰 초조해진다. 좁은 동네 골목길도 지나고 숲길도 통과하니 그제야 주차장과 TMB 들머리가 보인다.

오늘은 처음으로 아침부터 쾌청한 날씨이다. 오랜만의 산듯한 날씨에 취했는지 편하게 잘 닦여진 임도를 무심코 따라 걷는데 한참을 가다가 길이 갑자기 끊어져 버린다. 이상해서 맵스미로 확인해 보니 엉뚱한 길로 들어서 또 알바를 하고 만 것이다. 황급히 되돌아와 메인 트레일로 겨우 들어서지만 길은 초입부터 가파른 오르막으로 시작된다. 돌과 나무뿌리도 곳곳에 널려 있어 걷기에 만만치 않다. 게다가 별다른 조망도 없고 그저 지그재그로 숲속을 왔다 갔다 하기만 해 생각보다 은근히 힘들다. 지그재그 코너마다 돌 벤치가 놓여 있는 것은 그만큼 오르막이 힘드니 쉬엄쉬엄 쉬면서 가라는 의미인가? 개를 데리고 동네 마실 온 듯 천천히 올라오는 노인 부부는 나보다 훨씬 잘도 올라간다. 하지만 나는 그들을 따라가기도 버거워 돌 벤치 위에 배낭을 내려놓고 쉬기를 반복한다. 하룻밤의 안락함에 취한 탓인가? 아니면 1시간의 억울한(?) 알바 탓인가? 어쨌든 긴장이 풀린 것만은 분명하다. 고도를 단숨에 800m나 갑자기 올린 탓인지 올라갈수록 귀도 먹먹해진다. 끙끙거리며 깔딱고개를 겨우 넘어서니 바로 머리 위에 바르토네 산장(Bartone, 1,989m)이 불쑥 나타난다. 시계를 보니 1시 30분이다.

나의 세계 트레킹 이야기

호텔에서 출발한 지 무려 4시간이 걸렸다. 보통 트레커라면 오늘의 목적지 보나티 산장까지도 갈 수 있는 시간인데 고작 바르토네 산장이라니! 점심시간 때라 산장은 사람들로 발 디딜 틈이 없다. 식당 주문대 앞의 긴 줄을 보고 점심 먹기를 포기하고 산장 발코니에 서서 맞은편 산들을 구경한다. 날씨는 여전히 좋지만, 산에는 구름이 조금씩 걸려 있다. 이름도 모르는 뾰쪽한 산들 사이로 엄청난 빙하의 모습도 보인다. 옆에 서 있는 미국 아가씨에게 몽블랑이 어디쯤인지 물어보니 자신이 없는 표정으로 지금은 여기서 보이질 않는 것 같단다. TMB를 걸은 지 벌써 나흘째인데 아직도 몽블랑이 어디 있는지도 모르고 몽블랑 둘레길을 걷고 있다.

20분 정도 쉰 다음 다시 보나티 산장을 향해 출발한다. 여기서 보나티 산장으로 가려면 2개의 루트가 있다. 좀 더 웅장하고 멋있는 알프스를 조망하려면 오른쪽 우회 길로 가서 힘들게 사팽(Sapin) 고개를 넘어야 한다. 왼쪽 길은 삭스(Sax) 능선을 따라 비교적 쉽고 무난하게 걸을 수 있는 메인 트레일이다. 나는 당연히 무난한 왼쪽 메인 트레일로 들어선다.

깊은 페레(Ferret) 계곡 건너편으로는 4,000m가 넘는 첨봉들이 즐비하다. 그중에는 이름만 들어도 알만한 그랑 조라스(Grand Jorasses, 4,208m), 거인의 이빨(Dent du Geant, 4,013m) 등 유명한 첨봉들이 다 있다. 그러니 나는 지금 TMB의 하이라이트이자 아름답기로 소문난 천상의 길을 걷고 있는 셈이다. 게다가 날씨마저 더없이 좋다. 워낙 소문난 코스답게 트레일은 오고 가는 사람들로 붐빈다. 가끔 좁은 길에서는 병목 현상까지 생긴다. 이런 복잡한 트레일에서는 때로는 사람보다도 소 떼가 더 반갑기도 하다. 걷는 도중 나지막한 산언덕에 수십 마리의 소가 길을 막고 있을 때는 소들을 놀라게 하지 않으려고 조심스럽게 피해 가기도 하지만 별로 이상한 일도 아니다.

점차 걸을수록 계곡 건너편에는 엄청난 빙하 사이로 뾰쪽한 첨봉들이 더욱 선명하고 가깝게 다가온다. 그러나 나는 '그랑 조라스'니, '거인의 이빨'이니 이름만 들어본 산들이 도무지 어느 산인지 알 수도 없고 또 굳이 알려고 애쓰지도 않는다. 이 대단한 풍광 속을 걷는 것만으로도 행복할 뿐이다. 구름이 가끔 몰려와 산들을 잠시 가리지만 알프스의 진면목을 즐기기에는 전혀 문제가 없다. 며칠 동안 빗속과 눈밭을 헤맬 때의 고생을 충분히 보상받는 기분이다. 하지만 트레일은 걷기 편하긴 한데 걸을수록 조금씩 지루해지기 시작한다. 트레일 자체가 산허리를 가로질러 계

나의 세계 트레킹 이야기

속 이어지다 보니 큰 변화 없이 똑같은 풍광만을 쳐다보며 걷기 때문일까? '천상의 길' 운운하는 바람에 기대가 너무 커서 그런가? 아니면 내가 이미 좋은 트레일을 많이 걸어서 그런가?

그래도 2시간 이상을 꾸준히 걷다 보니 다소 지루하던 길은 시원하고 멋진 조망으로 바뀌기 시작한다. 얼마 가지 않아 드디어 머리 위로 약간은 가파른 언덕 위에 보나티 산장이 모습을 드러낸다. 산장까지는 다시 10여 분 가파른 오르막을 올라야 하지만 그건 문제가 아니다. 실은 나는 보나티 산장을 예약하지 못했다. 여러 번 예약을 시도했지만 늘 한결같이 '자리 없음'이라는 회신만 받았다. 만일 빈 침상이 없다면 다시 1시간을 더 걸어 내려가 버스를 타고 쿠르마외르까지 가야 한다.

빈 침상이 있느냐? 없느냐? 가슴 조이며 산장에 도착하니 싱겁게도 빈 침상이 다소 남아 있다. 숙박료를 지불하고 안내받아 들어간 방은 군대 내무반처럼 양쪽으로 나무 침상이 기다랗게 놓여 있다. 침상에는 20여 개의 매트가 다닥다닥 붙어 있다. 40여 명은 충분히 수용할 수 있을 만한 넓은 방이다. 이런 규모의 방이 1~2개가 아니다. 보나티 산장은 내가 지금까지 경험한 산장 중 규모도 제일 크고 시설도 아주 좋아 보인다. 산장의 벽에는 이탈리아의 전설적인 암벽 등반가 발터 보나티(Walter Bonatti)를 기리는 사진들로 도배되어 있다.

나는 발터 보나티에 대한 책도 읽은 적이 있어 그의 이름을 딴 이 유명한 산장에 한 번 꼭 와 보고 싶었다. 소문대로 산장 주변은 뛰어난 조망을 자랑하고 있는데 특히 일출이 장관이라고 한다. 샤워를 마치고 저녁

시간에 식당으로 내려오니 넓은 식당은 사람들로 가득하고 앉을 자리조차 찾기가 힘들다. 'Rifugio(대피소)'라는 이름이 무색하다. 마치 산 중에 있는 대형 식당에 온 느낌인데 너무 상업적인 냄새가 물씬하다. 며칠 전 낭보랑 산장의 가정집 같은 따뜻한 분위기와는 사뭇 달라 다소 실망스럽다. 게다가 앉을 자리조차 없어 중국계 미국인 단체 틈에 끼어 겨우 저녁을 먹는다. 다들 저희끼리 중국말로만 이야기해 말 한마디 섞지 못하고 묵묵히 식사만 한다.

식사 도중 테이블 위 종이 식탁보에 적힌 발터 보나티의 어귀가 문득 나의 눈길을 끈다. 대충 해석해 보니 "모험의 아름다움은 그것에 대해 꿈꾸고, 상상력에 바람을 불어넣고, 꿈에 실체를 부여하려고 노력하는 것이다." 과연 보나티다운 멋진 말이다. 보나티 산장은 실망스럽지만, 발터 보나티는 나를 실망시키지 않는구나.

나의 세계 트레킹 이야기

눈부신 샤모니에서 몽블랑을 바라보다

아침 식사 시간에 맞추어 식당으로 내려가니 김 양이 보이질 않는가? 얼마나 반가운지! 우리는 식판을 사이에 두고 마주 앉아 이틀 전 악몽 같던 화이트아웃 속의 산행담부터 이야기한다. 김 양도 엄청 고생한 이야기를 털어놓는데 운행 중에 미처 보온 옷을 챙겨입지 못해 동상까지 걸렸다고 한다. 악천후 속에 엘레자베타 산장까지 결국 가지 못하고, 모테 산장에 머물렀다고 한다. 식사 후 우리는 아쉽게도 작별 인사를 나눈다. 그녀는 오늘 스위스 라풀리(La Fouly)까지 가서 TMB를 완주할 계획이고, 나는 쿠르마외르로 돌아가 아오스타(Aosta) 계곡 트레일을 새로 걸을 예정이다. 트레일에서 만난 사람은 트레일에서 쿨하게 작별하는 것이 좋다. 그래야 더욱 좋은 기억으로 남기 때문이다. 나는 그녀의 건강하고 씩씩한 모습을 보니 한결 마음이 놓인다. 젊은 여자 혼자서 이런 힘든 길을 10여 일간이나 걷기가 쉬운 일인가? 나는 그녀의 용기와 체력에 박수를 보내고 무사히 완주하리라 확신한다.

트레커들 대부분은 스위스로 가기 위해 산장 윗길로 올라간다. 반대 방향인 페레 계곡(Val de Ferret)으로 하산하는 사람은 나 혼자뿐이다. 어제는 몸이 무척 무거웠는데 오늘은 컨디션이 아주 좋다. 역시 트레일을 걸을 때는 호텔 같은 편안한 잠자리는 오히려 독이 될 수도 있는 것 같다. 날씨는 더없이 청명하고 알프스의 아침 공기는 마냥 달다. 게다가 오늘은 TMB 트레킹의 마지막 날이다. 1시간 정도 내리막길을 조심하며 내려오니 드디어 차도가 나온다. 큰길 모퉁이에 비비오 발터 보나티(Bivio Walter Bonatti)라고 쓰인, 간이 버스 정거장 표시가 아침 햇살에 너무나 선명하다. 아! 드디어 TMB 일정을 무사히 마치는구나! 안도감과 함께 뿌듯한 성취감으로 가슴 벅차다.

쿠르마외르까지 나와 다시 버스를 타고 짐을 가지러 샤모니에 도착한다. 지난주와는 달리 오늘의 샤모니는 화창한 날씨 아래 눈부시게 아름답다. 중심가 거리는 인파로 가득하다. 나는 여유롭게 기념품점도 들리고 중국 식당에서 점심도 먹는다. 그리고 1786년 최초로 몽블랑 등정에 성공한 발마(Balmat)의 동상 앞에 서서, 발마가 손가락으로 가리키는 햇빛에 눈부시게 빛나는 몽블랑을 처음으로 바라본다.

알프스는 수많은 서사가 담긴 곳이다. 어떤 사람에게는 알프스를 걷는 것이 영감의 원천이 되기도 하고 로망이기도 하다. 또 한편으로는 알프스는 원시의 숲, 야생, 자연스러움과는 거리가 멀고 상업화가 도처에 만연되어 있다고 좋아하지 않는 사람도 있다. 그러나 나 같은 초보 트레커에게는 알프스를 걸어보는 것만으로도 너무 행복하고 나의 인생은 한결 더 풍성해질 것임이 틀림없다.